嫁给鬼子

赵德发 著

图书在版编目（CIP）数据

嫁给鬼子 / 赵德发 著. —重庆：重庆出版社，2012.12
ISBN 978-7-229-06041-1

Ⅰ.①嫁… Ⅱ.①赵… Ⅲ.①中篇小说—小说集—中国—当代 ②短篇小说—小说集—中国—当代 Ⅳ.①I247.7

中国版本图书馆CIP数据核字（2012）第298071号

嫁给鬼子
JIAGEIGUIZI

赵德发 著

出 版 人：罗小卫
策　　划：华章同人
出版监制：陈建军
主　　编：施战军
责任编辑：张好好
特约编辑：袁　强　黄卫平
责任印制：杨　宁
营销编辑：张　颖　魏依云
封面绘画：车前子
装帧设计：主语设计

重庆出版集团
重庆出版社　出版
（重庆长江二路205号）

投稿邮箱：bjhztr@vip.163.com
三河市宏达印刷有限公司　印刷
重庆出版集团图书发行有限公司　发行
邮购电话：010-85869375/76/77转810
重庆出版社天猫旗舰店
cqcbs.tmall.com
全国新华书店经销

开本：787mm×1092mm　1/16　印张：15.25　字数：180千
2013年3月第1版　2013年3月第1次印刷
定价：28.00元

如有印装质量问题，请致电023-68706683

版权所有，侵权必究

序

《大地之魂》书系，集合了堪称当今文坛最为优秀的男作家的代表性作品。他们大都是乡村经验的记述者，即便以城市为生活背景，也不时隐约透出乡土的根脉。

现代时期中国的"大地之魂"，首推鲁迅。1928年，台静农把自己起名叫《蟪蛄》的第一部小说集书稿送给鲁迅审读，出版时听从鲁迅的建议，把书名改为《地之子》。这一改，朴实依然留存，但是质地变得阔大深厚。"在争写着恋爱的悲欢，都会的明暗的那时候"而有人仍将"乡间的死生，泥土的气息"移到纸上——鲁迅的评语几乎涵盖了所有"地之子"写作的气场。

家园生态、时运流变、身世遭逢、民族性格……承载着一切，依地而生的人，在其中存活，在其中困惑，也在其上立身，更在其上行路。

那些不朽的文字，由鲁迅、台静农们，写作在城中，扎根在地底，敏感多汁、壮硕坚韧的枝干伸向浩茫人间和风云天际。

"他终于还是一个'人之子'"，鲁迅在1924年底谈到既为"神之子"又是"人之子"的耶稣。我们不妨这样揣摩：平凡的"人之子"，都是立"根"于地，缘于父母所生亲情所系的生命；又因为秉持"信"，既亲和家常又超拔不渝。我们不一定非要将这看成鲁迅的自况，但是我们完全可以依此想象鲁迅。

有"根"，才称得上"地之子"；有"信"，才称得上"人之子"。"根""信"兼备，才配得上"大地之魂"。

这样说来，读者方家也不一定把每一部小说看成"地之子"并"人之子"的赓续、创新之作，但是，诸君尽可以从中各自寻绎 "地"之大者、"魂"之立者。

《人民文学》主编、著名评论家 施战军
二〇一二年初冬于北京

目　录

嫁给鬼子 / 1

入赘 / 39

通腿儿 / 71

闲肉 / 86

窖 / 104

匪事二题 / 136

选个姓金的进村委 / 147

杀了 / 158

生命线 / 175

针刺麻醉 / 190

转运 / 206

路遥何日还乡 / 221

嫁给鬼子

  一切的改变都从那个越洋电话开始。
  那天晚上，正在堂屋看电视的高秀燕看看表快到九点了，就回到自己住的东屋准备给吴洪委打电话。从日本回来之后，她和吴洪委约定每天晚上九点通话，雷打不动。一般是高秀燕打给吴洪委，因为高秀燕在家能拨17909，省钱，而吴洪委那边只是北京的一个街头公用电话，要用卡的。高秀燕九点拨过去，如果占线，就说明有人用那个电话。但电话亭子旁边，肯定是站着她的未婚夫吴洪委。吴洪委在一个科研所当花工，这电话就在单位的大门旁边。他等电话的时候肯定会一边搔着后脑勺，一边抽搭鼻子。这"驴熊"从小就有这坏习惯，虽然他的后脑勺没长牛皮癣，鼻子也没有炎症。等到第二次拨号，第三次第四次或第五次第六次拨号，那边终于不占线了，吴洪委的声音会像一根尖尖细细的虫子钻进她的耳朵眼里：哎是我！哎是我！高秀燕这时往往会说：谁还不知道是你？我教你一万遍"毛西毛西"了，你就记不住！吴洪委便笑：那是鬼子接电话用的，咱中国人干吗说它？高秀燕说：你这个人呀，活一万辈子也洋不起来！吴洪委说：咱生来就是个土命，要那份洋干啥呀。像你，在日本两年，不是还得回来么？像我，在北京也两年了，不还是个民工么？再过一个多月，咱俩不还得跟老辈人一样，在菟丝岭办喜事，生儿育女么？这话说得高秀燕没了脾气，便转移话题跟吴洪委商量结婚的诸多事宜：何时去乡里登记啦，何时去照婚纱照啦，请谁当伴娘啦，新房怎么布置啦，等等。但往往是说着说着，吴洪委那边不吭声了，光喘粗气光抽搭鼻子。高秀燕便笑骂起来：你个驴熊，又想好事了是不是？吴洪委便叹口气道：哎呀，什么时候盼到那一天！高秀燕说：到那一天也不给你。吴洪委哼一声道：等到上了床，还由得了你……到这个时候，高秀燕也有感觉了，便说：甭说了甭说了，挂了！挂上电话，她再回到堂屋看电视，节目再好也看不下去，因为耳边老是有吴洪委的声音，身上老是燥热难耐。

这天晚上高秀燕等到九点，刚要去摸电话，电话却突然响了。她抓起来一听，里面一个女人说：谁呀？高秀燕说：你是谁呀？那女人说：我是马玉花。原来是娘在堂屋里也接了电话。从日本回来，为了给吴洪委打电话方便，高秀燕便扯了一根线，在自己屋里安了分机。她和爹娘约好，如果是外边打进来，谁都可以接的。这时她说：娘你放下我接！娘在那边就放下了。她对着电话说：哪一位？电话里便有一个男人说：空帮哇！原来是个日本人说"晚上好"。高秀燕急忙也说：空帮哇！对方说：高——秀——燕？高秀燕听到这，眼前马上闪现出一张黄瘦黄瘦的脸，紧急调动脑子里储存的并不太多的日语词汇，结结巴巴地说：我是高秀燕，你是，你是池田先生吧？池田说：是的是的，对不起，打扰你了。高秀燕问：你怎么会给我打电话？池田说：咱们分别好多天了，我想念中国朋友呵！高秀燕心里便笑：鬼子也真会说话。他还会想念中国朋友？是想咱再去他手下打工，受他的呵斥叫骂吧？心里这么想，嘴上却说：阿里嘎刀（谢谢），阿里嘎刀。池田这时又说：高秀燕，这里的樱花开了。高秀燕立即想起曾在那个日本小镇上见过的一片花海，觉得心里最柔弱的地方突然被一根指头挠了一下。但她马上想，再好也是人家的。她想说：俺这里的桃花杏花开得更早。但她不会用日语说这话，只好应付道：摇希（好），摇希。接着，池田便和她说起小镇上的其他东西，高秀燕听不太懂，但她知道池田在一样样地夸耀。她记得那个小镇的春天，更记得前年春天刚去日本时和几个工友去看花，因为迷路误了上班时间,让池田拉长着黄脸臭骂了一通的经历。想到这里她有些心烦,再想到吴洪委在北京正等她的电话,便耐着性子又听了几句,然后说:对不起池田先生,我这边有事情,以后再联系好吧?池田便说:丝米马丝恩(对不起),撒摇拿拉(再见)。接着挂了电话。

高秀燕连话筒都不放,接着给吴洪委拨电话。接通后听见吴洪委急猴猴地说:哎是我!怎么才打过来?都九点十八了!高秀燕笑道:九一八事变,鬼子来了。吴洪委说:哪里来的鬼子?高秀燕便把池田打电话的事情讲了。吴洪委说:他给你打电话?黄鼠狼给鸡拜年,没安好心吧?高秀燕说:他就是没安好心,也隔了个大海,还能把咱怎么样。吴洪委说:也是。接着就和高秀燕说起了别的事情。当然,说到后来他照常喘粗气抽搭鼻子。

跟吴洪委通完话,高秀燕没再去堂屋看电视,也没再回味吴洪委那撩人的声音,而是躺在床上回想起她在日本的一幕一幕。工友们说得对,在日本的两年真是终生难忘。现在高秀燕只要一闭上眼睛,便能看得见工作台上的鱼血鱼肉,闻得见那直钻脑门的腥气。她们从事的是鲜鱼解体作业,两只手从早到晚泡在水里,下了班到浴室里怎么冲洗也去除不了那浑身的腥味儿。这在日本被称作"3K"工作,就是脏、险、累三类,日语发音都带"K"音,日本年轻人不愿干的。人家不愿干中国人却愿干,于是就有了"赴日研修"这种变相劳务输出。虽然工资比日本工人不知低多少倍,却争得打破脑袋,县里每年派出的几十个名额,让无数年轻人眼红心动。高秀燕她姨千方百计托关系,整整等了两年,才让高秀燕跨出国门成了一名"赴日研修生"。现在,她"研修"完了,带回的165万日元存在县城的银行里,她在菟丝岭也成了响当当的人物。许多的农家宅院经常传出一句话:有本事,也学高秀燕挣日元去!高秀燕想:难怪众人眼馋,掐着指头算一算,菟丝岭能有几个人挣回这么多日元?除了高秀燕没有第二个呀!所以说,在日本吃的那些苦,受的那些气,都算不了什么了。

然而她没想到池田会打来电话。这个老鬼子,两年中没给中国打工妹留下多少好印象。他管理一个车间,只要一上班,那张黄脸就到处游动，谁的手底下出了质量问题也逃不出他的两只黄眼蛋子。有一回加工玉筋鱼，高秀燕切的鱼片稍稍大了一点儿，池田便冲她大发雷霆，让她重新切过并通过翻译宣布扣她两天的工资。为这，她下班后哭了一场，连饭都没吃。但这老鬼子在技术上真有两下子，经常给工人做示范，往工作台前一站，手飞刀舞，那活儿真叫一个漂亮。听说就因为他技术硬，监工严，加工厂老板对他特别赏识，工资是日本职员中最高的，一年能领600万日元呢。不过他老婆常年有病，在高秀燕她们临回国的时候去世了。最后中国打工妹离厂集体合影时，池田刚料理完老婆的丧事回来，那张脸更黄更瘦，送别的时候脸上没有一丝笑容。高秀燕想：也真是奇怪，他两年中对打工妹从没说过工作之外的话，今天怎么打来了这种电话，又是想念朋友又是花花草草的。也许是他死了老婆觉得寂寞，就找出打工妹留下的通讯录打电话排遣一下。不过，你寂寞了可以找日本女人拉呱儿，打到中华人民共和国干啥？这老鬼子！

　　墙上就挂着那幅大大的合影照片。高秀燕抻长脖子凑上去看看，便找到了站在人群边上的池田。与几十位年轻的中国姑娘们相比，他显得老里老气，猥猥琐琐。

　　高秀燕不屑看他，便跳下床来，趿拉着从日本带回来的木屐又去了堂屋。她爹高世连白天下地干活累了，已经在床上打起了呼噜，她娘马玉花还在看电视。马玉花看看闺女脚上，又抬头看看闺女的脸，小心翼翼地说：燕燕你天天穿这呱嗒板子，脚不冻得慌？大高秀燕撅着嘴说：跟你说一万遍了，这叫木屐，日本木屐！什么呱嗒板子，土死了！马玉花知道自己犯了错误，连忙检讨：噢，木屐木屐，看我这记性！自从闺女挣了大钱回来，马玉花和闺女说话都是小心翼翼——闺女成了财神，今后家里的大笔开销还指望她呢。

　　马玉花看几眼电视，又小心翼翼地问闺女：燕燕，刚才是谁的电话？高秀燕说：日本鬼子的。马玉花立即瞪大了眼睛：日本人打来的？他能把电话打到咱家？说着，那一双粗糙的老手便伸向旁边桌子上的电话机，想摸一摸又不敢，仿佛那是个日本人的脑壳。她缩回手问：你已经回来了，日本人还打电话给你干啥？高秀燕说：拉闲呱儿。马玉花感叹：打国际长途拉闲呱，人家到底是有钱！

接下来，母女俩一边看电视，一边说起"五一"的婚事。因为吴洪委那时放长假才能有空回来，所以他们就把喜日子定在了那天。高秀燕和娘商量，到时候在村里把仪式搞了，把酒席摆了，第二天她就和吴洪委去北京旅游，游它几天，然后在北京住满月回来。不过，吴洪委家里的新房不能马虎，要好好地布置一下。这几天吴洪委他爹正请人装天花板，安吊灯，她得过去上上眼，别出了质量问题。

第二天吃过早饭，她就趿拉着日本木屐往村东头吴洪委家走去。走一步"呱嗒"一声，走一步"呱嗒"一声，惹得村里人纷纷看她脚下。一个老太太看了发表议论：这呱哒板子俺爹那辈人穿过，只不过这些年有了汽皮垫子、塑料凉鞋，就不穿了，没想到年轻人又穿起来了。高秀燕停下脚对她说：二奶奶你睁大了眼看看，这造型，这图案，跟你爹当年穿的一样嘛？这是日本的！老太太仔细看了看，瘪着嘴说：是不大一样，可反正是两块木头板子。高秀燕不屑和她争辩，就昂着头，一步一呱嗒地走了。

吴洪委家的新房其实并不新，是四年前建成的，一共五间带厦檐的瓦房。本来，这房子落成后吴洪委和高秀燕就打算结婚，但高秀燕的姨来说了出国打工的事，而且强调出去的人必须未婚。高秀燕便说：那就不结了，等到从日本回来再说。吴洪委只好依着她，同意等下去。不过，在等待出国的两年里，他们其实已经把婚结了。那些数不清的夜晚，有月亮的，没月亮的，下着雨的，刮着风的，他俩都是在这座房子里度过的。他们也不怕村里人知道。知道了又怎么样？反正他们早晚要做夫妻的，是不是？在那两年里，高秀燕还怀过一次孕，后来去县城医院流掉了。骨肉分离，那是让她啥时想起啥时掉泪的一桩大事。所以，现在高秀燕一走进这个院子，心里就像揣了一碗煮沸了的醋，又热又酸。

几个从外村来的民工正踩着梯子吊天花板，吴洪委的爹吴二结巴正仰着老脸在一边监督。看见儿媳妇过来，吴二结巴带着一脸的讨好表情问她：你你、你快看看，怎、怎、怎么样？高秀燕憋住笑，背着手转了两圈，然后指出有一处接缝太宽。吴二结巴立马说：是、是太、太宽，返返返、返工！

　　高秀燕没再看出别的毛病，就站到了她和吴洪委无数次睡过的那张木床前边，仿佛又听见这木床发出的急促声响。她想，等吴洪委回来，一定去县城商店买一张高级的席梦思。对了，还要买大彩电、大冰箱、大立柜、大沙发等等的一切。反正，新房的布置一定要在全村拔尖。吴洪委拿不出钱来，我拿！我就是拿出三万也只是全部存款的四分之一。我高秀燕结婚，太寒碜了行吗？

　　视察完了新房，高秀燕又一步一呱嗒地走回家去。眼下正值春耕大忙，爹娘都下地干活去了，但再忙她也是不会去的。虽然在日本干的工作比庄稼活儿还累，但她觉得菟丝岭的土地已经离她很遥远了，现在让她下地干活心理上真是适应不了。

　　她打开电视机，抓起一把瓜子，一屁股坐到了凳子上。

　　晚上九点，她照常给吴洪委打电话，说了白天去看新房的事情。吴洪委这驴熊想象力太丰富，又勾画起日后将在新房里发生的场景，弄得高秀燕热血沸腾，让她放下电话后好大一会儿还是不能平静。

　　这时，电话突然响了。她拿起一听，又是池田在说：空帮哇。她刚要回话，娘在那边说：说啥？你说啥？高秀燕没好气地说：这是池田！娘你把电话放下！

　　池田这次的电话用语还是很客气，又是打扰了，又是对不起。高秀燕不冷不热地说：池田先生，你接连打电话给我，有事吗？池田说：是的是的，有事。高秀燕说：那你说吧。池田说：你在日本的时候，我没能陪你出去玩玩，实在抱歉。但愿今后还能有机会，陪你在日本各处走一走。接着，他说了许多地方，高秀燕模模糊糊听出有一处著名的温泉，一处著名的海滨浴场，另外还有富士山，还有东京。

　　高秀燕听着听着伤心起来。在日本打工时，除了那个小镇，姐妹们谁也没去别处游玩过。也不是没有时间，周末一般都休息，但大家觉得日本消费水平太高，自己辛辛苦苦挣来的钱不能乱花。直到两年过去，要回国了，有人提出在东京上飞机之前无论如何也到市里看一看。因为她们来时就没看过,下了飞机是直接让厂里的车拉过来的。然而真的等到回国的日子到来,她们归心似箭,最终还是直接去了机场。

高秀燕听不下去,便打断池田的话说:你讲这些,是在涮我吧?这个"涮"字她用的是汉话,池田听不懂,问是什么意思。高秀燕说:就是故意让我难受!池田连忙说:不不不,我是真心的,真诚的。高小姐,有一件事情我想和你讲。但是你要先答应我一个条件,我讲了之后你不要向别人讲,尤其是不要向你那些工友们讲。好吧?高秀燕说:你讲吧,我答应你。

听得见池田在那边接连咽了几口唾沫。之后他吞吞吐吐地说:高小姐,我要向你讲的是……我喜欢你。

高秀燕先是一惊,接着笑了:你喜欢我?喜欢我啥?

池田说:喜欢你的年轻,漂亮,还有聪明。我告诉你吧,在咱们共事的时候我就喜欢上你了,只是不能向你表白。后来,你知道的,我独身了。所以,现在我想问问你……你,能不能做我的第二任妻子?

高秀燕一下子愣了,她把脖子挺得笔直,半天没有说话。她想:老鬼子真会开国际玩笑,我高秀燕马上要跟吴洪委结婚了,怎么会去给你当妻子呢?你一个四十多岁的半大老头,听说还有个十岁的"考岛毛"(小孩),让我去做第二任妻子,用中国话说就是填房做后娘,咳,你也真是瞎了狗眼!她本想在电话里骂鬼子一通,考虑到出国培训时老师讲的"国际影响",就忍住气说:池田先生,这是不可能的,对不起,再见。说罢就扔下了电话。

去了堂屋,高秀燕的嘴角上还是挂了冷笑。马玉花看见了道:你笑什么?那日本人说啥啦?高秀燕说:这老鬼子说,他要娶我。马玉花腾地站起来:是吗?咱可不能答应呵!你答应了咱怎么跟吴家说话?你走了我见不着闺女咋办?说着说着话音里就带了哭腔。高秀燕皱着眉头道:你看你,这么大年纪了还一点儿也不沉着!他说娶我就娶了?他以为他是当年打到中国的日本鬼子,想要花姑娘了就要?喊,痴心妄想嘛!

马玉花放下心来,重新坐下。她打量了几眼闺女,小心翼翼地说:

燕燕，你在那边，是不是跟人家有什么事儿？高秀燕立马火了，圆睁杏眼道：娘你说这话可要负责呵！他一个半大老头，我跟他有事儿？哼！哼！马玉花赔笑道：燕燕你甭生气，就当我没问好不好？不过你跟我说说，他到底是个什么样的人？高秀燕把嘴撇了两撇，把池田的大体情况说了说。马玉花听罢，把嘴咧了几咧，用一句话做了总结：癞蛤蟆想吃天鹅肉。

回到自己屋里，高秀燕上床睡下，在自己年轻的身体上摸了几把，也同意娘的这个结论。她想，池田就凭他那张黄脸，那把老骨头，还对我有想法，也真叫人恶心！呸！呸！滚你妈的蛋！

她猛地翻一下身，想着吴洪委睡过去了。

第二天早晨醒来，她照常赖一会儿床。这时娘拍拍她的房门说，燕燕，今天我想去看看你姨你兄弟，咱娘俩一块儿去吧？高秀燕正觉得在家里憋闷，马上答应道：中！接着起床，吃饭，化妆。这空当，娘准备好了进城带的东西：给儿子叠了一包煎饼，给妹妹掰了半篮子香椿芽。高秀燕换好衣服出来看看，说给她姨的东西少了，等进城再买一点儿。马玉花说：你真该好好孝敬你姨，不是人家操心，你还能去了日本？这话高秀燕不知听娘说过多少遍了，但她从没听烦，因为娘说得很对。

在村头等到一辆中巴班车，母女俩上去，半个小时便进了县城。县一中的高三学生星期天也上课，到那里等了一会儿，等到下课铃声响起，高秀燕才从蜂拥而出的学生堆里喊出了她的弟弟高瞻。高瞻比母亲和姐姐高出一大截，跑过来弓着腰跟她们说话。母女俩你一言我一语，向高瞻问这问那，嘱咐东嘱咐西。看看又要上课了，马玉花把煎饼交给儿子，又从兜里掏出50块钱给他。高秀燕看看钱，再看看弟弟，一脸豪气地说：高瞻，你好好学好好考，等上了大学，学费算你姐的！高瞻急忙点头哈腰：老姐真好！老姐真好！我一定听你的！马玉花站在一边，听姐弟俩这么说话，一只手早擦到眼睛上去了。

从一中出来，高秀燕到路边商店买了一箱牛奶提着，和娘去了位于县城中心的工会俱乐部。高秀燕的姨马玉枝在那里当会计，姨夫冈大河当体育教练。在高秀燕眼里，冈大河高大魁梧，四肢匀称，绝对称得上标准的男子汉，然而她姨总是瞧不起他。高秀燕有一回问：姨，你瞧不起他，当初为什么跟他搞对象？马玉枝悔恨地说：你姨那时候是瞎了眼，光看见他那一身肌肉。可是在这个社会里，肌肉能值几个钱？值钱的是权力，地位！别的不说，闵大河如果能干上个局长，我能住这两间破破烂烂的小平房？

这两间小平房确实不咋样。高秀燕和娘走进去，觉得掉屁股都困难，只好坐到占据了外间一半面积的那张沙发上不再动弹。茶几上早放了一盘苹果，马玉枝将一把刀子塞到高秀燕手里，让她自己削了吃。高秀燕一边削苹果，一边亲亲热热和姨说起话来。她先问上初中的表弟干什么去了，马玉枝点着一支烟说：打球去了，真是他爹的种，见什么球都亲。高秀燕又问姨夫，马玉枝恨恨地说：你姨夫八小时之外倒是不打球，可他迷上了打牌，平时都通宵打，周末更是猖狂。唉，人要是不想上进了，连一摊狗屎都不如！马玉花忍不住说：玉枝，你也别不知足，你说燕燕她姨夫这不好那不好，总比你姐夫那个土庄户强吧？你除了房子孬一点儿，俺看别的都怪好！马玉枝说：姐，你就没听说过这句话？到哪山砍哪柴。我要是生活在农村就罢了，这是在哪里？在城市呀。你知道不知道，人家有钱的都到了什么程度？换大房子，买小汽车，送子女出国留学。他闵大河整天假装看不见，除了打牌就是打牌，你说我能不生气吗？唉哟，唉哟，真是要命！马玉枝说到这里，两手捂胸，双眉紧蹙。

高秀燕见姨难受，便有意转移话题，说她染了黄头发真好看。马玉枝抬手抚弄着发梢说：唉，快四十的人了，还能好看到哪里去。都是闵大河把我的青春给霸占了，不然的话，我的生活质量绝对不会是今天这个样子！说到这里，放在茶几上的手机响了一声。她拿起来看看，一声不吭地按来按去。马玉花诧异地问：你怎么不接电话？高秀燕说：人家这叫短信，打字就行了，不用说话的。可惜咱乡下信号不好，好的话我也去买部手机！

马玉枝发完短信，抬头问高秀燕的婚事筹备得怎么样了，高秀燕说：差不多了。马玉花道：燕燕快结婚了，想不到有个日本人要插杠子。高玉枝问：日本人插杠子？插什么杠子？马玉花就把从闺女嘴里得知的情况跟妹妹说了。马玉枝听罢，用夹着烟卷的一只手指着高秀燕问：这事是真的？高秀燕点头道：真的。马玉枝说：外甥女，你福大命大，你千载难逢的大转折来了。高秀燕问：姨你什么意思？马玉枝拿手指敲着高秀燕的额头道：丫头你也是二十六七的人了，这意思还用我讲么？跨国婚姻，这是他妈的多少人做梦都盼不来的，你倒是遇上了。你别的甭说，赶快抓住这个机会！机不可失，时不再来。

　　马玉花却沉下了脸。她对妹妹说：她姨，你是说燕燕应该嫁给那个鬼子？他那么大年纪了，又是二婚，燕燕过去就给人家当后娘……马玉枝打断他的话说：人家如果年轻轻的能要咱？咱看他年纪干啥？看他二婚不二婚干啥？咱看的是这跨国婚姻的含金量！含金量你懂不懂？嗯？燕燕嫁过去，别墅有了吧？小汽车有了吧？大把大把的票子也有了吧？燕燕别看你出去挣了十来万块钱，可那些钱能派多少用场？连一辆像样的小车都买不起！那鬼子有个小孩？有小孩怕啥？已经十岁了，再过八年就自立了，跟家庭没有关系了。所以我郑重地劝你，当机立断，赶紧跟姓吴的吹了！你想想，跟了他能有什么前途？一个打工仔，一月才挣五百块钱，以后能养家糊口吗？

　　这番话说得高秀燕目瞪口呆。她想她姨不愧是个当会计的，把账目算得如此清楚。高秀燕想，这种计算是有道理的，这道理是金钱的逻辑。可是这世界上还有情和义的逻辑。我和吴洪委已经好了七八年了，什么事情都做了，眼看就要正式结婚了，怎么能跟他提出散伙？

　　马玉枝看出了外甥女的犹豫，接着说：燕燕，有位名人说得好，人一生中都有最关键的几步路，走对了就是幸福，走错了就是痛苦。对此我的体会太深了，今天给你现身说法吧。实话告诉你，当初我谈恋爱的时候，除了闵大河，还有一个人追我。那个人干瘪溜瘦，我一看觉得恶心，就叫你姨夫的那身肌肉吸引去了。可是你猜怎么着？十年之后，那人成了一个局的副局长，而且分管人事，送礼的挤破门，老婆孩子出门都坐小汽车。可我呢？我只能骑自行车。闵大河的肌肉给我带来了什么？带来的是低贱，是屈辱！他的肌肉连旧棉花絮都不如！孩子呀，以你老姨为鉴吧!

高秀燕突然笑了:姨,你这一课上晚了。我已经拒绝了人家。

马玉枝指着她说:傻丫头傻丫头!哎,你什么时候拒绝人家的?

高秀燕说:昨天晚上。

马玉枝说:那还有挽回的可能。你想他昨天晚上被拒绝,今天就能马上找了别人?你有他的电话吧?有?那就好。你现在就给他打电话,说你同意嫁给他。快,现在就用我的电话打,打,你打!说着,就拿起桌子上无绳电话往高秀燕手里递。高秀燕觉得这么转折也太快了,两手推挡着电话说:姨,我回去考虑一下,晚上再打也行。高玉枝瞪着眼睛说:你可一定要打啊!说到这里,她的手机又响了,她又拿起来忙着发短信。

这时候,坐在一边的马玉花却抽抽搭搭哭起来了。高玉枝发罢短信问:姐你哭啥?马玉花说:我是害怕,燕燕真要跟了日本人,俺就见不着她了。说着,竟扑到闺女身上大哭起来。

马玉枝将膀子一抱,撇着嘴说:姐我不是说你,看你这样儿,就是到不了大处!闺女走了就见不着了?那日本还有多远?不就隔个海吗?周总理早就说过,那叫"一衣带水",像裤腰带那么宽,说过去就过去。到那时候,你坐着飞机飞来飞去,看你感谢不感谢我!

听了这话,马玉花果然不哭了。她放开闺女,不好意思地破涕为笑。

马玉枝看看表,摇头道:光顾说话,忘了做饭了。说罢,就去了小院东边的厨房。马玉花也跟过去,摸过一把芹菜择了起来。

堂屋里只剩下高秀燕一个。她脑子里装了马玉枝灌输的那些东西,一时消化不了,又是涨又是疼。怎么办?怎么办?她一遍遍地问自己。问题虽然没有答案,但她清楚地意识到,自己已经站在一个岔路口上了。

茶几上的手机响了。高秀燕好奇地拿起来看看,上面提醒有一个短信。她摁开看看,有这么一行汉字现了出来:你的嘴上功夫让我销魂蚀骨。高秀燕想:老姨能说会道,嘴上功夫确实不错。你看,这人还专门发来短信表扬她。

高秀燕回到家，一头栽到床上，将自己的大脑开辟成战场，让吴洪委和那个池田大战起来。开始的时候，吴洪委是占上风的。吴洪委凭着他的年轻威风凛凛，凭着他与她六七年的感情当仁不让。可是高秀燕想想老姨讲的肌肉并不值钱，五百块钱怎么养家糊口，她又让没有多少肌肉的池田登场了。也真是的，原来不仔细想的时候并没有感觉，仔细想了之后，池田的收入，池田的房子，池田的小车，还有那个日本小镇的美丽风光，都让她怦然心动。在这个时候，池田就占上风了，就把吴洪委打败了。

可是，被打败了的吴洪委好可怜呀。人家本来要跟咱结婚了，因为咱出国又硬是等了两年。再说，一日夫妻百日恩，我和吴洪委做了多少回夫妻了？不只是做夫妻，连孩子都差一点儿有了。还有，吴洪委在床上的那个劲头，也真是让人怀恋，池田他、他干瘪溜瘦的能行吗？

唉，真是左右为难。我呀，要是能分成两半跟着两个人就好了。

天色黑了下来。门外传来娘的喊声：燕燕，吃饭了。高秀燕说：我不吃了。娘推门进来说：怎么不吃饭呢，不吃饭怎么行呵？高秀燕抬手捶着脑壳说：人家正作思想斗争！马玉花说：我知道你做思想斗争，吃完了饭再做不行吗？高秀燕说：不吃不吃，就是不吃！说着扯过被子把头蒙上了。马玉花只好一边嘟哝一边走了。

高秀燕继续作思想斗争。然而她很快听到了爹娘的争吵。爹大着嗓门吼道：不行，坚决不行！这算啥事儿！娘小声跟他说了几句什么，爹又吼道：咱还讲不讲良心？嗯？不讲良心还是人吗？高秀燕知道，爹是个老实庄户人，是轻易不发火的，今天肯定是听说了她要嫁给鬼子的事。她怕爹嚷嚷得四邻不安，便起身去了堂屋。

高世连见闺女进来，用手中的筷子指着她说：燕燕，你要是真跟老吴家退婚，先把你爹杀了！

高秀燕说：谁退啦？我说退了吗？

高世连说：就是不能退！在咱菟丝岭，高吴两大家祖祖辈辈作亲，从来就没听说谁不仁不义！咱要是办了昧良心的事，怎么再见老吴家？

脸上蒙着狗皮？

马玉花鼓突着嘴说话了：俺就不信，退了婚就不能见老吴家了。现在讲婚姻自由，结了婚还可以离呢。

高世连咬牙切齿冲老婆说：你给我退了试试？我先把燕燕杀了，把死尸送到吴家坟地里去！

高秀燕突然打了个寒噤。她没想到爹会说出这么狠的话。她愤愤地瞪了爹一眼，转身回到自己屋里。

娘跟了过来。马玉花压低嗓门说：看看你爹，现在都什么时代了，还这么封建！

高秀燕说：他还要杀我！他是我亲爹吗？他是我亲爹还能起这样的心？说着说着她泪流满面。

马玉花说：咱娘俩是劝不了他了，只能到城里搬兵，叫你姨劝他。

说着，她把屋门关严实，去拨妹妹的电话。然而接电话的是闵大河，说马玉枝不在家。马玉花又拨妹妹的手机，接通后便小声向她汇报高世连的恶劣表现。马玉枝在那边说：先不要惹他，过几天我抽出空来，好好给他上上课，洗洗脑筋。先这么着吧，我这边有事。

马玉花放下电话对闺女说：有你姨给做工作，谅你爹也不会闹出多大的事儿，你快打电话给池田吧。

高秀燕说：你再让我想一想。

马玉花便起身走了。走到门口又回身说：别忘了你姨说的那些，别错过机会啊。

高秀燕烦躁地说：是呵是呵，你快走吧！

接下来，高秀燕的大脑又成为战场了。

不知过了多少时间，电话突然响了。高秀燕接过一听，原来是吴洪委的。吴洪委说：哎是我！今天晚上你怎么没打过来？高秀燕看看表已是九点半，这才意识到，她把这事给忘了。自打从日本回来，这样的情况还是第一次出现。她心里有一些愧疚，但马上撒谎说：不好意思，我睡着了。吴洪委说：那你给我拨回来吧。说罢就挂了电话。

高秀燕有些不高兴了，心想还要我拨回去，不就是省那块儿八毛的钱么？钱是挣出来的，不是省出来的。你吴洪委有本事的话当上个大款，别这么抠抠索索的！

虽然不高兴，但还是把电话拨了回去。吴洪委不了解高秀燕的思想波动，在那边的电话亭里依然兴致勃勃。他说，他侍弄的花草今天得到了研究所领导的表扬。特别是有几棵樱花开得旺盛，谁看了都喜欢。

高秀燕心想，开得再旺盛，也比不了日本的那一片花海。

吴洪委接着问：燕燕你怎么不说话？想我了吧？哎呀我也想你！说着说着喘气声就粗了起来。

然而高秀燕对这声音没有了往常的反应。她想，这驴熊说不上三句话就想那事，可见层次不高。高秀燕进而深刻地想到，这其实是一种本能，哪一个男人都有的。这种本能如果把握不好，是会害了女人的。

她想起了两年前的那个春天。那时她在县里结束为期三个月的培训，再过半个月就要出国，可是一回家吴洪委就要跟她上床，上了床才发现安全套没有了。高秀燕说：这可不行，老师再三讲，千千万万不能怀孕，到日本一旦发现谁怀孕，立刻遣送回来。你让我怀了怎么办？吴洪委却说：怀不上的，怀不上的。强行上了她的身。事后，高秀燕吓得要死，天天盼着月经到来。然而越是盼，它越是不来。出国前一天打工妹集合的时候，组织者把她们拉到县医院，查每个人的尿样。在把那个装满尿液的小瓶交上去的时候，高秀燕觉得把自己的命也交上去了，一阵阵地要昏过去。等到结果出来，她的正常，有两个人被取消出国资格。看着那两个姐妹哭得死去活来的样子，高秀燕感到了入骨彻髓的后怕。好容易上了飞机，又听别人说到日本一个月后再查一次，她觉得自己从半空中直往下掉，便双手捂脸蜷缩在座位上。就在飞机落地的时候，随着那一下子剧烈震动，她小肚子一缩，腿间突然有了湿热的感觉。她猛地跳起来喊道：来了来了！在下飞机时，别人告诉她裤腔上有红的，她却益发高兴，就带着那个表示子宫中没有异物的血印踏上了日本的土地……

现在高秀燕想，当时真是太危险了。吴洪委为了得到一时的满足，竟然丝毫不考虑我的前途和命运。要知道，盼星星盼月亮，好容易盼到了出国，如果让他的种子发了芽，让人开除了，那真是比死还难受哇。

吴洪委还在一边说一边喘息。高秀燕不再听他说什么，心里只想：兽欲，这完完全全是兽欲。她说：吴洪委，你天天说这事想这事，觉得有意思吗？吴洪委说：当然有意思！意思大着哩！高秀燕说：你觉得有意思，不代表别人觉得有意思。吴洪委惊讶地问：燕燕你什么意思？高秀燕说：我没有别的意思。我的意思是，人啊，应该高尚一点儿，文雅一点儿。对吧？说罢，她就挂了电话。

接着，高秀燕就做出了决定：给池田打电话。她想，我不一定马上表态要嫁给他，可以重新建立联系，一步步跟他谈。她找出通讯录，拨出了池田住宅的电话电码。

然而，那边占线。

她怀疑自己拨错了，便重拨了一遍。不过还是占线。

她等了几分钟再拨，还是打不进去。

这老鬼子，在跟谁通话呢？看看表，想到东京时间已经快十二点了，高秀燕着急起来。她一次次地摁重拨键，直到摁了十几次后，才终于打通了。

毛西毛西。是池田的声音。

空帮哇！高秀燕的声音带了几分羞涩几分激动。这次她改了称呼：池田君，我是高秀燕。

刚说出这一句，池田立即说：啊，高小姐你放下电话，我给你打过去。

高秀燕立即感动地想：看看，外国人和中国人就是不一样。人家想得多么周到。

电话放下不到一分钟，池田便打过来了。他说：高小姐，谢谢你给我打电话。高秀燕说：池田君，我昨天晚上接电话的时候很不礼貌，请您多多包涵。池田嘎嘎地笑了，他说：高小姐，我相信昨天晚上你的回答不是你的本意，你的本意还是同意嫁给我的嘛，对吧？高秀燕便说：是的。她已经忘记了刚才所做的筹划，让自己的态度一步到位了。

池田又嘎嘎地大笑。笑过之后他说：好，好，我喜欢高小姐今天晚上的直爽。不过我要问你，你既然同意嫁给我，你爱我吗？

高秀燕没想到池田会这么问。这么问也太为难人了。她跟吴洪委好了六七年，两人也从没问过对方爱还是不爱。不过，现在高秀燕是知道应该怎样回答的，迟疑了片刻后说道：哈咿（是的）。

池田说：阿里嘎刀（谢谢）！接着又问：你知道的，我还有一个女儿，你爱她吗？

高秀燕想，这鬼子也真会刁难姑奶奶。说爱他还不够，还要我爱他的"考岛毛"。那个小丫头片子我没见过，叫我怎么爱她？但是，高秀燕也知道眼前怎么回答，又说了一个"哈咿"。

池田又说一声阿里嘎刀。接着，他向高秀燕讲起了她的女儿。高秀燕对他的话不能完全听懂，但总算能明白个三四分。池田好像说他的女儿叫池田明子，长得像他妈妈一样，非常漂亮，也非常聪明。池田还讲，他女儿很支持他再找一个妻子，但条件是要像她妈一样美丽。他想来想去，只有中国研修生高秀燕符合这个条件。所以，他才决定打电话前来求婚。

这话让高秀燕心里不知是什么滋味。噢，原来我是被当做了一个日本女人的替身呀？我真是长得像她吗？我真能替代那个女人成为一个日本家庭主妇、一个日本女孩的母亲吗？那样的话，来自中国的高秀燕到哪里去了？

这边的高秀燕胡思乱想，那边的池田还在讲他的"考岛毛"。他说他那小孩是多么聪明可爱，每天每天在她身上都会有一些趣事发生，在家里，在学校，在另外的某些地方。高秀燕对那"考岛毛"不感兴趣，听得不认真，只是嗯嗯啊啊地应付着。池田说啊说啊，一直说到北京时间零点四十二分才打住。他与高秀燕约好，明天晚上北京时间九点再次交谈。高秀燕说：这个时间不行，再晚一点好吧？池田说：那么九点半可以吗？高秀燕说：可以。两人互道晚安，结束了通话。

这一夜，高秀燕通宵未眠。与下午不同的是，她的大脑已经不作战场了，而是成为舞台了。谁的舞台？池田的。池田在车间里来回巡视的身影。池田训斥工人时的样子。池田做技术示范时的动作。这一幕一幕叠加起来，一个敬业、严谨、像电影演员高仓健一般冷峻的男子汉形象就树立起来了。高秀燕想，男人嘛，就是不能婆婆妈妈的，就是要放个屁砸个坑，有一定的力度。池田就是有力度的人，他的力度是吴洪委根本无法比的。

高秀燕大脑中的那个舞台，还虚拟了尚未发生的一幕一幕。池田带她出席洋味儿十足的婚礼。池田牵着她的手站在别墅的窗前眺望大海。池田用高级轿车拉着她到日本各地游玩。这些场次一一上演之后，高秀燕更是感受到了池田的力度。

天明时分，池田终于表演累了，到高秀燕的大脑深处休息去了，马玉花却又叫醒了闺女。高秀燕闭着眼睛不耐烦地说：干啥呀，人家一夜没睡，也不体谅体谅。马玉花问：燕燕，你昨天晚上打电话给池田啦？高秀燕说：打了。马玉花问：他态度好不好？高秀燕说：没有好态度，能打一个多小时的电话吗？马玉花将两手一拍：哎呀，这可好了！我瞅空儿打电话告诉你姨！她给闺女盖盖被子，又嘱咐道：先甭跟你爹那个老封建说呵，他听了会炸毛的。

高秀燕睡了整整一个上午。起来吃了午饭，便找出一本日语培训教材看。他想以后要和池田整天通话，不久的将来还要和他一起生活，日语水平不提高怎么能行。于是就一句句读，一句句背。有几个疑问句最后都用升调读：碟丝嘎？碟丝嘎？马玉花听了笑道：燕燕，你学母鸡下蛋呢？高秀燕说：我要去日本当母鸡了，不这样叫不行呵！

学了半个下午，觉得头疼，想上街走走，便趿拉着木屐出了家门。街上其实并没有多少人，中青年多数都出门打工，家里留守的也多数去了地里，在街上只是偶尔碰见几个老人和看孩子的妇女。对她的木屐大家已经见识过了，现在并不觉得稀奇了，所以在她走过的时候反应平平。高秀燕第一次觉出，这个叫做菟丝岭的中国村庄是多么死气沉沉，多么愚昧落后。她想，我要是在这样的村庄里度过一生，真是太可怕了！

转了一圈，不知不觉走到了吴洪委的新房门口。里面的民工还在忙活，吴洪委的老爹还在结结巴巴地指手画脚。高秀燕打量一下这个极其普通的庄户宅院，突然觉得前几年与吴洪委在里面迸发出的万丈激情是那般可笑。高秀燕害羞了，脸红了，想赶快离开这里。而吴二结巴却在院子里看见了她，满脸堆笑大声道：燕燕来、来了？你、你快看看，合适、适不？高秀燕却在门口摆着手道：合适合适！我有事，你忙吧！说罢匆匆走掉，只让一长串"呱嗒、呱嗒"的木屐声留在胡同里。

到了晚上九点，高秀燕没给吴洪委打电话。她想，跟池田的事情已经决定了，就必须疏远吴洪委。一步步疏远了，再选一个适当的时机和他摊牌。她在床上躺到九点一刻，吴洪委打来电话道：哎是我！你怎么又没打来？高秀燕说：也没啥事。吴洪委说：没事也通个话，这不是咱早就说好的吗？哎，你快给我拨回来！说罢就挂了电话。高秀燕想：我就不给你拨。便躺下不动。几分钟后，吴洪委又打了过来，问她怎么不拨回去。高秀燕说：你有钱就打，没钱就算了，拨来拨去的干啥呀？吴洪委在电话里一愣：高秀燕，你说话怎么变了口气？高秀燕：变了吗？吴洪委说：变了。高秀燕说：你说变了那就变了。这个世界天天都在变，不变能行吗？吴洪委说：你打算怎么变？高秀燕嘿嘿一笑：到时候你就知道了。别浪费你的电话费了，再见！

九点半，池田果然打来了电话。高秀燕接过来，回一声"空帮哇"，便让对方明显地感到了热情与娇柔。池田问她回国后干什么，高秀燕说没干什么。池田说：年轻人不能闲着，要学习，要工作。高秀燕说：是的是的。我正准备找份工作去干呢。池田问：你想干什么？高秀燕脑子急转了几下，说道：我想去学做家政服务，将来好伺候你，怎么样？这话让池田大为高兴，连声说好。

接下来，池田又讲他的生活习惯，什么时候起床，什么时候睡觉，爱看什么电视节目，爱吃什么东西，等等等等。高秀燕知道这些事情她必须记住，于是就专心听着，有不明白的地方便问。这么说来问去的，二十来分钟过去，池田说：不多打扰你了，咱们明天晚上再联系。高秀燕说：好的，我明天晚上九点半等你。

到了第二天晚上，高秀燕还是不给吴洪委主动打电话。高秀燕想，这驴熊肯定还在那边等，肯定是一边搔后脑勺，一边抽搭鼻子。

你愿等就等吧，反正我不给你打。有句老话道，当断不断，反受其乱。还有一句老话说，长痛不如短痛。反正要吹灯拔蜡了，不痛苦一段也是不可能的。

但是吴洪委并没有打过来。高秀燕想，这有些不正常了，他不会出什么事情吧？于是就将电话拨了过去。想不到吴洪委立即在那边接了：哎是我！

听到这一成不变的声音，高秀燕后悔自己又打了这个电话，什么也没说便把电话挂了。

吴洪委也没再打过来。高秀燕躺了一会儿，池田的电话就来了。这天晚上，池田还是只说二十来分钟就打住。

这么通了五天电话，两人之间的感情急剧升温。说话中间，池田常常来上一句"阿姨西带路"，就是"我爱你"的意思。高秀燕当然也要说"阿姨西带路"。她起初说起来有些别扭，但很快就说得溜熟，张口就来。

第六个晚上，池田突然说，他决定近期来一趟中国，与高秀燕见面。高秀燕问：池田君，是真的吗？池田说：当然是真的。高秀燕说：哎呀，那太好了，我会在中国好好陪陪你！池田说：谢谢，让我们共同盼望着见面的时刻吧！

这次通话结束后，高秀燕又是通宵未眠。池田要来中国了，要来见她了，这就意味着他们的关系到了实质性的一步。来住几天，走时把她带上也是可能的。听说本县松岗乡几年前有个女孩在日本北海道打工，回国不长时间就让一个日本人来带走了。池田也会这样，也会把她高秀燕带走。

要走了，马上要走了。我该怎么办呢？高秀燕想，当务之急，是要把和吴洪委的事情处理好。要给他做好思想工作，让他面对现实，忘掉从前，顺顺当当与她分手。

然而跟他怎么说呢？哎呀呀，这个口还真是难张，因为毕竟是咱提出来分手的。不过口再难张也得张，这一关是躲不过去的，而且早过去早好，等到池田来了还弄不利索就不好了。

嫁给鬼子　19

高秀燕便想马上给吴洪委打电话。这几天晚上，她都没给他主动打过，只是吴洪委给他打过两次。吴洪委在电话里问她有什么想法，高秀燕说没什么想法。吴洪委说：没什么想法你怎么不给我打电话了？高秀燕说：天天打，怪累的。吴洪委说：不对，你肯定有想法，你有想法你就说。高秀燕心想：我当然有想法，只是这想法现在还不便跟你说。她对吴洪委说：你甭疑神疑鬼的，回去睡吧。这两次电话，内容大同小异。

　　但现在高秀燕急于把自己的想法通知吴洪委。她看看表已经十点，心想这会儿打过去也找不着吴洪委了，他肯定已经回去了。他住在科研所的一间小平房里，手机和固定电话统统没有。想想这一点也真叫人生气，都什么时代了连个手机都用不起，还能叫个男人么。

　　但她还是拨了那个公用电话。她觉得即使吴洪委接不到，今天晚上也能把自己的决定通过电话线传递到北京。她要借那个公用电话亭传出的铃声，向世界透露一下自己命运将发生重大转折的信息。

　　万万没有想到，那边电话响了两三声之后，被人接了过去。哎是我！哎是我！是燕燕吧？

　　高秀燕怔了片刻，然后说：没想到你还在这里。

　　吴洪委说：燕燕你不知道，这几天晚上，我一直都在这个电话亭旁边站着。

　　深夜的北京街头，行人寂寥，一个打工青年孤独而郁闷地守候在电话亭旁。高秀燕对这场面稍加想象，眼睛便有点湿了。但她马上提醒自己：一个名人说得对，人一生中都有关键的几步。我在这关键的时刻，决不能拖泥带水！

　　她擦擦眼角，长吁一口气，开口说道：吴洪委，你也感觉出来了，我这些天对你的态度有了变化。今天想正式跟你谈谈。

　　吴洪委沉默了片刻说：果然不出我的预料。你说吧。

　　高秀燕说：吴洪委，我知道你是个、是个好人，咱们这六七年，我一辈子都忘不了的。可是，可是……

　　吴洪委说：可是你又有了更中意的，是吧？

高秀燕说：也难说中意不中意，只是觉得，跟他生活可能更，更……

吴洪委打断她的话说：不用更更更的，你说那人是谁吧！

高秀燕说：说了你也不认识。他离咱们这儿很远。

吴洪委说：肯定是个鬼子。

高秀燕没吭声，默认了。

吴洪委在那边也不吭声。过了一会儿，只听他破口大骂起来：我×鬼子他亲娘！我×他祖奶奶！说罢将话筒咣唧一摔，脚步声咚咚远去。

喂！喂！吴洪委！高秀燕喊过几声，那边却没人答应。她想：他可别想不开，出什么事吧？于是头上冷汗直冒，便一声声喊吴洪委，可是那边一直没人接。

高秀燕心里害怕，想跟娘说说这事。她走到堂屋，见爹已睡下，便让娘到她屋里。马玉花立马起身跟去，问闺女有什么事，高秀燕便把池田要来的消息讲了。马玉花听后，立即像一只找不着窝的母鸡似的团团打转：他要来？他真的要来？哎呀呀，咱这个庄户家庭，不像个样子，怎么能撑得住外国人看？高秀燕说：中国农村什么样子，池田是听说过的，再说人家以后也不在这里生活，管咱家像样不像样干啥。所以咱不用操心，到时把卫生好好搞一下就行了。现在难办的不是这事，是吴洪委。马玉花说：对，这个驴熊，万一知道了还不知怎么闹呢！高秀燕说：我刚才已经跟他说了。马玉花问：他怎么样？发疯了吧？高秀燕说：能不发疯吗？把电话一撂，不知跑到哪里去了。马玉花咂一下牙花子说：他怕是不会轻易放手。这事得跟你姨商量商量，看她有什么主意。高秀燕说：对，我现在就给她打电话！

马玉枝听了高秀燕的报告说，丫头，事情进展得好快呀，老姨祝贺你啦！高秀燕说：我别的不愁，就愁吴洪委，他要是太固执怎么办？马玉枝沉吟片刻说：这事不难。现在什么事情都按市场规律办，你跟吴洪委也动用经济手段吧。他不是等了你两年吗，你赔他点钱不就行啦？高秀燕说：对，这是个好主意，姨你真有点子。可是赔多少合适？马玉枝说：赔多赔少你们两人商量，你不就十来万块钱吗？你就是全部给他，这账也算得来。你嫁到日本，还不是天天在钱堆里睡觉？听了这话，高秀燕心中豁然开朗，不由得向她姨连声道谢。

放下电话，高秀燕跟娘说了她姨的主意，娘也点头称是。

办法有了，负担没了。高秀燕一夜睡得很香，第二天又一如既往地学起了日语。

到了晚上九点，她主动打电话到北京，可是那边占线。她等了几分钟再打，那边不占线了，却是一个女孩子边哭边说：你不必再和我联系，就当我死了好吧？高秀燕听她说得不对头，便明白是个与她无关的人。看来这女孩和她一样，也是在与男朋友分手。不过人家这话说得好，能让男朋友死心，等我和吴洪委通话，也这么说。

正这么想着，忽听吴洪委叫道：高秀燕！高秀燕！

高秀燕说：你来啦？你怎么样？

电话里的女孩却说：谁来啦？你是谁呀？

高秀燕正迷糊着，房门"砰"地被人踢开，接着是吴洪委怒气冲冲出现在门口。

高秀燕傻了。她撂下电话说：你，你回来啦？

吴洪委带着一股凉风，直扑床边，用两手紧紧攥住她的两只膀子，牙齿咬得咯咯作响：高秀燕！你真要嫁给鬼子？

高秀燕万分惊悸看着他，浑身打起了哆嗦。

吴洪委咬牙切齿地说：你这个女汉奸，我今天要判处你的死刑！说着就将手卡向了她的脖子。

高秀燕吓坏了，直着嗓子喊起来：娘！娘！快来呀！

其实她的爹娘就在门口，两人是听了吴洪委的喊叫跑过来的。马玉花过来拽着吴洪委气咻咻喊：吴洪委，你别胡来！有话慢慢说！

高世连站在马玉花的身后问：吴洪委，燕燕真要蹬你？

吴洪委将手一撒，往地上一蹲便哭开了：那还假啦？昨晚上她在电话里亲口说的。

高世连将脚一跺，将眼一瞪：这个小死丫头，怎么长了副狼心狗肺！吴洪委，她这死刑不用你判，看我的！说着，他抄起门后的一把镢头，"嗖"地就抡了起来。马玉花急忙去抢，高世连一闪身躲开她，接着将镢头往高秀燕的头上砸去。想不到,这时蹲在床前的吴洪委腾起蹿起身,用两只手将镢头架在了半空。

高世连放弃镢头,在地上一蹦老高:你个死丫头,你敢给我退婚?你活是吴家的人,死是吴家的鬼!

吴洪委却说:高叔,这是俺俩的事,你就别操心了,你到堂屋歇着吧。

马玉花看出吴洪委不会对高秀燕下毒手,扯着高世连说:对对对,这事叫孩子自己谈去吧,咱走咱走!高世连便趔趔趄趄地边骂边退。

屋里只剩下两个年轻人,高秀燕坐在床上捂脸俯身,吴洪委站在床下直喘粗气。吴洪委喘过一阵粗气,压低嗓音问:高秀燕你说,你在日本是不是就跟他搞上了?

高秀燕摇摇头:不是。如果那样的话,我回来就不给你天天打电话了。是前几天他来电话,说了那个意思的。

吴洪委说:他长得什么样子?

高秀燕指了指墙上:你看合影吧,边上那个瘦子就是。

吴洪委看了两眼,冷笑道:高秀燕,那么一个老鬼子就叫你动心啦?

高秀燕趴在床上一声不吭。

吴洪委坐到床边,离高秀燕很近很近,近到让她感受到了那具年轻躯体所辐射的热度。吴洪委说:你就不想一想,咱们是多少年的关系了?

高秀燕说:咱们好了多年,这是事实。我这么突然跟你分手,也真是对不住你。不过,我会在经济上补偿你的。

吴洪委说:补偿?你打算给我多少钱?

高秀燕说:你说个价吧。

吴洪委说:那我就说了。我要一个亿!

高秀燕猛地抬起头看着他:一个亿?你漫天要价呀?就是日元,也相当于七百多万人民币呢!我能值那么多吗?

吴洪委说:你真是值不了那么多。这样吧,你现在身上有多少钱?

有多少就算多少。

　　高秀燕疑疑惑惑地说：我身上？我身上哪有多少？说着就将裤兜里的百十块钱掏出来，递给吴洪委。吴洪委接过来说：还有吧？再掏！高秀燕说：没有了。吴洪委说：我就不信你没有了。说着就将一只手伸进了高秀燕的裤兜。那手在里面装模作样地掏了几下，接着掏向了另一个地方。高秀燕急忙摁住说：你要干啥？你不能这样！吴洪委喘着粗气说：不能哪样？不能哪样？一下子将她摁倒，扑了上去。高秀燕这时也来了感觉，就由他做去。

　　吴洪委彻底地疯了，让高秀燕觉得是天崩地裂，不由得抱住他叫唤起来。吴洪委忽然停下来问：燕燕，感觉舒服吧？高秀燕闭着眼道：嗯。吴洪委说：你别走好不好？咱们结婚好不好？高秀燕不吭声，还是闭着眼睛。吴洪委咬紧牙根道：我操死个你！说着腰间力量突然迸发，持续而猛烈地撞击，让她的头在墙上砰砰作响。高秀燕晕了过去。醒来后，发现吴洪委趴在他身上已经不动了。她狠掐一下他的屁股：谁让你排在里边的。吴洪委冷笑一声：叫你带着我的孩子去日本。

　　高秀燕沉默片刻，说：听你这话音，是同意我走了？

　　吴洪委长叹着摇摇头：唉，我不同意又能咋样？我知道，人心一旦变了，是很难再变回来的……可我难受哇！你知道不，昨天晚上我在北京大街上一直走，一直走，几次要撞车自杀。后来我想，等我回来把你杀了，然后再自杀，这样咱们俩就分不开了。可是等到见了你才知道，我是没法下手的，真的没法下手……说到这里，他伏在高秀燕胸脯上哭了起来，眼泪湿了她的大片皮肤。

　　高秀燕也哭了，她摩挲着吴洪委的后脑勺说：吴洪委，你是个好人，是个好人。我坏，我对不住你……

　　两人搂抱着哭上一会儿，又开始交合。

　　电话突然响了。高秀燕说：可能是鬼子的。吴洪委便翻身下去，躺到一边说：你接吧。

　　高秀燕抓起电话一听，果然是池田。池田说他已经拿到了去青岛的机票，明天晚上就到。高秀燕说：啊，你明天就来呀？我去接你吧？池田说：谢谢，不用了，我到那里住下之后再和你联系。

高秀燕打完电话，转过身去，看见吴洪委坐在旁边，咬牙仰脸，眼蛋子都快鼓出来了。她伏到他怀里说：吴洪委，我是个贱货，是个女汉奸，你骂我吧，你打我吧。吴洪委将憋在胸腔里的一口浊气喷向屋顶，然后说：骂你有用吗？打你有用吗？鬼子马上就来了，我还是躲开点吧。说罢就要下床。高秀燕却紧紧抱住他，流着眼泪道：你别走了，我，我陪你最后一夜。说罢，就努起嘴来，疯狂地去亲吴洪委。吴洪委躲了几躲没躲开，索性一张口咬住她的舌头，将她压在了身下。

这一次，是没完没了了。

马玉花在堂屋里坐了一会儿，担心闺女吃亏，便来到院里偷听。可她听不见两人说话，只听见床响。她想：燕燕这是怎么回事，又不打算去日本啦？小死丫头，抱上个男人就忘了大目标了！她去敲了几下门说：燕燕，燕燕，你姨不是叫你给她打个电话吗？你怎么忘啦？

高秀燕在屋里说：今天不打了，你回去睡吧！

马玉花回到堂屋，睡也睡不下，坐也坐不住，一个劲儿地嘟囔：啥事儿，这算啥事儿！高世连哼着鼻子道：啥事儿，她跟了吴洪委就对！

吴洪委在高秀燕屋里睡到天亮，才起身回家。马玉花走到闺女屋里，冲着床上的闺女发火：池田就要来了，你跟姓吴的还扯拉不清，到底打了什么谱？啊？你忘了你姨怎么教育你的？高秀燕伸了个懒腰，打了个哈欠道：娘你操啥闲心？吴洪委可怜巴巴的，我能不安慰安慰他？马玉花说：你跟他这么黏糊，他要是不放你走怎么办？高秀燕说：人家没说不同意。马玉花问：你给他多少钱？高秀燕说：他一分钱不要。他说他一个大男子汉，这点骨气还是有的。马玉花听了喜出望外：真的？真的？哎呀，刚才也没留他在咱家吃饭！

马玉花去做好早饭，才把闺女喊起来。一家三口正吃着，突然听见街上有人喊失火了。他们扔下饭碗跑到院里，果然看见村子东部冒出一个又黑又粗的烟柱。高世连说：这是谁家呀？快帮忙救去！他抄起家里的一只桶，在水缸里灌了一桶水提着，飞快地跑出门去。随后，马玉花也灌了一桶，与高秀燕抬着，一路小跑循烟而去。

拐过两个街角便发现，失火的竟然是吴洪委的新房。高秀燕惊叫一声，也不和娘抬水了，撒腿飞跑过去。这时，街上院里都挤满了人，大家拿着各种各样的救火工具忙活，但都无济于事，因为那火太旺了。火苗子烧得门窗玻璃啪啪炸裂，接着从里面蹿出老高。再看屋顶上，每一片瓦的缝隙中都在冒烟。几个壮汉往屋里拨出几桶水之后摇头道：没办法，救不了了！接着，屋顶便大块大块陷落到火里。高秀燕心想，不管怎样，这房子毕竟藏了我的一段生命历程，便捂着嘴哭了起来。

吴二结巴的老婆突然大哭着跑来，寻到了抱头蹲在墙根的男人，一边撕扯一边骂：你这个老结巴，你真来烧屋呀？你真把屋烧了？你该去死呀！

吴二结巴扬起脸吼道：儿媳妇跑了，还要这屋干啥？我就烧！我就烧！

女人道：高秀燕要给鬼子当老婆，你有本事把鬼子杀了，把儿媳妇夺回来，烧房子算啥本事？哎呀哎呀，疼死俺了！……

听她这么一说，在场的人一片惊诧、议论纷纷。

高秀燕听明白这火是吴二结巴放的，眼前一阵发黑，差点倒了下去。他知道这个老结巴脾气特别倔强，平时在家里怄气，经常是摔碗砸锅，而且几天不吃不喝。今天他肯定是听儿子说婚事要吹，才一气之下来放火的。他费尽心血建起这房子，最近又辛辛苦苦装修一新，今天却一把火烧掉，可见他的怒气之盛。

高秀燕正在发呆，腮上突然挨了重重的两记耳光。是爹打了她。爹打过耳光，一边骂一边把她往火宅里拖：小死丫头，我叫你变心！我叫你害人！你快给我死了吧！你不死还有脸见人啊？眼看那火离自己越来越近，高秀燕吓得号啕大哭。

是她娘第一个窜上来将她往后扯，接着是众人上来劝阻高世连。高世连将手一撒喊道：你们不叫她死，那我去死！说着就低头弯腰往火里拱，几个汉子赶快上前抱住了他。马玉花拉扯着闺女，在众人的鄙视下匆匆逃离了现场。

一回到家，马玉花便给妹妹打起了电话：玉枝你快来一趟，出大事了！马玉枝问出了什么事，马玉花说：吴二结巴放火，高世连杀人！接着将事情大体上说了一下。马玉枝说：这是怎么搞的！好吧，我马上就去！

娘把电话放下，高秀燕又把电话抄了起来。他把电话打到吴洪委的老宅，一听到那个熟悉的声音便尖叫起来：吴洪委，你个驴熊！你跟你爹是怎么说的？怎么叫他放起火来了？吴洪委苦笑一声道：爹要放火，你要嫁人，都是挡不住的，爱咋着咋着吧！说罢就挂了电话。高秀燕气得把脚一跺，去自己屋里躺下了。

躺了一会儿，也不知烦躁地翻了几十遍几百遍身，就听见院门一响，爹的骂声由远而近：小死丫头，我非把她揍扁了不可！他敢不进老吴家的门，我叫她死上一百个死！高秀燕见势头不好，急忙滚下床来把门插上，并用镢柄结结实实顶住。

高世连去堂屋里没找见闺女，果然奔东屋来了。他推不开门，便一边骂一边拿脚踹。这时，跟来看热闹的人在院门外探头探脑，马玉花挺着圆滚滚的身子跑过去，把门"咣啷"一声关死。外面的人"嗷嗷"怪叫，马玉花也不搭理，转身去闺女门前一站，向高世连更向门外的人喊道：怎么啦？俺闺女怎么啦？不就是个退婚吗？还犯了死罪啦？现在讲婚姻自由，俺爱退就退，谁管着啦？吴二结巴烧屋是他自己愿烧，俺可没去给他点火！

高世连两脚齐蹦，吼道：这火就是咱点的，就是咱点的！咱不退婚，人家老吴还能放火？我告诉你马玉花，你不把闺女送给老吴家，我跟你没完！

说罢，他伸手将闺女房门的锁扣上，猛地捏死，然后往门边一蹲像老牛似的喷气，两股鼻息将地上的浮土都吹了起来。

马玉花看这样子，明白自己是没办法劝他了，只好转身去了堂屋，心急火燎地等候妹妹。

等了半个钟头，墙外响起了汽车喇叭声。马玉花急忙跑出去打开院门，果然是妹妹沉着脸下了县工会俱乐部的大头车。她等妹妹进来，将院门再次闩牢，将看热闹的人挡在了外头。

马玉枝在院里站了片刻，便冲蹲在东屋门口的高世连走去。她说：姐夫，你知不知道自己犯法了？高世连抬头看一眼小姨子：犯法？我犯啥法？马玉枝说：你把燕燕锁到屋里，这叫非法拘禁罪！我现在就可以把你送公安局！高世连说：送吧送吧，你毙了我都行，反正我也没脸活了！马玉枝说：怎么没脸活了？我知道你们这些老庄户，把一张脸就看得比金牌还重要，吴二结巴为了脸面放火，你为了脸面要杀闺女！可笑不可笑？我发现，你们这辈人不死光，农村人的思想就解放不了！你们也不睁眼看看，现在都什么时代了？高世连说：什么时代也得讲良心！马玉枝说：谁说不讲良心了？可是像你们这样，杀人放火就是讲良心？

高世连没话讲了，将脑袋住腿裆里一垂，两串老泪就洒在了地上。他说：我跟吴二结巴是一块儿光着腚长大的，儿女作亲已经多年，现在一下子把人家闪了，你说这是啥事儿！

马玉枝说：光着腚长大的怎么啦？儿女作亲多年又怎么啦？这世界上的事情每时每刻都在发生变化，变是正常的，不变倒是不正常的，所以现在党中央天天讲与时俱进。男女婚恋也是这样，每个人、每时每刻都有选择的权利！结了婚有这权利，燕燕没结婚更有这权利！

高世连说：你光说权利，怎么不说说良心？

马玉枝说：良心？良心也好办。在新时代一样讲良心，只不过良心可以用市场经济手段体现出来。你不是觉得燕燕退婚叫人家吃亏了吗，咱们可以赔偿他们嘛！

马玉花在一边说：人家吴洪委不要赔偿。

高世连说：人家不要就算啦？别的不说，还有今天烧的屋呢？

马玉花说：那屋是吴二结巴自己烧的，跟咱有什么关系！

门里边忽然传出高秀燕的声音：不行，这屋咱得赔他！不然，吴洪委再找人结婚连房子都没有！看来，她在屋里已经听了多时，现在及时地参与了意见。

马玉枝说：既然燕燕这么说，咱们就赔他！赔得他打心眼里舒服！你们村村长是谁？叫他出面给调解一下。

高世连说：村长是高全平。

马玉枝说：我跟燕燕他妈现在就去找他。你怎么着？还不把燕燕的门打开？

高世连便抹一把鼻涕站起来，掏出钥匙，把锁头开了。

高秀燕从里面跑出来，一下子抱住马玉枝，流着泪道：姨，我一辈子忘不了你！

马玉枝拍拍外甥女的背说：孩子，这话可是你说的。等你嫁到日本，不理你老姨了，看我不咒死你！

随后，老姐妹俩一起去了前街村委办公室。

没想到，吴二结巴正在那里和高全平说话。高全平一见马玉枝立即笑着招呼：马科长来啦？欢迎欢迎！高全平见了来自上级的普通干部，是一律称呼科长的。吴二结巴这时用满带仇恨的眼光扫了一下两个女人，起身就往外走。马玉花拦住他说：二哥，你正好在这里，咱把事情商量商量。高全平也说：你们来了正好。刚才我把老吴叔叫来了解了一下情况，咱们坐下来议议吧，看这事怎么处理。吴二结巴便没走，袖着手蹲在了墙根。

马玉枝先说话了。他首先向吴二结巴道歉，说高秀燕退婚给吴家带来了精神痛苦和经济损失，很对不起，接着郑重地起身，代表姐姐一家向他深鞠一躬。吴二结巴本来就对这位城里女人有些敬畏，现在见她施以大礼，立即红着眼圈摆手：他、他、他姨，你别、别这样！

马玉枝接着说，二哥，你今天放火烧屋，虽然行动过激，但我们理解你。本来亲戚已经做了六七年了，眼看要办喜事了，事情又有变化，这叫谁也受不了的。可是，年轻人没定性，现在燕燕有了新的想法。我们考虑，也可以采取高压政策，不管三七二十一，逼着她进你吴家的门。可是，人进了门，心在外头，这恐怕也不是件好事吧？

高全平点头道：马科长说得有道理，强扭的瓜不甜，捆绑不成夫妻嘛！

马玉枝又说：老吴哥，其实你不必这么苦恼。你大概也听你儿子说了，他也想开了，同意燕燕跟他分手。你儿子长得那么帅，再找什么样的找不到？是吧？

吴二结巴不吭声，但脸上的皱纹已经舒展多了。

马玉枝笑一笑：对了，你大概还会愁房子烧了怎么办，这不要紧。虽然房子是你自己烧的，但我们可以帮你重新再盖。老吴哥，你说说，那房子再盖起来要多少钱？

吴二结巴看她一眼，小声道：俺、俺不要你、你家的钱。

马玉花说：老吴哥，俺是真心的。俺燕燕这么做，真是对不住您。就是房子没烧，赔你家一些钱也是应该的。

高全平说：赔点也好。老吴叔，我看你就不要坚持了。你说，再盖屋要多少钱？三万够不够？

吴二结巴说：够够、够了。

马玉枝立即说：三万？这样吧，我们翻一番，赔你六万！

马玉花有些着急，便用脚踢了妹妹一下。马玉枝却不管她，依然道：六万，既包括了房屋修缮费，也包括了精神损失费，怎么样？

吴二结巴说：俺不、不要那、那么多。

高全平满面笑容满腹感慨：哎呀，你们两家都是高姿态，事情就好办了。我看这样好不好？老吴叔说不要那么多，那就减去一万，五万，可不可以？

马玉枝说：五万就五万。

吴二结巴不吭声，看来是默认了。

高全平将手一拍：好，就这么定了！马科长，你看这钱什么时候能给老吴叔？

马玉枝说：咱们讲信用讲效率，今天就让这笔钱到位！

说罢，马家姐妹便双双挺着胸脯离开了村委办公室。

回到家，马玉枝见高世连还蹲那里闷闷不乐，便掏出烟来甩给他一支，说：不用犯愁了，全给你解决了！那吴二结巴揣上五万块钱，还不一天到晚放喜屁？说罢，她就叫妹妹和外甥女搭她的车到县城取钱。马玉花便叫来闺女，拿上存单，去门外上了车。

路上，马玉枝问：那个池田先生什么时候到？高秀燕说：今天晚上到青岛。马玉枝说：那明天就到你家了。你看你家连个像样的座位也没有，不买套沙发拉回去？马玉花说：燕燕，还是你姨想得周到，你就多提点钱买一套吧。高秀燕点头应道：中！

到了县城的中国银行，高秀燕递进去存单，营业员给算了算，说按照目前的比价，这笔日元存款合人民币十一万八千八百七十四元八角二分，问她提多少。高秀燕说都提出来。于是，十几块纸砖头就摞在了柜台上，让马家姐妹看得眼都直了。高秀燕数出五万，说这是给吴家的。再数出五万，对马玉花说：娘，我要走了，这钱留着给高瞻上大学，就用你的名义存到咱村的信用社代办员那里，随用随取。又拿了一万递给马玉枝：姨，是你改变了我的命运，这点钱是孝敬你的。老姐妹俩感动得泪眼婆娑，各自把钱收起。

剩下的八千多块零头就去买沙发。三个女人到商场转了一圈，买了一套咖啡色真皮的，用掉五千五。马玉花说：剩下的三千多，正好招待俺那洋女婿！

还是用来时坐的那辆车，马玉花母女拉着沙发回了菟丝岭。把沙发搬到家中堂屋摆好，马玉花找来大被单子蒙得严严实实，说：池田不来，这沙发谁也不能坐！她还指着高世连道：特别是你，可别忘了！这沙发要是叫你那张臭腚试了新，人家池田先生还屑坐吗？高秀燕听了这话，笑得把气都岔了。

接着，马玉花带着钱去了村委。高全平说：婶子你办事真利索！马玉花一脸的得意：说啥时到位，咱就啥时到位呗！高全平去把吴二结巴叫来，当面写了收条，摁了手印，马玉花便把那五块纸砖头一块一块掷给了吴二结巴。

折腾了一天，事情全部摆平，高秀燕一家便静等池田的消息。等到九点，电话响了，高秀燕立即抄起来兴奋地说：你到了？然而电话里没有回应，只有一个男人粗重的喘息声。高秀燕骂起来：吴洪委你个驴熊，你怎么还给我打电话？吴洪委说：为啥不能给你打电话？高秀燕说：咱们已经没有任何关系了。吴洪委说：你昨晚上把我的胸脯子咬伤了，至今还疼，怎说没有关系？高秀燕听了这话又羞又恼：别胡说八道呵。反正从今天开始，咱们就没有关系了。吴洪委说：连朋友关系也没有啦？高秀燕想了想说：朋友关系嘛，倒还可以保持。吴洪委说：那就好。反正你在菟丝岭也待不了几天了，咱们就是天天通话还能通几次？高秀燕说：你不回北京吗？吴洪委说：等我把你送走吧。高秀燕说：也好。但是现在我不跟你说了，我正等池田的电话！接着，她便把电话挂了。

然而，那电话一直没再响起。高秀燕等不来电话，也睡不着觉。天色未明，父母都还没起，她便跑到堂屋打开了电视。马玉花在里屋说：这么早，看什么节目呀？高秀燕说：看新闻，看有没有飞机从天上掉下来！这么一说，马玉花也慌慌张张披着衣服跑出来。可是母女俩把早间新闻看完，也没听说有空难消息。高秀燕瞧见太阳已经从院墙上冒出头来，恨恨地道：这鬼子，死到哪里去了？

吃了早饭再等。等到11点钟，池田终于打来电话，说他已经住进了县城一家宾馆。高秀燕马上说，你到我家来，还是我去见你？池田却说，你别着急，我这里有个商务谈判，等到谈完了咱们再联系。高秀燕只好答应着，然后嘱咐他不要累着，洗个澡休息一下再谈，另外要好好吃饭，要注意安全，等等等等。那鬼子也乖，高秀燕嘱咐一句，他便说一声"哈咿"。

池田来了却不能马上见面，高秀燕只好耐着性子等。等到晚上十点多，池田来了个电话，约高秀燕后天到县城见面。高秀燕用歌唱一般的腔调说：他伊墨恩乌列西——碟丝（我很乐意）！

第二天早晨她把这事跟娘说了，马玉花道：我也去。高秀燕说：你去干啥？马玉花说：我去给你长长眼，相女婿呀！高秀燕说：不是咱相人家，是人家相咱，不用你去。马玉花说：那你去把他领到咱家，反正我得看看。高秀燕说：这是自然的。

到了晚上，池田又来电话，说第二天见面的地点定在电影院旁边的春山茶馆，时间是上午十点。高秀燕答应了之后想，不到他住的宾馆，跑到茶馆干啥？她本来寻思，这老鬼子独身已久，急痨痨的，肯定会把她约到宾馆里去，一见面就动手动脚。对此她已有打算：如果动，那就由他动去，反正到了日本也是动，在中国提前动也没有什么了不起的。

但她没想到鬼子定下的约会地点竟是茶馆。茶馆是个规矩地方，这就是说，鬼子明天不打算动她。

一夜没有睡好，眼眶子都发青了，早晨起来只好仔细化妆做了些遮盖。到县城找到春山茶馆，时间还不到九点，茶馆里的小姑娘刚打着哈欠把门打开。高秀燕不好进去，便站在门边等。他一边等一边想，鬼子也不告诉我住哪个宾馆，如果知道的话，我先去他那里多好。

呆呆地看着街上人来人往，痴痴地站到腰酸腿麻，目光把手表上的针都快烤化了，池田的身影才终于出现在街上。高秀燕发现，池田的身板还是那么瘦，脸还是那么黄。她突然有些紧张，仿佛自己又没把鱼片切好，正等着挨他的臭骂。但她马上想到，今天自己的身份已经改变，已经快成他的"喀乃"（妻子）了，这才将脸上挂出笑容，迎接着一步步走近的池田。

池田看见了高秀燕也笑，笑出满脸皱纹。他到高秀燕跟前先把腰一弓：空尼叽哇（您好）！然后就带她进了茶馆。到一间茶室坐下，寒暄几句，池田又从包里掏出一个礼品盒，双手捧着递给高秀燕。高秀燕想，这一定是订婚首饰之类。然而打开看看，竟是两个木雕的日本偶人。这是日本最普通的礼品，她回国时曾买了一套，现在还放在家里。她心里便生出一丝失望。

随后，池田和她一边喝茶一边闲谈，说着说着又说到了他的"考岛毛"。他说女儿因为母亲去世，这一段情绪很不好，学习成绩大大下降。还说女儿吃饭喜欢挑食，让他十分头疼。高秀燕想，你也不提结婚的事，光说你那考岛毛，实在没有意思。就心不在焉地听，嗯嗯啊啊地应付。

坐了半个多钟头，池田还不提婚事，高秀燕便有些着急。她忍不住问：你什么时候到我家看看？池田说：再过两天吧。高秀燕问：你在中国待多少时间？池田说：看情况吧。高秀燕最后鼓足勇气又说：咱们在这边登记还是到日本再登？池田诧异地问：登记什么？高秀燕说：结婚登记呀！池田愣了一下，笑了起来：这件事情嘛，我会处理好的，请你放心。

池田把一盏残茶喝掉，喊服务员过来埋了单。走到门外，池田对高秀燕说：对不起，中午我还有应酬，失陪了。你走好，撒摇拿拉！

高秀燕傻眼了。她想，我盼星星盼月亮，好容易才把你盼来，见了面连顿饭都不吃就撒摇拿拉？这不对头，很不对头。她急忙扯住池田的袖子说：池田君，咱们什么时候再见面？池田说：你等我的电话吧。撒摇拿拉！说完，头也不回地走了。

看着他的身影消失在人群里，高秀燕的泪水汩汩涌出。她顾不得多想，一路小跑去了工会俱乐部，到她姨的办公桌前一坐下就哭。马玉枝急忙问：燕燕你怎么啦？高秀燕抽噎着道：鬼子……鬼子他好像……好像不喜欢我。马玉枝说：这就怪了，这么一个中国妙龄花姑娘，他还不喜欢？你快说，你跟他怎么见面的！

高秀燕便讲自己和池田见面的过程。讲完，马玉枝皱着画得很重的双眉思忖一会儿，用指头点着外甥女的额头道：这事还是怨你自己，也怪我粗心大意，没预先向你嘱咐好。问题出在哪儿？就出在日本小丫头那里。池田跟你讲孩子，就是在试探你的态度，可你不感兴趣，不做出关爱她的姿态，他对你还有好感？你不明白，那些再婚男女，最重要的择偶标准就是看对方怎样对待孩子。

听罢老姨的分析，高秀燕头上沁出汗来。她搔着自己的脑壳说：唉呀，我怎么这么笨！这可怎么办？这可怎么办？马玉枝猛抽几口烟，然后说：这事还有挽回的余地。他不是还没走吗？你马上上街，给他孩子买一件礼物送去！高秀燕说：买好买，可是不知往哪里送呀！马玉枝瞪大眼睛：他连住哪里都没告诉你？这就更有问题了。不行，你一定要再见到他！我给你查一查。说罢，她就找出电话簿，给县城几家好一点儿的宾馆逐一打电话问询。打到第三家，那边说是有一位姓池田的日本客人住在这里。马玉枝对高秀燕说：在东亚饭店405房间，你快去！

高秀燕便擦擦眼泪，起身上街。她到百货大楼转了一圈，花六百元买了一块女孩戴的玉佩，然后急急忙忙找到了东亚饭店。她走近大门时，却看见门边站着她的工友王青青。王青青是马棚乡的，回国后曾给她打过一次电话。

王青青也看见了她，满面春风地迎上来拉着她的手说：哎呀，高秀燕你怎么来啦？真想不到今天在这里见到你！我正要打电话告诉你一件大事呢！

高秀燕问：什么大事？

王青青一脸诡秘地凑近她说：我要嫁到日本去啦！

高秀燕的心一沉，问道：是吗？你要嫁给谁？

王青青说：说出来你别笑话，就是咱们的工头池田。我回国没有几天，他就打电话向我求婚，我犹豫一番，最后还是答应了。我想，他虽然年龄大一点儿，虽然还有个孩子，可毕竟是老外呀，嫁给他，起码在物质上吃不了亏。你想，人这一辈子图个啥？不就是图个物质充足么？是不是？……

高秀燕眼前一片黑暗。她好容易才控制住自己，没让自己摔倒在地。

这时，王青青又抬起腕子看着表说：快到时间了，他让我十一点半到饭店大厅，我已经等了半个小时了。

高秀燕虚弱地说：撒摇拿拉。然后转身离去。

王青青追着她的背影说：撒摇拿拉！走的时候我请你喝喜酒呵！

二十分钟后，高秀燕再次带着满脸泪水坐到了老姨的面前。听外甥女讲罢见闻，马玉枝拍案而起：我操他妈的臭×！这鬼子也太精了！他一边勾搭你，还一边勾搭别人，好从中挑选。你如果稍有缺点，那还不败下阵来？完了完了，咱们白忙活一场！

高秀燕哭着道：婚也退了，脸也丢了，这叫我怎么活？我死了算了！说罢浑身抽搐着大哭。

马玉枝说：孩子你可别犯傻，再怎么样也不能不活了！不然，你爹你娘怎么办？你弟弟怎么办？车到山前必有路，人到哪山砍哪柴，咱过不上日本生活，就死心塌地过中国日子呗！

劝过一阵，高秀燕慢慢地止住了哭。马玉枝要领她回家吃饭，她说吃不下去，要回家。马玉枝说我送你回去。高秀燕说：不用，姨。我听你的，我不会去死的。

嫁给鬼子　35

回到家里，高秀燕虽然没死，但也和死了差不多，躺到自己屋里不吃不喝只是流泪。马玉花大体上问明了情况，也气得一次次发晕，说没脸见人了，只好拿脸当腚使了。高世连看着老婆闺女的模样却一个劲儿地冷笑：真好！真好！自作自受！自作自受！马玉花让他说得火起，一把扯下他嘴上叼的旱烟袋，"嗖"地扔到了猪圈里。

高秀燕躺到晚上九点，电话响了。她想，不会是池田打来的吧？难道和他还有戏？便接过来说了一声"毛西毛西"。然而电话里却传来吴洪委的声音：哎是我！高秀燕满面蒙羞，觉得没法跟他说话，就把电话扣了。

过了一会儿，电话又响，又是吴洪委打来的。高秀燕还是不说话就挂。随后，一直到天亮，这电话再没有动静。

一夜没睡的高秀燕头疼欲裂。马玉花端过一碗荷包蛋让她吃，她勉强吃了一口就恶心欲吐。马玉花流着泪道：这个死鬼子，真该把他凌刀割了！你看他把俺闺女糟蹋成什么样子！高秀燕两手掐着太阳穴说：娘你别骂了，你快去买几片安眠药，我得睡一觉！

马玉花便到乡村医生那里开了几片药回来。高秀燕吃下，过了一会儿果然睡过去了。这一睡便是整整一天。

醒来吃了一碗面条，又躺到自己床上发呆。她想来想去，觉得这事得叫人知道，尤其是得叫吴洪委知道。于是，到了接近九点的时候，她就主动打了个电话给吴洪委。吴洪委十分惊讶，说你怎么还给我打电话？高秀燕说：兴你打，就不兴我打？吴洪委说：也是。反正你也打不了几回了。高秀燕说：我是打不了几回了。吴洪委问：什么时候走？高秀燕说：你什么时候走，我就什么时候走。吴洪委笑了：嘿，人家鬼子还听咱指挥？高秀燕说：你再不要提鬼子。吴洪委说：为啥？高秀燕说：他，他跟我没有关系了！说罢，便"哇"的一声大哭起来。

吴洪委急忙问她怎么回事，高秀燕却哭得说不成话。吴洪委只好把电话一放，跑了过来。

推开门，吴洪委吃了一惊：那高秀燕正跪在床前的地上。他问：你这是干啥？高秀燕泪流满面地说：我就这样等你。吴洪委，你狠狠地踹我两脚吧，我前几天叫鬼子迷了心窍，把你伤了，把你全家人都伤了，我不是东西！我该死！

听她这样说，吴洪委蹲下身去，将她一搂也哭了起来。两人涕泗交流，大放悲声，让跟到门外偷看的马玉花和高世连也唏嘘不已。

后来俩人去了床上。马玉花将闺女的房门轻轻关严，和丈夫蹑手蹑脚回了堂屋。

这时，电话响了。马玉花伸手抄起，跺着脚骂：你个狗日的！鳖养的！我×你姥姥！没想到，电话里却出现了一个女声：请问，高秀燕在家吗？马玉花这才明白打电话的不是鬼子，便问：你是谁？那女的说：我是高秀燕的工友郑蕙，你叫她接电话好吗？马玉花急忙放下电话，跑到东屋门口让闺女接。

高秀燕这时正俯在吴洪委怀里哭。她擦擦眼泪拿起电话，听明了是谁，鼻子嚷嚷地说：郑蕙你好，你有事吗？郑蕙兴奋地说：高秀燕，我告诉你一个好消息，我要嫁到日本去了！高秀燕一听，立即咬紧了嘴唇。郑蕙在那边嚷嚷着：高秀燕你怎么不说话？你知道那个人是谁吗？就是咱们的工头池田君。他现在就在我家里，下午来的，住下了，这会儿正在茅房里拉屎，嘿嘿嘿嘿！我们明天就一块儿离开中国，在青岛坐飞机，下午一点半的航班……

高秀燕没等她说完，就把电话放下了。那边又往这打，但她不接。

吴洪委猛地坐起，咬牙切齿地说：我全听到了，这鬼子该杀！

高秀燕也说：是该杀！

说罢，她伸出胳膊搂住吴洪委的腰，将脸久久地贴在他的后背上。她听见了吴洪委那颗心脏的强健跳动，自己的心也跟着急跳起来。她将手伸到吴洪委的衣服底下，轻轻地摩挲着他的胸肌，他的腹肌。她想，其实呀，男人的肌肉才是好东西。

这一夜，高秀燕重新认识和体会了吴洪委的那身肌肉。

天明起身，吴洪委站在床前晃一晃两只拳头：燕燕，今天我非给你出这口气不可！

高秀燕问：你说啥？

吴洪委说：他不是当了新郎官回日本吗？我让他脸上开花，披红挂彩！

高秀燕说：你别胡说了，你到哪里去找人家？

吴洪委说：青岛机场，下午一点。

高秀燕睁圆杏眼满脸兴奋：吴洪委你真干呀？好，你是个男人！你快去，你去当着那么多中国人和外国人的面，狠狠地揍他一顿！只要不把他打残就没事！

吴洪委说：我回家吃了饭就上车，估计十二点前肯定能到青岛。

说罢，他大踏步走了。

高秀燕心里有一种说不出的痛快，积聚心头的阴云一扫而空。等到娘把早饭做好，她一连吃了两个馒头。

然而，随着太阳的一点点升高，她却莫名其妙地焦躁起来，在家里走来走去坐立不安。这时，她的大脑又变成机场了：吴洪委、池田在那里怒目相对，大打出手。

高秀燕心惊肉跳。她在自己屋里来回走了几十趟，然后抄起电话，拨了三个数码。

午后，吴洪委骂骂咧咧进了院子。高秀燕如释重负，从屋里走出来说：回来啦？吴洪委晃晃脑袋道：他妈的，车走到半路就叫警察查住了，谁都放行，就是不给我吴洪委放行，还把我弄到派出所训了一顿。高秀燕，你说这是怎么回事？

高秀燕笑一笑正要回答，天上忽然出现了一种响声。她抬头一看，原来是一架银白锃亮的飞机正飞过菟丝岭的上空。

她鼻子一酸，将脸猛地捂住，急急跑到屋里去了。

入　赘

往北岭走的途中，瓜瓢咬牙切齿地想，如果这会儿能见到老天爷的话，我一定把那老驴头的臭鸡巴蛋狠狠扯下来，扔到村里的狗群里，让它们疯疯地撕抢去。

这种万分恶毒的念头，是瓜瓢近几年才有的。以前，瓜瓢非但不敢这样想，还对老天爷怀了无量的敬畏。那时的今天，瓜瓢都要天不明就起床，在娘的指挥下，虔虔诚诚地安好供桌，虔虔诚诚地摆上几样供品，然后烧纸，放鞭，叩头。在娘撅着屁股率领他们兄弟俩行敬天之礼时，他想到那个白胡子老头就在天上望着他，像看一只瓢虫的斑点一样明察着他的品行并以此来安排他的命运，他便浑身上下都蓄满了紧张，而且有一种要鼓尿的感觉。

今天，瓜瓢却恨死了那个老头儿。他恨他并没有真正在这世界上实行种瓜得瓜种豆得豆的政策。因为他看见身边许多品行并不咋样的人过得比他都好，老天爷对他瓜瓢格外不够意思。今天，他还特别恨老天爷设了这么一个叫"年"的日子，让他每到这个日子就格外难堪，每到这个日子就不得不逃离人群。

此刻，瓜瓢抬起疤眼，向天上射出两束极为凌厉的凶光。可惜，他看不见他的仇敌。而他的仇敌却展现给他一个十分温馨祥和的元日天象，天空蓝瓦瓦的，一丝云彩也没有，在东南方，太阳已经油光光地飞起两竿之高了。

瓜瓢认为这是老头儿故意与他作对。要知道，老头儿给了人们这种天气，人们就把这个年过得更欢了。

在一个有着大片枯草的土坡跟前，瓜瓢转过身，打量起岭脚下沿溪而居的村子。果然不出所料，村街上的人已经空前地多了起来，一疙瘩一疙瘩的，来来往往。还有许多的红红绿绿，那是女人与孩子们的新衣。瓜瓢知道，这是人们在串门拜年。

在那些人疙瘩中间，瓜瓢看到了他十年前的影子。一个疤眼青年，兴冲冲的，傻乎乎的，挤在人堆里瞎串。三哥、二叔、嫂子、婶子，进门就喊，就叩头，一条破棉裤跪成屎黄色。最爱去有新媳妇的人家闹腾。荤的素的想啥说啥，有时候还去新媳妇身上掐掐捏捏。看着女人飞红的小脸，自己心里晃荡起巨大的快意。

但这快意就像一朵云，在五年前飘走，再也没有回来。那年瓜瓢二十七岁。他在过年串门时突然发现，村里刚娶的新媳妇，已经没有一位是他的嫂子、是他能够上门戏逗的了。有一位新媳妇是他的婶子，按说这是可以的，然而就在他进门开了几句玩笑之后，人家却把脸一板说道：光棍马勺的，不要个死脸！瓜瓢忽然记起，这个新娶媳妇的远房叔也是比他小的。啊呀，我瓜瓢已经是一个名副其实的光棍了，是一个女人们都要格外提防的光棍了！面对那个新崭崭的小婶子，他觉得自己突然变成了一摊狗屎，赶紧将自己打扫了出去。

从那一年开始，瓜瓢再没有串门。不仅不串新媳妇的门，就连应去叩头的长辈家里也不去了。他知道，人如果成了光棍，就不像个人了。你不按规矩办事，人家也不会怪罪你。这是一种对光棍汉特有的宽容。这种宽容是十分可怕的。但你还必须接受这种宽容，否则人家会说你不识相，说你不像个人了还硬充人样儿。所以每到过年瓜瓢都不出去，都是一个人闷在小西屋里。可是，这样也不能清静。有些从小一起长大的伙伴们往往要找他坐坐，以示安慰。话也没说得太清楚，但那意思却让人很明白。有些家伙还领了媳妇孩子，一副得意扬扬向他炫耀的样子。

又过了一年，事情变得更让人受不了：他的弟弟瓜皮娶了媳妇。那迎娶新娘子的鞭炮，声声都宣告了作为哥哥的他在人生大事上的彻底失败，让人看到了弟弟越过哥哥的僵尸奋勇向前攻上山头的景象。那年的大年初一，弟弟的新房里人来人往闹闹嚷嚷，戏谑的笑声与新娘子的娇嗔声像一支支利箭，嗖嗖地穿过小西屋的门，将他的心射得像蜂窝一般。最要命的是，还有一些人从东厢房出来偏偏不走，偏偏再敲开他的门找他说话。他们继续保持着在新房里鼓胀起的兴奋劲儿，同时又挂出或怜悯或讥讽的神情，让你觉得自己成了一只瘸腿的狗或一只将死的鸡。于是，下一年的大年初一，天刚一亮，瓜瓢就悄悄走出村子，躲向了北岭……

在一片"巴山皮"草的枯叶上，瓜瓢裹一裹破棉袄，放倒了自己。此刻，不怎么凌厉的西北风被背后的土坡挡住，黄澄澄的阳光注满了这个小小的空间，给瓜瓢营构了一个良好的逃亡环境。

瓜瓢对今天这个环境十分满意。他记得以前的几次初一逃亡，都没有遇到这样好的天气。尤其是去年，天是阴的，地上还存了些残雪，贼狠贼狠的北风让人一阵阵浑身发颤。他几次要回村钻到他的小西屋取暖，但想一想那些登门人的眼神又怵然生悸，便咬紧牙关在北岭上坚持蹲到天黑。今天真是不错。你看，不光天气暖和，连地上也很干净。整整一个冬天不见雨雪，地是干的，草叶也是干的。"巴山皮"的叶子本来就厚实，这时候它密匝匝地贴在地面简直就是一个睡铺。

瓜瓢决定睡过去。他知道，时光这个臭玩意儿就像一根蛇，在你面前爬呀爬呀老也爬不完，而你将两眼一闭，到那个黑而又黑的地场走一走，再睁开眼时，那根蛇就爬过去一段了。

瓜瓢将身子一歪，让头和膝盖尽量往近里靠一靠，像条狗似的不动了。

他闭上眼睛，想让自己尽快赶赴那个黑乡。渐渐地，他眼前一片黑暗，大脑一片混沌，物件、人影儿纷至沓来，轻飘飘地时隐时现。

种种杂乱景象中，有一个人向他走来。那是个女人。再细看，却是

入赘　41

他的弟媳妇刘纪英。刘纪英肯定是刚喂完孩子，裉子上还有着两团奶湿。刘纪英径直向他走来，胸前一颠一颠。刘纪英站到他面前，像他经历过的小学生原地踏步走一样，前后甩着胳膊踏个不停，那一双高高大大的奶子在他面前一跃一沉、一跃一沉，那奶头子眼看就要扫着他的鼻尖了……

瓜瓢突然醒了。他睁开眼睛，从更高角度照射下来的阳光立时让他明白了面前的虚空。但他不甘心，就像一条追赶逃兔的猎狗，急火火抓住自己那条昂扬的尾巴，一边用它疯狂地鞭策着自己，一边闭紧双眼在那个黑乡边缘寻找弟媳妇的影子。这一回刘纪英的影子更加实在，她就在瓜瓢前边飘飞，变化出许多生动的姿态。瓜瓢一鞭一鞭抽打着自己，身子一蜷一耸。最后，他身轻如燕，飞上半空，像鹰抓小鸡一样将刘纪英紧紧抱住……一阵无与伦比的快感过后，他大汗淋漓烂醉如泥。

但阳光很快把这团泥晒干了。当两条小小裂缝在他面部重新张开，岭下村庄的影像映进那对黄黄的瞳仁，他浑身一抖，发出了一声痛苦的呻吟。

在村街上的人群里，他看见了弟弟瓜皮。瓜皮不是一个人，他怀里抱着刚满周岁的儿子小臭，身后跟着他的媳妇刘纪英。看他们一家三口的样子，是多么亲热。可是，瓜皮并不知道他的媳妇刚才让他的哥哥糟蹋了。前些年，瓜瓢想女人是想女人，但没有固定目标，十年一梦，乱七八糟。自从刘纪英嫁来之后，因为生活在一个院子的缘故，他便经常想她了。不管是独自睡在小西屋，还是一人在地里干活，常常把刘纪英的影子逮过来糟蹋一回。瓜皮呀瓜皮，你哥不是人，是畜生！

是畜生就该教训教训它。瓜瓢将自己当成一条狗，将他提拎起来，让他跪在地上，拿他的脑袋一下下往地上撞，直撞得眼里冒出火花。末了，两串水珠从他的疤眼里一泄而下，与那些火花相映生辉。

瓜瓢无论如何也没想到，他在北岭上好容易熬到天黑，回到家之后，会有好事找到头上。

他走进自家的院子，堂屋里已经亮了灯，瓜皮正与刘纪英一边看电视一边大声说笑。他不愿去那儿,也不敢去那儿。在他听来,小两口的说笑声无异于宰杀他的锃亮钢刀。所以他就直接去了小西屋,去了也不开灯,一头拱在床上,死尸一般躺着。

娘进来了。他知道娘是送饭来了。娘把两个碗放在桌上,抬手拉开了灯。娘说瓜瓤,吃饭吧。瓜瓤不答话,眼也不睁。娘就坐在床沿上抽抽搭搭哭开了。瓜瓤心里更烦,闭着眼叫:行啦行啦!人还没死呀!娘哭得更狠,哭的间隙里还夹杂着检讨:瓜瓤俺真是对不住你,那年你眼上长了大疖子,俺怎么就不去找先生好好治呢!

娘的检讨像个钩子,把深藏于瓜瓤心底的恨虫又给勾了出来。他在心里恨恨地道:你还有脸说?有你这么养孩子的吗?

瓜瓤六岁那年,两个下眼皮都长了疖子,爹娘却忙着去生产队里挣工分,根本不管,结果他的两眼很快发达成鲜桃,让他疼痛欲死。半月后鲜桃熟透,一包花脓漏出,他的下眼皮也外翻下缩,像两个血红色的漏斗。此后,经常有孩子唱一首歌谣给他听:

疤眼儿青,疤眼儿红,
疤眼儿上山逮豆虫。
豆虫放个屁,
疤眼儿去唱戏。
唱戏人不听,
疤眼儿气得去当兵。
当兵人不要,
疤眼儿气得去上吊。
上吊人不管,
疤眼儿越气越疤眼!

每听到这首歌谣,瓜瓤便怒不可遏,瞪着两只血红的疤眼追打歌唱者,直打得歌唱者嗷嗷求饶。但这样的时候不是很多。在没有人专为他的疤眼做文章时,瓜瓤觉得自己与众人并无多少区别,因此就将少年时

入赘 43

代乐呵呵抛到了身后。

可是一到找媳妇的年龄，事情变得严重起来。也曾有人到他家说媒，但等到双方见面，姑娘一瞅他的脸扭头就走。有一回，姑娘是个瘸子，按说应该容忍他的缺陷吧？但她也跑，让瓜瓢羞恼不堪，恨不得把她的另一条好腿也给敲断。这么两三年过去，媒人觉得劳而无功，就再也不登他家的门了。

瓜瓢娘擦眼抹泪喋喋不休。她检讨了当年的严重失职之后劝慰儿子：瓜瓢你甭愁，你实在娶不了媳妇，就叫瓜皮多养一个孩子给你，那样你也算有后了，老了也有人伺候了。

瓜瓢没想到，娘会有这样的狗屎婚姻观。我娶媳妇是为了孩子么？孩子顶个屁用？我要的是能有一个女人跟我睡觉！想到这里他十分讨厌他娘，声色俱厉地让她出去。

老女人眼泪汪汪地看着儿子，只好从床沿上抬起屁股。正待要走，屋门被人推开，瓜瓢的远房嫂子李爱爱来了。

李爱爱有三十郎当岁，以爱开玩笑著称。她的代表作，是四年前对一个军嫂说，军人在外头又搞了一个小围女，致使军嫂得了精神病至今未愈。所以，人们见了她有三分心思愿听她瞎侃，又有三分心思对她存了戒备。李爱爱向瓜瓢娘喊一声婶子，转身就去看躺在床上的瓜瓢。她说：兄弟，要当新郎官了，还不起来打扮打扮。瓜瓢将腿猛地一蹬，嘴里骂道：我当你爹操你娘！

瓜瓢对李爱爱态度不友好是有来由的。这个熊女人，平时就喜欢逗弄瓜瓢。两年前，李爱爱在河边挑水时向他说，要把娘家村里的一个大闺女介绍给他。瓜瓢喜极，立马说：好呀好呀。李爱爱说：就是长得黑点儿。瓜瓢说：黑怕啥，黑皮人能干活。李爱爱说：耳朵大点儿。瓜瓢说：耳朵大怕啥，耳朵大有福。李爱爱说：嘴长点儿。瓜瓢说：长就长，咱还挣不上她吃？李爱爱说：还有一条，奶子多一点儿。瓜瓢一愣，问道：几个？李爱爱咯咯大笑：十八个！瓜瓢明白了，这是母猪。瓜瓢气得要揍她，李爱爱却颠着一双大奶子飞快地逃走，以后见人就讲瓜瓢对老母猪的痴情，让瓜瓢对她恨之入骨。

此时的李爱爱却是一脸委屈。她对瓜瓢娘说：你看你看，好心做了驴肝肺，驴×做了捣磨槌！罢罢罢，俺走啦！说着就将胖身子扭转向着门外。瓜瓢娘见她不像开玩笑，急忙拦住她，让她坐让她说。

李爱爱坐下后，从她那往常只会吐肥皂泡的小嘴里，吐出了一朵让瓜瓢目迷神醉的灿烂莲花。

雨刷刷地下着，山路上伸手不见五指。包二杠身披蓑衣行走在无边的黑暗里，眼前却是一团耀眼的光明。光明里，坐着他的老婆吴春花，吴春花则一个臂弯托了一个儿子。包二杠想，真他娘的邪门，媳妇娶进门，整整五年没生养，这一下呼通呼通连生两个，而且都是带把儿的，真好哇，真好哇！儿子生下后的三天里，包二杠一直沉浸在巨大的幸福之中。昨天晚上他端详着那对宝贝，伸手按一按老婆的鼻尖儿说：你真能。老婆笑嘻嘻瞅着他说：还是你能。他说：你能！老婆说：你能！两口子都这么谦让，都被对方深深感动。两口子手握着手商定：要齐心合力继续努力，把两个儿子喂出个样儿来！包二杠见一个儿子只拥有一只奶子，奶水似乎不够，便对吴春花说，俺找东西给你催奶去。

包二杠现在正走向催奶之物。那物在离村四里远的水库里，叫做鲫鱼。白天水库有人看守，他只得把逮鱼的时间放在下半夜。这样，他那一瓶炸药在水里爆响时就没人听见。等到天亮，他下水把那些死鱼捞起来，正好赶回去给老婆熬汤。他摸摸夹在左腋下的瓶子，又检查了一下瓶口的导火线有没有让雨水弄湿，然后加快了脚步。

脚下小路变得又宽又平，水库大坝到了。他蹲下身听听周围，除了雨水的刷刷声再无其他动静，于是一步步摸索着走下了大坝的斜坡。雨中的坝坡滑溜溜的，让包二杠接连摔了两个屁墩，弄得腚上全是烂泥。很快，他感到凉凉的水气扑面而来，再睁大眼睛瞅瞅，发现自己已经站在水边。他平抑了一下心跳，急喘几口气，将装满炸药的瓶子拿到了右手上。他用右胳膊架起蓑衣的一角，遮住雨，用左手拨燃了打火机。小火苗在瓶口晃了几晃，就有一溜火光"哧哧"喷出。包二杠急忙把它高高举起，身体后倾，做出投掷的姿势，然而这时他脚下一滑，整个人仰

入赘　45

面躺倒。那个喷着火光的物件脱手而出，落到他脑袋后方的坝坡上，咕噜咕噜滚向他的肩头。

一团更大的火光爆起，映红了半个水库。

天亮时分，水库管理员过来巡视，发现这里聚了一大群鱼。鱼们在争抢一个葫芦似的东西，弄得水花儿泼泼溅溅。

十五年后，瓜瓢在李爱爱的带领下，走向了吴春花的家。

这是大年初三的下午。初一那种灿烂的阳光不复存在，已经被满天的阴云彻底蒙蔽。这样，阴云与大地之间就成了一个朔风横行的通道，人在这样的通道里行走，特别艰难。李爱爱感到那风不怀好意地直往她衣服里面钻，只好将小棉袄在肚子前方提了提，提出一些多余的部分来，然后将其掐紧，抵倒，牢牢抱住，才在一定程度上挫败了风的阴谋。

她回过头大声说：瓜瓢你个杂碎，要不是为了你，俺才不受这个×罪呢！

瓜瓢一见他的恩人发火，急忙赔笑：嘿嘿，嫂子。嘿嘿，嫂子。

李爱爱把眼一斜：你说说，你这会儿心里啥味儿？

瓜瓢说：还有啥味儿？恣的味儿呗。

李爱爱道：你这×人连话也不会说。你那个味儿叫什么？叫幸福！

瓜瓢立即点头：对，幸福！

经李爱爱这么阐明，瓜瓢心里的幸福感更加强烈了。在他的感觉里，脚下布满石头的四里山路，都是由至柔至软的绸缎铺成的了。

走在这条幸福之路上，瓜瓢心里偶尔闪现一丝遗憾。因为他觉得这个行程本该在六年前完成。那一年，娘见他再找个黄花闺女实在没门儿，就托人向陈家官庄的寡妇吴春花提亲。因为是邻村，瓜瓢和娘都见过那个女人，都知道她长得又黑又胖。娘说，无论如何不能叫瓜瓢再苦下去了，甭管她是不是寡妇，甭管她丑不丑，只要是个女人就行！那一回托的媒人不是李爱爱，是麻三婶子。麻三婶子去了一趟，回来时满脸的麻子都变成了绛紫颜色。她说她去提亲，吴春花火冒三丈，让她立马滚出门去。麻三婶子在瓜瓢家破口大骂吴春花,说她一匹又老又丑的母骡子,还想卖个大价钱,真她娘的没有数儿。这件事对瓜瓢的打击特别严重,他想,一个丑寡妇,还拖着两个油瓶,竟然也瞧不上我,看来我今生今世甭想娶媳妇了。从那以后他万念俱灰,对自己的前途再不抱任何指望。

万万没有想到,这一回吴春花却主动托李爱爱来说合。李爱爱说,初一这天她跟她男人回娘家拜年,在街上正好碰见吴春花,吴春花把她叫到家里,说她想坐山招夫。李爱爱立即想到了瓜瓢,问吴春花愿不愿意招他,吴春花说可以。瓜瓢想,一个男子汉到外村当倒顶门女婿,而且是上一个寡妇的门,这事很不光彩。但转念一想,只要能有个老婆,慢说到外村,就是到外国咱也去呀!

但他不明白吴春花为何在六年之后改变了主意。问李爱爱,李爱爱笑嘻嘻道:还用问?想男人想得熬不住了呗!这话让瓜瓢心里狂跳不止。哦,吴春花熬不住了,我也熬不住了。哈哈,从今天开始,咱们两个都熬到头啦!

瓜瓢看看前边抱腹弓腰艰难行走的李爱爱,感激之情在心中暗暗荡漾。他跑到李爱爱身前,解开袄襟,扯得像蝙蝠翅子一样:来,俺给你挡着风。李爱爱欢悦地道:这还差不离儿。她跑到瓜瓢身后,将头抵在他的腰部,在无风的空间里向着陈家官庄继续前行。

此刻,吴春花刚刚向两个儿子宣布了她的决定。两个长得一模一样的儿子一听,用长得一模一样的嘴叫出了一模一样的声音:杀了他!杀了他!

男人只有十五岁也是男人,何况还是两个。所以这个"杀"字出口,让吴春花胆战心惊。她不知说什么好,只将一脸皱纹皱得更紧,纵横交错,像一篇无字天书。儿子看不懂天书,依旧恨声不断,声称要杀掉即将走进他们家中的那个男人。吴春花瞪着眼对儿子大叫:小王八,小王八,娘就想要他了吗?还不都是因为你俩呀?说罢扑在床上大哭不止。见娘哭成这样,两位初中生不知所措,只好站在那里面面相觑。

过了一会儿，娘止住哭声，抬起一张泪脸吩咐：叫你三爷爷去。两个儿子踌躇片刻，便顺从地走了。

吴春花伏在床上，两包眼泪复又涌出。腮帮子与胳膊肘子的夹缝中，冒出了她含糊不清的声音：二杠你甭怨俺，你甭怨俺，俺是实在没有法子了……

吴春花的家位于陈家官庄最东头。李爱爱站在村外，将一个标志指给瓜瓢看。那是长在吴春花院子里的一棵大洋槐树。眼下正是冬天，枝子全都光秃秃的，唯一惹人注目的东西，是树梢上有一个挂钟状的大蜂窝。乍看到它，瓜瓢心里生出惊悸：到了春天，下蜇的黄蜂回来，这院子里能安顿吗？

瓜瓢来到吴春花的门前已是薄暮时分。此刻天上有细盐一般的雪粒子刷刷地降下来，把这个破败院落前面的空地上洒出一片银白。

这个时间是老祖宗规定的：娶新媳妇，是在早晨；娶寡妇，只能放在晚上。瓜瓢给一个寡妇当倒插门女婿，更应该放在这个时间。对此瓜瓢并没介意，他想晚上去也好，吃过饭就上床，能免去许多麻烦。

吴春花的门前已有许多人，都在风雪中袖手伸脖站着。瓜瓢知道这是看他的。许多年来，他不知在多少人家门前看过娶亲的场面，一直盼望自己也能成为这种场面里被人注视的主角。不过，他盼望的景象是，他站在门边被人看，还与众人一同看一辆搭了花篷的手推车被人推来，从车上下来一个穿红缎子袄的新娘子。今天，他却处在了新娘子所处的方向与位置，连车子也没坐，就这么跟在李爱爱屁股后头步行。虽然这是娶倒插门女婿的习惯做法，一切从简不事张扬，但瓜瓢还是觉出了仪式的过于寒碜和过于潦草。再看看吴春花门前的格局，两边是斜斜的两溜人，中间一个窄窄的门，恰似一个坛子口儿。这让他无来由地感到了紧张。他慌慌地叫：嫂子，嫂子。李爱爱回头瞥他一眼，没理会他的神情，只像得胜将军一样向前方一挥手：还不放鞭！顷刻间，吴春花的门前便炸开了一团团蓝烟，让地上的雪粒子也跟着跳荡不止。

在这片声响里，瓜瓢的心脏跳得特别急促，像个急于出壳的小鸟一样噗噗啄着他的胸膛。他晕乎乎地往那个门里走去，途中听见人群中爆发出可疑的笑声，还听一些孩子"啊啊"地叫唤。扭头一瞧，发现这些孩子用小手将他们的下眼皮扒出了两片血红。这等于给瓜瓢提供了许多面镜子。面对这些镜子，瓜瓢觉得无地自容，三步并作两步遁入吴春花家门。

有些人也要随他进去。一个黑脸女人忽从门后闪出，"啪"一声将门闭上，并插上门闩。瓜瓢看着女人的动作，由衷地佩服她的当机立断。门外叫声四起：这么早就关门上床呀？嗷！嗷！女人沉着脸不说话，转身去了东边的锅屋。瓜瓢这时发现，好几年没见，吴春花的脸变得更黑，身子也比以前更胖。瓜瓢还看到，这时院子里只有四个人：他、李爱爱、吴春花和一个五十上下的无须汉子。无须汉子向瓜瓢和李爱爱艰涩地笑笑，说：进屋吧。李爱爱指着无须汉子向瓜瓢介绍：这是金锤银锤的三爷爷。你得叫三叔。瓜瓢便恭恭敬敬地叫：三叔。

晚饭是三叔陪着瓜瓢吃的，吴春花与李爱爱都是女人，不能上桌，一同在锅屋里忙活，每做好一样菜就由吴春花端到堂屋里来。吴春花进来后也不抬头，谁也不瞅，放下盘子转身就走，再到锅屋里忙活。菜做完了，两个女人也没到堂屋里来，仍然在锅屋里说话。

这种在女人伺候下饮酒的气氛让瓜瓢十分陶醉。他想，以后就要天天吃吴春花做的饭啦，这有多么好哇！他想多喝几杯，但一想今晚即将到来的美妙事情，便有意识地让自己节制一些。但无奈三叔劝酒劝得太勤。三叔说：侄儿呀，你喝下这杯！瓜瓢只好喝了。三叔又斟酒，又说：侄儿呀，这杯酒再满上！瓜瓢便再满上。三叔别的话不说，只让瓜瓢喝酒、喝酒。

瓜瓢醒来时已是满耳朵的鸡叫。近处的鸡勾儿勾儿，远处的鸡勾儿勾儿。以前瓜瓢常常在这个时刻醒来，这个时刻醒来是最难受的。因为一声声的鸡叫，越发衬托了夜的寂静，显出了他身为光棍的孤独。这个时刻，他觉得自己已经被这个世界彻底抛弃了。这个狗日的世界！这些狗日的鸡！他一边诅咒着，一边强令自己再睡过去。但他往往不能如愿，因为睡意像一片轻浮的云，一旦刮跑就很难再盖上头顶。这样，瓜瓢只好在一声声鸡叫里继续自悲自叹，在辗转反侧里熬到窗子慢慢变白变亮。

这会儿窗子已经白了。天亮了么？不像，那白不是正常的白，透着一种少见的蓝冷。对了，那窗子不知为啥大了许多，窗棂木也好像又稀又少。这是怎么回事？

瓜瓢晃晃脑袋，终于想起这不是他家的小西屋，是在吴春花的家里。今天夜里，应是他与吴春花的新婚之夜。但吴春花呢？

他活动着手脚，在被窝里搜索了一番，结果是一无所获。

我这是睡在哪里？吴春花哪里去了？

瓜瓢一骨碌爬起身，穿上了袄裤。

打开房门，满院子的银白把他的眼刺得生疼，他身体的前半面也感受到了严冷的辐射，让他不由得打了个哆嗦。操他娘，好大的雪噢。他定了定神，才看清自己站在这个院子的小西屋门口。院子北面，三间堂屋正顶着雪帽静静地立在那里，门窗都是黑咕隆咚。一个东门，一个西门。吴春花睡在哪个屋里？不知道。她怎么让我在小西屋里睡呢？喔，对了，可能是昨晚我喝醉了。他恍惚记起了那些酒那些菜以及三叔那张没胡子的瘦黄脸。瓜瓢感到了痛彻全身的懊悔。瓜瓢你可耽误大事了，你这个愚猪！瓜瓢打了自己一个耳光，恨恨地骂起自己。

夜还没有过去，还有一段尾巴。瓜瓢不想放过这段尾巴。他想抓住它，让自己跨越一道他从未跨过的界沟。

他走到了院子里。

雪已经停了。小院里一片静谧。看着一东一西两个门，他开始研究吴春花睡在哪里。瓜瓢知道吴春花有两个十五岁的儿子，昨晚虽然没见，但他俩现在不会不睡在家里。按一般人家的习惯，两个儿子应该是通腿儿睡在一床，住在小一点儿的屋里的。看那门，西头是一间，东头是两间，吴春花应该睡在东边的大屋里。

吴春花。吴春花。

瓜瓢全身颤抖，一步一步走到了那扇门前。借着白皑皑的雪光，他看得见这扇门已经破朽不堪，多年前涂过的黑漆已经脱落殆尽，露出了灰不溜秋的木头。瓜瓢认为这样的一扇门，根本不会成为他走向幸福的障碍。说不定，吴春花连门都没闩，等待着他醒后过去。吴春花呀，吴春花呀，瓜瓢觉得自己成了一渠水，欢欢势势的，就要涌进那个门的里面去了。

可是，他推了推门，那门却是闩着的。渠水突然就被挡住了。

"水"不甘心，一下下冲撞那门。然而冲撞半天，却得不到一点点回应，于是就变得老实了。

瓜瓢想，吴春花这是嫌我喝醉呢。瓜瓢怎么也没想到，他盼星星盼月亮终于盼来的婚夜会因为喝酒导致了这么个结果。哎呀哎呀。哎呀哎呀。瓜瓢回身离开那扇门，在院子中央狠狠跺了跺脚，对自己充满了无限怨恨。

瓜瓢站在院子里，无可奈何地看着夜一点一点收走了它的最后一段尾巴。在东天边的曙光终于比雪光更亮的时候，他看见了从吴春花的门口直达院门的一串脚印。这脚印是雪停之前留下的，边缘有些模糊。瓜瓢正想这脚印会是谁的，身后传来"吱呀"一声门响，接着是一个粗哑的女声：还不扫雪，愣着干啥？

真醉了？女人小心翼翼地问。

真醉了。头半夜是醒不了了。男人一边说，一边跺着鞋上的雪。

坐在床边的女人觉得身上冷，更紧地袖了袖手。男人跺罢脚，也紧紧把手袖了袖。

男人咬着牙说：那个杂种操的，我真想掐死他！

女人笑了：俺说不找吧，你非叫俺找。

男人不再说话，两步窜上前去，把女人掀翻在床上。女人舞着一只手说：灯、灯。男人说：不管那×玩意儿，我就要跟你明着弄一回！

于是，黑的白的都在灯下露了出来。

最后的疯狂过去，两颗脑袋像两个蘑菇似的从被窝里同时翘起，四只眼睛大张着向房门看去。

房门依旧紧紧关着,外面没有任何动静。男人一伸手将灯拉灭了。

屋里先是无边无际的黑暗。俄顷,蓝莹莹的雪光透进来,让黑暗慢慢稀释,让一对男女能互相看得见眉眼的轮廓。

唉!男人长叹了一声。

女人又说:俺说不找吧,你非叫俺找。

男人说:不行呵。我实在是帮不了你啦。帮你干活还凑合,帮你钱就不行啦。你看,金锤银锤长得疯快,上学、定亲,哪一样不要钱?可我……

女人摸着男人荆条一般的肋骨道:甭说啦,这些年你帮我帮得可不少啦。我知道你也难……老二他对象还想再要两千块钱?

男人将腿一蹬,愤怒地骂道:是呀,我操死她亲娘!

女人不再说什么,只是怜悯地拿手去男人身上做些抚慰。

男人也用手抚摸女人。

男人说:俺真不想让他动你。

女人说:俺不叫他动。那个疤眼儿,俺一看就瘆得身上起鸡皮疙瘩。

为啥找他来?就是叫你起鸡皮疙瘩。

你个死人,真坏。

被窝又是一阵蠕动。

过了一会儿,男人又叹出一声:唉,你不叫他动也不行。

怎么不行?

他就那么傻?

你说咋办?

隔三差五给他一回。

那双疤眼儿太瘆人了。

不叫他动,也有办法。

有啥办法?你说。

瓜瓢干了整整一天的活儿。

先是扫雪。他把这活儿干得十分细心。他估计吴春花起床后要去茅坑，首先拿木锨开辟了一条去那里的道路。果然，路刚刚开完，吴春花便手提一个黑乎乎的尿罐，沿着它走去，蹲到那一小圈石墙里面好一会儿没有出来。这个时候，瓜瓢又从院角寻到一根长竹竿，拿一条凳子踩着，将几间屋上的积雪全部拨到地上。这样，日头出来后院里就不至于泥水遍地。拨完屋上的，吴春花回了堂屋，瓜瓢握一把木锨，从房门口开始，将雪一点点往院角堆去。天冷活儿累，瓜瓢嘴里急促地喷出一团团白气。

西边堂屋的门忽然打开，两个长着蛤蟆嘴的男孩子同时窜了出来。儿猫蛋子、这就是那两个儿猫蛋子。瓜瓢在心里说。看着他们的模样，瓜瓢感到十分陌生。他想对他们笑一笑，但努力了一番终于没有笑成，只好将嘴干咧了一下。他在两个儿猫蛋子的脸上也读到了陌生，甚至还有敌意。两个儿猫蛋子瞪着眼瞅他片刻，把目光转移到雪堆上，嘴里叫道：下雪啦，打雪仗呀！

瓜瓢对两个小东西不感兴趣，但他们说的打雪仗却勾起他早已淡忘了的儿时记忆。正想看他们怎样打，没料到一个个大雪蛋子直冲他的身上飞来。两个小东西一面向他扔雪团，一面在嘴里骂：操你妈！操你妈！瓜瓢只见眼前白光频闪，脸上和脖子里生出凉凉的液体，沿着他的皮肤潺潺流下。那液体流到胸口，在那里转化成一种滚烫的情绪，他便想向两个小东西扬起手中的木锨。但他明白，他绝对不能那样办，那样会毁了他的幸福。他转身去看吴春花所在的堂屋，希望吴春花能出来制止儿子的行动，但令他不解的是，吴春花迟迟没在门口露脸。而这边，两个儿猫蛋子越战越勇。他实在招架不住，只好向吴春花的房门退却。退到门口，才听到吴春花说：金锤银锤，上街玩去。两个小东西才齐齐瞪他一眼，不情愿地走了。瓜瓢擦擦脸上的雪水，把两个小东西撒满院子的雪从头扫起。

扫完雪，瓜瓢又挑水、劈木头。待吴春花煮好一锅地瓜粥，他喝下两碗又去了院门外的猪圈。他熟练地挥动铁锨，把冻成冰坨子的一池子猪粪刨起，扔到外面堆成一座小山。

对这一切，瓜瓢干得非常自觉。他知道，他没有别的办法来弥补昨晚的过失，只有好好干活。再说，人家吴春花让你到这个家里来，不就因为没有男人干活，不就图我有两膀子力气么！力气是外财，使没了它还来。咱瓜瓢有的是这玩意儿。

不过，吴春花并没对瓜瓢的自我表现予以充分注意。瓜瓢以高涨的热情为她做这做那，她只是一个人坐在堂屋里做针线活儿，很少走出房门。直到应该做饭的时候，她才去锅屋里忙活一阵子，然后远远地向瓜瓢叫：吃饭吧。

这种召唤很让瓜瓢激动，他响亮答应：哎！吃饭！随即用热辣辣的眼光去瞧女人。但奇怪的是，女人却从不正眼瞅他，都是将一双眼皮耷拉着，脸像一片地瓜干似的平平淡淡。瓜瓢洗洗手坐到堂屋的饭桌前，女人很快将饭端上来，端上后并没有与他一块儿吃的意思，又去锅屋里不知干啥。瓜瓢不想一个人吃，想和人家那些夫妻一样，脸对着脸，一边说话一边进食，于是就起身招呼吴春花。但吴春花还是耷拉着眼皮说：你先吃吧，我跟金锤银锤一块儿。瓜瓢不好再说什么，只得一个人坐到桌边，没滋没味地吃下一点儿东西。

不过总的来说，这一天瓜瓢的心情还算不错。他一边干活，一边频频地抬头瞅那轮太阳，盼望它赶快转向西方，落到山后。然而，日头佬儿的行动过于迟缓。他在猪圈里干活时，看到阳光一直明亮地照耀在大黑猪那生满虮子的肚皮上，甚至怀疑这日头是否让神仙拿定日针给定住了。

日头终于还是落下去了。他又听到了吴春花的一声召唤：吃饭吧。

晚饭还是一个人吃。瓜瓢觉得自己的一颗心早已蹦到了碗里，在他的手上怦怦狂跳。他无法再让那颗心回到肚里，就退到一边，把那颗心放在桌上给吴春花看。

吴春花瞅见了，依然耷拉着眼皮不动声色。她从东屋喊来两个儿子，和他们俩一边吃一边说话。当金锤说起他们哥俩跟别人打扑克打赢了的时候，吴春花笑了。这是瓜瓢第一次看见吴春花笑。他发现，吴春花笑起来眼睛眯成一条缝，是很好看很好看的。他的目光，从吴春花脸上悄悄滑下，去了她的身上。吴春花虽然穿着棉袄，但胸脯那儿还是显示出两处高凸。

瓜瓢咽下两口馋涎，忍不住瞥了一眼墙边的大床。

两个儿猫蛋子吃过饭，又到他们的屋里去了，这边只剩下瓜瓢和吴春花。

沉默了一会儿，吴春花说：睡吧。

瓜瓢浑身一抖。这话对于他，不啻一缕耀眼的曙光。他站起身，步履踉跄地向那张床走去。

上哪儿呀？

瓜瓢又不知所措地站住了。

怎么连睡觉的垗儿都记不住？

曙光转瞬消失，瓜瓢眼前一片黑暗。

仅仅过了一夜，瓜瓢就变成了一个懒汉。当大年初五的太阳爬上东边墙头，将光亮灌满这个小院的时候，瓜瓢还躺在西屋里没有出来。

吴春花早已起床。她蹲完茅坑，再到锅屋里煮熟半锅地瓜，走到院里，冲着西屋门说道：起来吃饭吧？

门开了，瓜瓢慢吞吞走了出来。他的头发蓬乱如草，脸黑得像一块旧铁皮，一对疤眼儿分别垛着两堆眼屎。这是通宵失眠才有的迹象。

吴春花只看他一眼，又将眼皮耷拉下来。她回到锅屋，将一个饭盆端到了堂屋。

瓜瓢走过去了。他站在那儿，对正往碗里舀粥的女人说：你甭舀了，俺不吃了。

为啥不吃？

俺想回家。瓜瓢说。

打光棍在哪里不能打，非要上你这里打？瓜瓢又说。

他说完这话，便站在那里看吴春花。他瞅见，吴春花耷拉的眼皮抖了一抖。接下来，他听见了这么一句：

甭说了，今晚上到我屋里。

入赘 55

多少年来，吴春花常常梦见没有头的包二杠。没有头的包二杠一步步向她走近，最后站在她面前什么也不说。吴春花知道他没有头是无法说话的。但她也明白，包二杠那个丢掉的头，比任何语言都更有力量，所以每次梦见包二杠，吴春花都吓得出一身冷汗猛地醒来。

醒来后，吴春花又觉得她有充足的理由向包二杠申辩。她在心里一遍遍地说：二杠你不能怨我，我是实在没有办法了呀。

吴春花无法想象，如果没有她的三叔公包世彦，她这些年能不能熬得过来。

包二杠死后，她压根儿就没打算改嫁。她想，二杠待我这么好，我要不把他的两条根栽住，我就不是个人了。无论我吃多大的苦，受多大的罪，我也要把金锤银锤拉扯长大，给二杠支门立户！可是吴春花还是低估了一个寡妇的艰难。二杠死的那年，正赶上分地单干，她拖着两个儿子，收不能收，种不能种。想靠娘家，娘家连个兄弟也没有。这边呢，身为独子的包二杠死后，与他家最近的就是一个三叔。三叔一大家人口，儿女都小，三婶还有心脏病。可是，三叔还是在吴春花最犯难的时候说话了：他嫂子你甭愁，一拃没有四指近，谁叫咱是本家呢！从今往后，只要我的地里种上了，你的地里也能种上；只要我的地里收粮食，你的地里也收粮食！

就是这番话，让吴春花啥时想起啥时掉泪。

瓜瓢入赘的第三个白天，是让瓜瓢用小推车推跑的。他见垫猪圈的土不多了，向吴春花问明取土的场所，就推着车子去了村外。在土塘里，他一镢头一镢头刨起，一锨一锨装进车筐，然后把它推到吴春花的猪圈旁边。

在劳作过程中，瓜瓢不敢像昨天那样频频地去瞅太阳。因为他不敢相信吴春花的那个许诺是真的——前天在门前放的鞭炮可比她的话响吧，可是用鞭炮宣告的事情并没有兑现，所以他对那句话并不抱太大的指望。

晚饭和昨晚一样，吴春花还是让他自己先吃，他们娘仨儿后吃。这一切都没显现出特别。两个儿猫蛋子一边吃，还一边拿眼狠狠地剜他，对此吴春花也不制止，仍然视而不见地埋头扒饭。

这情景，让瓜瓢不敢做任何期待，就站起身，一个人去了小西屋。

斜躺在那张冷冰冰的床上，瓜瓢开始回想他这几天来的经历。他想起，初一晚上李爱爱到他家说媒，娘流着泪说：老天爷呀，俺儿可熬出来了。说着就要给李爱爱磕头。李爱爱扶住老太太咯咯笑道：要磕头的话还用你磕？叫瓜瓢给我叩！老太太认了真，说瓜瓢你快磕！快磕！瓜瓢不好意思，李爱爱却笑嘻嘻动了手，硬把瓜瓢的脑袋往她的胯下搋。瓜瓢使劲挣扎，李爱爱放了手说：知道你不想给我磕，想留给你媳妇。等你媳妇给了你甜食吃，你小心把头磕破了！

这个狗女人！她说会有甜食吃，甜食在哪里呀？

日她姥姥，今晚再没有戏，明天找她问问去！

今晚。今晚。

今晚上到我屋里。这可是吴春花亲口说的，我听得明明白白。

瓜瓢爬起身，走到门口朝堂屋看去。那里，门关着，门缝里清晰地传出母子三个说笑嬉戏的声音。他沮丧地垂下头，又回到自己的床上躺着。

这么起身观望了三四回，瓜瓢终于听见两个儿猫蛋子去了他们住的屋里。接着，他听见吴春花去了茅坑，在那里哗哗撒尿。而后，吴春花走回堂屋把门关上。

但他没有听见插门闩的声音。

瓜瓢腾地起身，走到门口。他眼瞅着吴春花的房门，感到全身每一块肌肉都死死绷紧，让他成了一根僵直的棍儿，就那么直直地戳在那里，半天没有动弹。

忽然，吴春花咳嗽了一声，僵局便一下子打破了。没用大脑指挥，瓜瓢的两腿已经迈向了院子，迈到了那个门口。

他伸手一推，那门"吱呀"一声敞开。与此同时，屋里的电灯却"啪"地一下被人拉灭。

瓜瓢突然陷入进退维谷的境地。在他看来，这两件事情是矛盾着

入赘 57

的，有让他进去的意思，也有不让他进去的意思。那么到底该进不该进呢？他拿不定主意，就那么全身颤抖，像个鬼魂似的站在门口。

怎么不来呀？

眼前的黑暗中，忽然送出了一句话。这像一声冲锋号，让瓜瓢在刹那间明确了行动方向。他一步跨进屋里，手拍双膝蹦高道：俺那亲娘哎，你可答应啦！接着就向吴春花的床奔去。由于心情的急迫与地形的不熟悉，他无法避开地上的一些桌凳，使得屋里响声大作，自己的小腿骨有了几下锥心的疼痛。但瓜瓢顾不得这些，只在黑暗中急急寻觅。经历了几次扑空之后，他终于到了床边，一跃而上，压住了那个软软的人体。亲娘哎！亲娘哎！他一边蹂躏一边叫。身下人说：你个傻×操的，不脱衣裳吗？瓜瓢这才发现他与吴春花还没有实质性的接触，于是坐起身将棉裤棉袄慌忙扒掉。

接下来的时刻里，瓜瓢觉得自己像一只时来运转的知了猴儿：他在黑暗无边的地底下闷哪，闷哪，直闷得身弯如弓，皮厚如墙。今天，终于从那不见天日的地方爬出来了。在一片令他陶醉的空气里，他小心翼翼地伸展一下肢爪，战战兢兢地爬上了一棵树，一棵他在地底下梦魂牵绕的树。树接纳了他。树因了他的到来，枝动叶摇，让他晕晕乎乎，不知自己身为何物。这一阵无法形容的晕眩里，他身上的硬壳"啪啪"炸响，裂开了一道长长的口子。一个全新的他，从这口子里钻出来，沾着夜露，抖抖翅膀，发出了一声惊天动地的长叫——他脱胎换骨了，他获得新生了。

两串热泪刷刷洒下。瓜瓢抖着牙帮骨道：亲娘亲娘，俺这回是个人了。

那棵树猛一晃动，把他甩到了一边。

瓜瓢还没弄明白这是怎么回事，女人的哭声已经在他身旁响了起来。

那年春天，吴春花预感到她和三叔之间必定出事。

正月里的一天，三婶死了。三婶死得干脆利索：她提着一桶猪食走到猪圈门口,突然"呃"的一声,像叫饭噎住了似的浑身挺直,随后就软塌塌地倒下了。三婶死后,三叔拉扯着一堆孩子,又苦又累。但他没忘了帮吴春花干活,整整一个春天里,吴春花的地是他耕的,粪是他给送的。到了种花生的时候,虽然吴春花和三叔家的小弟小妹能帮一帮手,但耕耕耙耙还是靠三叔。眼看着三叔瘦成一把骨头,吴春花心疼得像刀割一样。她想三叔待她这样,她是应该好好报答的,不报答这样的好人,天理不容。

　　事情发生在一个春风悠悠的晚上。那时正好该锄第一遍花生,金锤银锤却一齐发烧让她无法下地,三叔又把活儿揽过去了。那天三叔很晚才回来,回来之后也没到她家。吴春花去他家一看,三叔正在吃饭。那是什么饭呀,大妮煮的烂地瓜干汤,稀稀拉拉的,上面还飘了一层地瓜干里生的尖嘴蚰子。吴春花心里酸酸地说:三叔,孩子还是发热,你去看看。包世彦放下碗就去了。到了那里,吴春花先把她煎好的两个鸡蛋让三叔吃下,然后把他领到床前。一对小东西此时睡得正香,三叔拿手试试他们的额头说:不太热呀。吴春花说:他们是不热,可我的热,三叔你试试。说罢,"噗"的一声把灯吹灭了……

　　在侄媳妇那归于平静却热热乎乎的被窝里,包世彦连声说:你看你看,怎么干了这事呢?

　　吴春花用被子捂着脸说:干了就干了呗。你待俺好,俺也得待你好。

　　好也不能这么个好法。

　　俺实在想不出更好的法子。

　　你说俺这么做,怎能对得住二杠。

　　说对得住也对得住。

　　这话怎讲?

　　吴春花将被子一掀,说道:你帮了俺,让俺不动改嫁的心,好好在这里给他拉扯儿子,就是对得住他。

　　这个逻辑,三叔接受了。他从此理直气壮,频频登上吴春花的大床。

瓜瓢听见吴春花哭,立马心慌意乱。在他看来,世界上的一切事物,得和失紧紧联系在一起。这边得了,那边必定失了;那边得了,这边一定是没赚到便宜。一方小得,另一方便有小失;一方大得,另一方便有大失。今天晚上,他瓜瓢多年的梦想成真,赚大了,那么吴春花肯定是吃了大亏。所以她伤心,她哭,她不哭才怪哩。

瓜瓢的心里生出无尽的歉疚。他像一条狗似的弓起身子,趴在床上,顾不得光光的屁股暴露在寒冷的空气中,一声声谴责着自己,并向吴春花道歉。

俺不好。

俺对不住你。

俺是个孬泥碗子。

俺是个旱鳖大王八。

你想骂俺就骂俺吧!

你想打俺就打俺吧!

你骂你骂呀!

你打你打呀!

……

看来瓜瓢还是有外交才能的。就靠了这些话语,他居然化干戈为玉帛,让吴春花渐渐收住哭声。又过了一会儿,吴春花居然说:你别冻着,躺下吧。

瓜瓢问:你不生气啦?

吴春花说:不生啦。

真不生啦?

真不生啦。

瓜瓢心里便充满了意外的惊喜。他卧倒在被窝里,侧身向着吴春花,感动得不知说什么才好。

吴春花沉默一阵,说道:瓜瓢,俺该给你的都给你了,是不是?

瓜瓢在黑暗中连连点头:是。是。

给你了，你就是俺男人了，是不是？

是。是。

你是俺男人了，就得为俺娘儿们操心出力，是不是？

那还用说。

吴春花长长地叹了一口气：唉，说实在的，俺自打二杠死了，就没打谱再找男人，可是俺今天困难了。

一股豪壮之气在瓜瓢胸中沛然生出。他说：吴春花，困了啥难你说。原先俺不来你家你困难，如今俺来你家了你还困个啥难？

吴春花道：就得靠你啦。你看，金锤银锤夏天都升高中——他们学习好，一准能考上——可是听人说，入学要交好多好多钱。

瓜瓢说：这好办。咱好好挣。你那几亩地我好好理整。

吴春花摇摇头：理整地能挣几个钱？不赔就算不错了。

瓜瓢想想也是。他嘟囔道：那怎么办？

吴春花说：门路倒是有，不知你愿去不愿去。

怎么不愿，只要能给咱挣钱！

那好，这村的包文选正要带一帮人到北京修路。

哦。啥时候走？

后天。

瓜瓢对这个安排感到很突然。他没想到自己好不容易才跃进一个幸福的糖缸，刚刚扑腾了几下，连滋味还没来得及细细咂摸，却有一只手要捻着他的翅儿往外扔了。

正犹豫着，吴春花又说：怎么，不想去啦？

去！谁说不去啦？瓜瓢表态道。他无法不表示出这样的态度。然而，他又实实在在留恋他目前所处的这只缸。

他曲起身子，将两条大腿互相摩擦着。可，可……

可什么？

可这两天，你得管我个足。

好办。

吴春花干脆利落地说出两个字来，随即把身子躺平。

陈家官庄去北京修路的共有十二名民工，正月初七早晨启程。召集人包文选雇了一辆小四轮拖拉机停在村头，他迈着两条长腿去村里催了一圈，于是，一个个青壮汉子就扛着行李卷儿，让他们的家人送出来了。

送瓜瓢的是吴春花和她的三叔公包世彦。走在满是冰霜的村街上，吴春花还是耷拉着眼皮不说话，说话的是包世彦。包世彦用长辈的语气嘱咐道：他哥，出门在外，遇事要小心些。

瓜瓢说：是。

包世彦又说：家里你情管放心，有我。

瓜瓢说：叫你受累啦。

包世彦摇一摇无须的下巴颏儿：这是说的啥话？咱是谁跟谁？

瓜瓢无话可说，便一步步走向了村头。

初升的太阳刚把地上的霜花晒化了一点点的时候，十二名青壮汉子聚齐了。他们像一蓬柴火，杂杂乱乱装满了小四轮的拖斗。腾腾腾，一股浓浓的黑烟喷出，迅速遮住了拖拉机自身。送行的人们还没来得及看清车上的人是什么表情，那团黑烟就到了村外。

　　包德勤，包德俭
　　找个新爹是疤眼

金锤银锤一看黑板上写的这两句话，觉得从空中突然掉下一个万吨重的钢块，将他们哥俩砸成了肉饼。过完寒假第一天上学，上完一节课，他们去厕所撒尿回来，就看到了黑板上的这些字儿。

哥儿俩扑上去，十万火急地用袖子擦去字迹，向坐在教室里的同学露出了狰狞的面容：哪个杂种羔子写的？快说！

没有人回答。但金锤银锤却看见一个同学朝他的前位一努嘴。那里，正坐着与他俩同村的陈结实。于是，这对孪生兄弟就像两个小公豹一样扑了上去。

几分钟之后，陈结实软塌塌地躺在了课桌底下。从他口鼻中流出来的血，曲曲弯弯，在地上写了一些谁也看不懂的文字。

瓜瓢没料想他是到了这么个地方干活。在家时听说到北京，他想这一回要到大城市见见洋景儿了。可是坐火车坐到天黑，也没见到北京。火车哐当哐当地走，他不知不觉就睡了。也不知睡了多少时候，包文选晃醒他，说下火车了。瓜瓢迷迷糊糊地跟着别人下去，走出车站，又与许多人坐上一辆汽车继续走。走到天亮，汽车停住，包文选说到了。瓜瓢说这就是北京？众人哈哈大笑，说北京咱夜里去过了，这埝儿离开北京又有三百里路了。尽管瓜瓢努力地回忆，也没想起夜里那个北京有何繁华处，他只记得有一些矮楼和平房。向别人提出这疑问，别人说：那是丰台车站，咱们蹭了蹭北京的毛梢儿就过去啦。瓜瓢便感到遗憾，吧嗒了好一阵子嘴。

这里确实平常，跟老家没有多少差别。一眼望不到边的田野，稀稀拉拉的几个村庄。瓜瓢他们连村子都没进，就在野外搭棚子住。当然在这里住的不止是陈家官庄的十二条汉子，另外还有一百多人。瓜瓢从别人嘴里听说，这段路是一个姓黄的河北人包下的，他们这些人只管干活。黄工头说，完工后领到工程款，一人一天开十二块钱。

从此，瓜瓢便跟着别人上工，刨沟，推土，一天天都是相似的活儿。那个姓黄的工头十分抓紧，天一亮就把大家轰起来干活，中间吃上两顿饭，再一直干到天黑。瓜瓢只干了五六天，便在心里嘟囔：真没个×意思。

在这里没意思，瓜瓢便格外怀念有意思的时光。白天劳作时，晚上入睡前，瓜瓢经常把心猿意马解开缰绳，让它们窜回陈家官庄，窜回那两个夜晚中去。哎哟，跟吴春花睡的那两夜是多么好哇！在他看来，那两个黑夜是两块无比漂亮同时又在糖缸里泡透了的黑布，每条经纬里都有着迷人的内容，每一条线丝中都有着让人咂摸不够的味道。那两个夜太黑了（他几次要开灯看看，吴春花都不许），他能回忆起的内容都不明晰，只是肉体感觉上的一些模糊片段。这些片段像夜间让风吹落的树

入赘　63

叶一样，在黑暗中零零乱乱飘飘悠悠。瓜瓢想把它们抓住一些，拼合成完整的视觉形象，但试了多少次都不成功。非但不成功，连能够抓住的几片也无声无息地滑落，不知其所往。

于是，瓜瓢便对那种夜晚的再度经历抱了万分的渴盼。他恨不能插翅飞回那个小院，回到那张床上。但他又明白这不可能。他必须在这里干下去，挣得吴春花所需要的钱。如果他不来这几千里之外挣钱，吴春花也许就不给他那两夜了（那两夜她多么温顺呵，温顺得让瓜瓢至今都怀疑自己的记忆是否可靠）。这就是说，在两个人的这桩买卖里，是吴春花先做了付出的，那么我瓜瓢现在要做的就是回报。如今，我连一分钱还没拿到手，就想再跟吴春花做好事，这就有些不讲义气了。

想到这，瓜瓢又觉得自己的念头很不高级，很差劲儿。

天黑了，吴春花与两个儿子围坐在桌边，一共看桌面上的一张纸。纸是从法庭拿回来的判决书，上面明明白白写着，他们应付给陈结实伤害赔偿费和医药费五百八十元。

都怪你。金锤向娘说。

都怪你。银锤也向娘说。

是，都怪我，都怪我。吴春花知道，正因为他招来个男人，她的两个宝贝儿子才在学校遭到辱骂，才出了打伤人的事儿。这个错，她认。

把他撵走！金锤说。

把他撵走！银锤也说。

吴春花凄然一笑：儿呵，可甭说这话。你看，就是这五百八十块钱，你娘也拿不出来，你三爷爷也拿不出来。要先找别人借上，等他挣来钱还。

俺们长大了还！金锤银锤都道。

你们长大了还早着呢。光上完高中就得多少钱？

俺不上了。

俺不上了。

放你娘的驴屁！吴春花气恼地骂了起来。

骂完，吴春花起身走出门去。她站在满天寒星下愁苦地想，谁家能借钱给我呢？

夜晚来临后，每一个民工工棚都成了冒泡儿的粪汪。泡儿是一个个荤呱儿。那么多的强健雄性睡在一起，不拉点荤呱儿，夜晚是过不去的。

瓜瓢和来自陈家官庄的民工住在同一个棚子。尽管工棚搭得十分简陋，冷风毫无阻拦地钻进里面，将一个个露在被窝外面的鼻子冻得流水，但男人们还是一边擦涕水一边说笑，工棚里的猥亵气息浓浓厚厚。

说老祖宗传下的骚呱儿，说本地流传的一些风流事儿，讲得没啥可讲了，有人便恬不知耻地讲自己的经历。讲到紧要处，大铺上的被筒全都蠕动不止，像一条条正在作茧的蚕。

说着说着就轮到了瓜瓢。有人让瓜瓢讲他跟吴春花的事。瓜瓢心里是想讲的，但考虑了一番又没讲。他觉得那两个夜晚是他最应该珍藏的，如果亮给众人看就不好了。他羞笑着道：说那个做啥。说那个做啥。

有个汉子说：你没看看，吴春花那东西上锈了没有？

另一人接过去说：上个屁锈，有人整天给磨着。

又有人说：问问瓜瓢，滑溜不滑溜？

哈哈哈哈。大地铺的蚕全都蠕动起来。

笑声中，瓜瓢也成了一条蚕。但他没有蠕动，他让一种叫作迷惘的丝给结结实实地裹住了。

在持续了好长一段时间的干旱之后，一场春雨降临了。那雨从午后下起，一直下到晚上没有结束。随着水分的渗入地下，一缕缕春意也从湿土层里欢畅地冒出，渐渐弥盖了整个田野。随着四合的暮色，它们也弥盖了村子，弥盖了一座座农家院落。

与儿女们一起吃过晚饭，包世彦回到自己住的屋里吃烟。烟锅里的火闪闪烁烁，越来越像一个女人火辣辣的眼睛，惹得包世彦那颗半老的

入赘　65

心脏腾腾急跳。他把烟袋猛抽两口，从嘴里拔下，磕掉烟灰别在腰间，迈着轻轻的脚步向外走去。

在他侧身闪出院门的时候，听见东屋里传出儿子的一声叫骂：老不着调的！

听了这话，包世彦心中一惊，随即又觉得委屈。我老不着调？我想这样不着调吗？我不是没有老婆么？我这些年没有老婆，受了那么多的罪，才把你们都拉扯大了。大狗已经娶上媳妇了，你二狗也快娶了。可我呢，到头来成了一个孤零零的老头子。你们不疼你爹，倒嫌你爹不着调，还有没有良心？

怀着一包委屈，包世彦向村头走得更为急切了。

他不知道，在这清清爽爽的春雨里，在八里外的山路上，也同样急切地走来了一个男人。

瓜瓢一进屋，就闻到了那股味道。

瓜瓢是翻墙进的院子。他在院门喊了好半天没人开门，他就有些发慌。他想金锤银锤都在镇上的学校住，家里只有吴春花一个人，莫非进去坏人把她害了？在这样一个下雨的黑夜里，什么事都可能出呀。想到这里他急得不行，看看院墙不高，一耸身就翻过去了。随着他身体的越过，几块湿漉漉的石头重重地掉落在地上，发出了沉闷的声响。

不料，他刚走到堂屋门口，那门也"吱呀"一声开了。屋里没开灯，吴春花站在门口气喘吁吁：你，怎么回来啦？

听吴春花这么问，瓜瓢有些发窘。他不好意思说他想她想得熬不住了，更不好意思说是借了别人一百块钱日夜兼程跑回来的。他只讪讪地道：你看你，怎么不开灯呢？说着一步跨进了屋里。

这时，瓜瓢就嗅到了那种气味。这种气味瓜瓢很熟悉。在他光棍生涯的无数个长夜里，他时常把它制造出来，然后在它的包围中一边慨叹自己的可怜一边沉沉睡去。临去修路时，这种气味更是把他紧紧裹了两夜，让他至今回忆不够。但他这时已经顾不上研究屋里气味的来历，在他身边活生生站着的吴春花让他无法不忽略掉这个细节。他把身上被雨淋透了的衣裳迅速脱掉，猛地抱起吴春花就去了床上。

不料，吴春花却不服从他的安排。吴春花是穿了衣裳的，他去解女人的袄扣，女人立即用手阻挡；他去解女人的腰带，手背上立即感到了掐疼。两个月前的浅尝辄止，两个月以来的苦苦渴盼，此刻赋予了他一往无前的韧性与勇猛，让他将动作激烈起来。于是，两个躯干，八条爪子，一方拢近一方排斥，一方进逼一方顽拒，搞得大床上战火熊熊。

终于，瓜瓢把吴春花牢牢地按住了。他正为自己力量的强大而得意，正要进一步扩大战果，身下的床忽然剧烈晃动，好像是发生了地震。他十四岁那年经历过一次地震，正迷迷糊糊地睡着，床把他晃醒了。对了，那回还听到来自地下的一种像滚碌碡似的声音。但这一回不对头。那床不是按水平方向来回晃，而是往上一抬一抬，同时也没听见滚碌碡。很快，这床又不动了。瓜瓢按住吴春花惊魂未定，突然听见了一个粗重的喘息声。这声音不是他瓜瓢的，也不是吴春花的，它来自床下。

谁？

瓜瓢发出了一声诘问。

女人抬了一下手，"吧嗒"一声，床上便是一片光明。这光明来得很突然很耀眼，瓜瓢不得不将他的一对疤眼全部闭上。他听见女人拍打着床板说：出来吧，三叔你出来吧。

瓜瓢再睁开眼时，就看见了让他肝肠寸断的一幕：吴春花的三叔公包世彦敞着没扣好的破棉袄，像个大黑熊一样从床下慢慢爬出，而后站在床前，向全身精光的瓜瓢投来了含意复杂的一笑。还没等他作出反应，吴春花向床前的人说：没你的事，你走吧。

包世彦看了女人一眼，转身走出了屋子。

你没看看吴春花那东西上锈了没有？

上啥锈，有人整天给磨着。

那个揣了两月之久的疑团一下子解开了。

你，你怎么叫他睡呢你！

瓜瓢放开吴春花，坐到一边喘着粗气问道。

我愿意叫他睡。吴春花不再耷拉眼皮,她目光亮亮地直盯着瓜瓢。我十二年前就跟他睡了,是我找的他,就因为他帮我这个寡妇干活。你明白了吧?

瓜瓢说:那你怎么又找我?

他老了,帮不了我了。

你就找我来给你挣钱?

是。就是这样。

叫我来给你挣钱,你还跟他睡?

我不能撇了他。他给俺出了半辈子力,如今连个老婆也没有,我怎能撇了他。

他是你的叔公呀!

我不管这,我愿跟他睡。

可我呢?

你?你思量着办吧。反正这事也告诉你了。

吴春花将腰往上一抬,十分利索地褪掉了裤子。

她直盯着瓜瓢说,你思量着办吧,你愿留就留,不愿留就走。

瓜瓢有生以来还是第一次在灯下看女人的身体。尽管在那两夜之后他曾无数次凭当时的触觉推断它的样子,但都没成功。现在,真正的样子明明白白地陈列在他的眼前,让他猝不及防,让他无暇思量。他一跃而起,迅速用自己遮盖了那个黑白分明的物件。恍惚间,他觉出了进入时的顺畅,也领悟出这得益于包世彦的铺垫。但他无法管这些了,实在是顾不得了。

就在那股气味重新漫起,他的脑壳渐渐冷却下来的时候,他才觉出趴在吴春花身上是多么滑稽,多么荒唐。

走呀。操他娘咱走呀。

他自己对自己说。

进入腊月,那条公路终于修起了坯子。瓜瓢听人说,他们的任务完成了。公路要放在这里让雨淋上一年,然后再铺柏油,不过那个活儿就不是他们干的了。

瓜瓢他们这伙民工开始闹事。闹事的原因是工钱。黄工头原来说定一人一天十二块，可是活儿干完，民工们急着要回家了，他却说上边没把全部工程款发下来，一人只给了五百。民工们问，没发的钱怎么办？姓黄的说：明年大港油田有工程，你们再来时发给你们。民工不愿意，说明年干不干俺还定不下呢，你必须现在就给！黄工头说：好，我再去跟上边交涉交涉。

从这以后，黄工头就再没露面。眼看快到腊月二十，民工们坐不住，让包文选去打听。包文选去一百里之外的修路总指挥部一问，原来黄工头早把工程款全部领走了！

民工们炸了营，个个哭爹叫娘。包文选说：别急别急，咱们快想办法。大伙围在一块儿喳喳了一天一夜，办法终于有了。第二天，包文选与另外三个汉子离开这里，过了四天才回来。他们带回一个十五六岁的男孩，把他锁进一间工棚，让众人好好看守。包文选说，这是黄工头的儿子，他们费了好大的劲才搞到手的。

瓜瓢自告奋勇加入了看守小男孩的行列。他从窗子里看见，那个哭哭啼啼的男孩和吴春花的两个儿子一般大，心里滋生出仇恨，咬牙切齿骂道：杂种羔子，我操死你娘！

这么骂着，瓜瓢眼前又出现了吴春花的影子。自从那个春雨之夜，他简直要恨死那个女人了。那个臊×！养汉的臊×！一想包世彦从床下钻出来的情景，一想吴春花现在随便哪一个晚上都可能与她的三叔公再弄那事，他就恨得牙根生疼。骚×，我可不再上你的门了，我可不在你家当憨瓜愣蛋了，等到领了钱，咱回自己的家呀！我就不信咱离了女人不能活，咱挣了钱，天天喝酒吃肉，一样是好日子！

看那小男孩哭个不休，瓜瓢大声喝道：再哭，一刀子攮死个你！

守到晚上，一辆小汽车飞快地开到工棚旁边，从上面走下了一男一女。瓜瓢认出，那个男的就是黄工头。

腊月二十四这天下午，瓜瓢怀揣两千三百块钱，回到了他村后的岭上。

　　这是一个岔路口。往南，是他活了三十多年的村子；往北，是他睡过几个夜晚的陈家官庄。

　　同行的十一人都走向了陈家官庄。瓜瓢对他们说，他要先回南村看看娘去。

　　但他只走了几步便停住了。他居高临下，看见了自家院落，还看见了他的弟媳妇刘纪英。尽管离得老远，尽管刘纪英正坐在那里逗弄孩子，但瓜瓢还是似乎看见了她胸前的两处高凸。

　　就在这一刻，瓜瓢立即做出决定，过几天再回家看娘。

　　他转过身，向着北边迈动了脚步。

　　此时，一轮黄黄的日头正要落山，在铺满枯草的山路旁边，瓜瓢的身影显得特别修长。那两条长腿的影子一剪一剪，似要剪除它主人的一切烦恼与尴尬。

　　翻过一道山梁，瓜瓢便瞅见了陈家官庄，瞅见了吴春花家的那棵大槐树。树梢上，那个像挂钟似的大蜂窝还在。染着最后一抹橘黄色的阳光，它向瓜瓢发出了无声却有力的召唤。

　　瓜瓢全身心地响应着，身子一耸耸地向它奔去了。暮色中，他脸上的两块血红一跳一跳的，显得格外艳丽。

通腿儿

一

那年头被窝稀罕。做被窝要称棉花截布，称棉花截布要拿票子，而穷人与票子交情甚薄，所以就一般不做被窝。

两口子睡一个被窝。睡出孩子仍搂在被窝里。一个两个还行，再多就不行了。七岁八岁还行，再大就不行了。

再大就捣蛋。那一夜，榔头爹跟榔头娘在一处温习旧课，刚有些体会，就听脚头有人喊："哪个扇风，冻死俺了！"两口子羞愧欲死，急忙改邪归正。天明悄悄商量：得分被窝了。

但新被窝难置。两口子就想走互助合作道路。榔头娘找狗屎娘说了意思，狗屎娘立马同意，并说你家榔头夜里捣蛋，俺家狗屎捣得更厉害，俺家狗屎爹已经当了半年和尚了。两个女人就嘎嘎笑，笑后谈妥：两家合做一床被窝，狗屎娘管皮子，榔头娘管瓤子。

费了一番艰难，终于将皮子瓤子合在了一起。狗屎家有间小西屋，有张土坯垒的床，抱些麦秸撒上，弄张破席铺上，把被窝一展，让两个捣蛋小子钻了进去。

狗屎榔头趴下就睡，一头一个，"通腿儿"。"通腿儿"是沂蒙山人的睡法，祖祖辈辈都是这样。兄弟睡，通腿儿；姊妹睡，通腿儿；父子睡，通腿儿；母女睡，通腿儿；祖孙睡，通腿儿；夫妻睡，也是通腿儿。夫妻做爱归做爱，事毕便各分南北或东西。不是他们不懂得缠绵，是因为脚离心脏远，怕冻，就将心脏一头放一个给对方暖脚。现如今沂蒙山区青年结婚，被子多得成为累赘，那又怨不得他们改动祖宗章法，夜夜鬼混在一头了。

　　五十年前的狗屎榔头就通腿睡，睡得十分快活。每天晚上，榔头早早跑到狗屎家，听狗屎爹讲一会傻子走丈人家之类的笑话，而后就去睡觉。小西屋里是没有灯的，但没有灯不要紧，狗屎会拿一根苘杆，去堂屋油灯上引燃，吹得红红，到小西屋里晃着让榔头理被窝。理好，狗屎把苘杆拿去墙根戳灭，两人同时登床。三下五除二褪去一身破皮，然后唉唉哟哟颤着抖着钻进被窝。狗屎说：俺给你暖暖脚。榔头说：俺也给你暖暖。两人就都捧起胸前的一对臭东西搓，揉，呵气。鼓捣一会，二人又互搔对方脚心，于是就笑，就骂，就蹬腿踹脚。狗屎娘听见了，往往捶门痛骂：两块杂碎，不怕蹬烂了被窝冻死？两人怵然生悸，赶紧老老实实，把对方的脚抱在怀里，迷迷糊糊睡去。

　　就这样睡，一直睡到两人嘴边发黑。

　　后来，两人睡前便时常讨论女人了。女人怎样怎样，女人如何如何。尽管热情很高，他们却始终感到问题讨论不透。榔头说："好好挣，盖屋娶媳妇。"狗屎说："说得对，娶个媳妇就明白啦。"两人白天就各自回家，拼命干活。

　　十八岁上，两人都说下了媳妇，都定下腊月里往家娶。

　　这一晚，狗屎忽然说："娶了媳妇，咱俩不就得分开么？咱通腿十年，还真舍不得。"

　　榔头想了想说："咱往后还是好下去，一、盖屋咱盖在一块儿；二、跟老的分了家，咱们搭犋种地。"

　　狗屎说："就这样办。"

　　榔头说："不这样办是龟孙。"

二

人生的重场戏是结婚。重场戏中的重要道具是床。

床叫喜床。一要材料好，春是好光景，春来万物始发，因而喜床必须是椿木的；二要方位对，阴阳先生说安哪地方就安哪地方，否则会夫妻不和或子嗣不蕃。

狗屎的喜床应该靠东山顶南，榔头的喜床应该靠西山顶南。于是，俩人的喜床就只隔一尺宽的屋山墙。

墙是土坯垛的，用黄泥巴涂起。墙这面贴了张《麒麟送子》，墙那面也贴了张《麒麟送子》。

夜里，这墙便响。有时两边的人听到，有时一边的人听到。

狗屎家的睡醒一觉，听那墙还响，就去扤耳朵边的大脚片子。扤不几下，大脚片子一抖，床那头便问："干啥？"狗屎家的说："你听墙。"狗屎便竖起耳朵听。听个片刻，狗一般爬过来，也让墙响给那边听。弄完了，墙还响个不停。狗屎家的说："你个孬样！看人家。"狗屎便在黑暗中羞惭地一笑，爬回自己那头，又把个大脚片子安在媳妇的耳旁，媳妇再去扤他也不觉得。

狗屎家的仍不睡，认真听那响。一边听一边寻思：离俺尺把远躺着的那女人，长了个啥模样？黑脸白脸？高个矮个？这么寻思着，一心要见见她。但又一想，不行不行，老人家嘱咐得明白，两个女人都过喜月，是不能见面的，见面不好。

不见面就不见面，反正三十天好过。狗屎家的就整天不出门，只在院里、灶前做点活落。榔头家的似乎也懂，也整天把自己拴在家里。两家如发生外交事务，都由男人出面。男人不在家，偶尔鸡飞过墙，这边女人便喊："嫂子，给俺撵撵！"那边女人便答应一声，随即"欧哧、欧哧"地把鸡给吆过来。两个女人虽没见面，声音却渐渐熟了。榔头家的心下评论：她声音那么粗，跟楠棒似的。狗屎家的心下评论：她声音那么细，跟蜘蛛网似的。

中午，狗屎家的正做饭，忽听街上有人喊："快出来看！过队伍喽！"狗屎家的忙舀一瓢水将灶火泼灭，咕咚咕咚跑向了门外。还真是过队伍。一眼就认出是八路。军装黄不拉唧，破破烂烂，比中央军差得远。可是人怪精神，一边走还一边唱，唱几句就喊个一二三四。当兵的整天喊一二三四，准是好久不在家数庄稼垄，怕把数码忘了。好多人都别着钢笔，怪不得有"穷八路、富钢笔"这句传言。有些兵还胡子拉碴，看来是有家口的，不知他们想不想老婆孩儿……

不知不觉，队伍过完了。有人说，这是老六团，沂蒙山里最神的八路队伍，说打哪就打哪，鬼子最怕他们。狗屎家的听得一愣一愣的，不由得又追了队伍尾巴几眼。

又一眼撒出去，却撒到了一个女人身上。女人站在东院门口，穿一身阴丹士林，脸上几片雀斑，雀斑上方有一对亮亮的东西在朝自己照。

狗屎家的悟出：这是隔墙躺着的那女人。哟，新人见面了，这可怎么办？对了，娘说过，遇到这件事，谁先说话谁好。

说，赶紧说！

可是，向她说啥呢？

正思忖间，忽听那女人开口了："也看队伍？"

听着这细如蜘蛛网的熟音儿，狗屎家的浑身一抖：糟啦糟啦，这一下子俺可完啦。这个浪货，浪货浪货！她狠狠地戳了榔头家的一眼，狠狠地在鼻子里哼一声，转身回家了。

见她这样，榔头家的马上灰了脸儿。

一出喜月，春老爷醒来，要人们用犁铧给他搔痒，但榔头与狗屎没搭成伙。狗屎的老婆不让，说她不愿见东院那爱走高岗的骚货。

榔头明白了缘由，就回家责怪媳妇。媳妇道："俺不抢先说话她就抢先。谁不想个好？"

榔头嘟噜着脸说："弟兄们不错的，都叫娘儿们捣鼓毁了。"

媳妇把嘴一撅："俺孬，俺回娘家。"说着脚就朝门外迈。榔头从后边一下子抱住，边揉搓媳妇胸脯边说："谁嫌你孬啦？谁嫌你孬啦？杂种羔子才嫌你孬！"

春耕时，两家都买不起牛，都用锹剜。

两个女人见面不说话，错过身都要吐一口唾沫。两个男人见面还说话，但也就是"吃啦喝啦"，不敢多说，生怕惹得自家媳妇心烦。

三

别看八路军吃穿不好枪炮不好，却在这一带扎下根了。小鬼子兵强马壮，可就是到不了沭河东岸。

八路扎下根，就开始发动老百姓。从那时活到现在的人都说：共产党就是会发动老百姓，不会发动老百姓的不是共产党。

先是唱戏。把戏班子拉来，连演两天。有出戏也怪，不唱，光说光说。说的是北京洋腔，听了半天才听出眉目：那个俊女人不正经，跟老头的前妻儿子搿伙。后来那小伙子不干了，又跟丫环好。后来一家几口人都死了，说是叫电电死的。电是啥玩意儿？那么毒？那么毒就拿去毒日本呀！另外几出戏虽然唱几句，但也不懂。不懂就不懂吧，老百姓图个热闹就行了。所以有人一边看戏一边议论：还是八路好，五十七军啥年月给咱演过戏？

接着是减租减息。"工作人"把佃户叫到一起问："你们为什么穷呀？孙大肚子为什么富呀？"佃户说："人家命好呀，咱们命孬呀。"工作人气得瞪眼，瞪完眼又说："不是的。是穷人养活了地主。"佃户说："养活就养活呗。地是人家的，给咱种是面子，不给咱种是正好。"工作人气得骂："贱骨头！活该受罪！"就散会了。第二天晚上又开，另一个工作人不发火，老讲老讲，一连讲了五六个晚上，把佃户讲转了筋，就合伙去找孙大肚子要他退粮。佃户们扛着粮食回家，见孩子的小肚子凸了起来，便伸手去摸，摸得孩子笑着喊痒也摸不够。

然后是办识字班。工作人说：妇女要翻身，要学文化。就叫大闺女小媳妇聚在一堆学起来。没有本子钢笔，就一人抱一块瓦盆碴子用滑石画。学一阵子还唱歌：

> 呜哩哇，呜哩哇。
>
> 呜哩哇，呜哩哇。
>
> 北风吹起落叶飘，冬来了。
>
> 湖净场光粮藏好，心不操。
>
> 上冬学又是时候了，
>
> 上冬学又是时候了。
>
> 不当游手的流浪汉，满街串，
>
> 别叫庄长会长催，挨户喊。
>
> 自动报名跑在前，
>
> 自动报名跑在前。

  狗屎家的就是跑在前的。因为她去了一回就觉得那里热闹。原来，她晚上都是和狗屎拉呱儿，但大半年过去也没啥可拉了，一进识字班，晚上回来就又有呱拉了，所以她就很积极。妇救会长看她积极，就叫她当了组长，负责后街的十几户，这一来她就更积极，天天上门动员人家参加识字班。有的人家不让闺女出门，说是听人讲：办识字班是为了给八路配媳妇，过了阳历年，识字班里的大闺女都不准出嫁，跟八路排成两排抛手绢，抛着谁就跟谁睡。狗屎家的听了，骂一声"放狗屁"，立即报告了妇救会长田大脚。田大脚手拿铁皮喇叭筒，爬上村中的一棵大榆树，一遍又一遍地辟谣，大闺女们这才陆陆续续走出家门。

  后街这片唯独榔头家的没参加，狗屎家的也没上门动员。她让别人去叫。榔头家的对来人说："狗屎家的参了俺就不参。"狗屎家的气得不行，就找田大脚，要她召开妇女大会，狠狠斗争那个落后分子。田大脚没同意，说革命要靠自觉。

  一入腊月，识字班又学扭秧歌。没有红绸，就一手甩一条毛巾，甩得满街筒子毛巾翻飞，让人眼花缭乱。有促狭汉子在一边看，和着秧歌调唱：

> 哎哟哎哟肚子疼，

从来没得这样的病：
自从进了识字班，
奶子大来肚子圆……

姑娘们听见了，就一起围过来要斗争唱歌的。唱歌的把手撑在额头上，连声说："对不起，对不起，捏着眼皮打敬礼！"姑娘们便哈哈笑，笑完又去扭着腰肢甩毛巾。

狗屎家的也甩。但她腰腿不灵活，那"转身步"扭得太冒失，让人看了直想笑。于是又有人唱：

狗屎媳妇真喜人，
扭起秧歌大翻身。
肚子一挺腔一扭——
看你翻身不翻身！

狗屎家的听了也不恼，仍旧嘻嘻哈哈地扭，直扭得满头大汗。

狗屎家的整天不在家，狗屎就冷清了。一个人坐不住，就溜达到东院。榔头家的说："跑俺家干吗？宝贝媳妇呢？"狗屎咧咧嘴说："那块货，疯疯癫癫的，可怎么办。"榔头家的说："进步嘛。等去开模范会，又是大饼又是猪肉。"狗屎不再做声，就蹲到地上跟榔头下"五虎"棋。狗屎的棋子是草棒，榔头的棋子是石子。一盘接一盘，谁输了就气得要操这操那，榔头家的在一旁边做针线边笑。

狗屎家的从识字班回来，找不见狗屎，就知道是上了东院。她在院里使劲咳嗽一声："呃哼！"狗屎听见了，就慌忙撇下一盘没下完的棋跑回来。媳妇熊他，嫌他找落后分子，他只是笑。

这一天，狗屎家的回来，在院里咳嗽了一声，但没见狗屎回来；又咳嗽了一声，还不见狗屎回来。于是把新绞的"二道毛子"一甩，噔噔噔去了东院。见男人正瞅着棋盘发愣，就一把拧住了他的耳朵："叫你你不应，耳朵里塞上驴毛啦？天天跟落后分子胡混，有个啥好？"

榔头家的听这话太损,就开口骂起来:"你先进,让八路都先进你!"

狗屎家的眼里顿时喷出火来,扔下男人就扑向榔头家的。榔头说:"甭闹了甭闹了。"把媳妇严严地遮在了身后。狗屎家的仍要揍榔头家的,不料狗屎去她身前一蹲一起,她就在狗屎肩上悬空了。男人扛着她朝门外走,她还在男人肩上将身子一挺一挺地骂,那架势活像凫水。

四

根据地的参军运动开展了,村村开会,庄庄动员。

野槐村也开了大会,可就是没有报名的。无奈,村干部把二十多名青年拉出去,关到村公所里"熬大鹰":不让吃饭,不让睡觉,由村干部日夜倒班训话。青年一个个都叫熬得像腌黄瓜。第三天上,村长又训话,青年说:"整天嘴叭叭的,你怎么不去?"村长脸一白,说:"你甭不死攀满牢。俺走了,村里的工作谁干?"青年便皱鼻子:"这话哄三岁小孩还行。"村长哑言半晌,把腿一拍:"那好,俺去!这回行了吧?"见村长带头,有三四个人也应了口。村里把他们放了,剩下的继续熬。但一个个都熬倒了,还是没有人再答应。

村干部私下里说:"看来光这个法子不行,得发挥识字班的作用。"

识字班就开会,要求妇女"送郎参军"。田大脚讲完,让大家都表个态度,狗屎家的第一个站出来说:"看俺的!"

当天晚上吃饭,狗屎家的说:"嗳,你去当八路吧?"

狗屎说:"甭跟俺瞎嘻嘻。"仍旧往嘴里续煎饼。

"真的。"

狗屎的嘴不动了,左腮让一团煎饼撑得像个皮球:"俺连鸡都不敢杀,怎么去杀人?"

"那是去杀恶人。"

"杀恶人也不敢。"

"那就去当火头军,只管办饭。"

"俺也不。"

以后再怎么说，狗屎就是不应口。

狗屎家的火了："开弓没有回头箭，俺已经保下证了，你去也得去，不去也得去。"

"俺舍不得你。"

"舍不得俺？那好，从今天俺就不给你当老婆，叫你舍得！"

果然，当天夜里她就不让狗屎上身了。第二天，也不和他说话，也不给他做饭，晚上隔二尺躲上三尺。

第五天上，狗屎说："唉，有老婆跟没老婆一样，干脆去当八路吧。"媳妇一笑："俺就等着你这句话了。"立马就去村里汇报。田大脚说："太好了，明日就往区里送。"

晚上，狗屎家的杀了鸡，打了酒，让狗屎好好吃了一顿。吃完，女人往床上一躺："这几天欠你的，俺都还你。"这一夜，椰头听见墙一直在响，但他与媳妇没有效仿。他披衣坐在被窝里，一声不吭老是抽烟，一夜抽了半瓢烟末。

第二天，野槐沟送走了十一个新兵。十一个当中，有六个是识字班动员成的。识字班觉得很光荣，就扭着秧歌送。狗屎家的扭了两步却不扭了，说两脚怎么也踩不着点儿。就跟着走，一直走到村外。

狗屎是正月十三走的，二月初三区上就来人，说他牺牲了，还给了狗屎家的一个烈属证。狗屎家的不信，说活蹦乱跳的一个人，怎么会这么快就死。正巧当天本村回来一个开小差的，说狗屎第一次参加打仗就完了，他还没放一枪，没扔一个手榴弹，就叫鬼子一枪打了个死死的，尸首已经埋在了沂水县。狗屎家的这才信了，便昏天黑地地哭。

椰头家的一听说这事，心里立即乱糟糟的，便去了西院，想安慰安慰狗屎家的。不料，狗屎家的一见她就直蹦："都怪你都怪你都怪你！喜月里一见面你就想俺不好！浪货，你怎不死你怎不死！"骂还不解气，就拾起一根荆条去抽，椰头家的不抬手，任她抽，说："是俺造的孽，是俺造的孽。"荆条嗖地下去，她脸上就是一条血痕。荆条再落下去再往上抬时，荆条梢儿忽然在她左眼上停了一停。她觉得疼，就用手

通腿儿 79

捂，但捂不住那红的黑的往外流。旁边的人齐声惊叫，狗屎家的也吓得扔下荆条，扑通跪倒："嫂子，俺疯了，俺该千死！"榔头家的也跪倒说："妹妹，俺这是活该，这是活该！"

两个女人抱作一处，血也流泪也流。

五

榔头家的养了一个多月眼伤。这期间又正巧"嫌饭"[1]，吃一点呕一点，脸干黄干黄。狗屎家的整天帮她家干活。推磨，她跟榔头两人推，烙煎饼，她自己支起鏊子烙。就是去地里剜野菜，回来也倒给榔头家半篮子。

一个月后，榔头家的拆了蒙眼布，脸上大变了模样。以后狗屎家的跟她说话，从来不敢瞅那脸，光瞅自己的脚丫子。

识字班还是办着，但狗屎家的不去了，她说没那个心思。

没处去，就去找榔头家的拉呱。拉着拉着，她常把话题扯到榔头家的眼上，骂自己作死，干出那档子事来。一次又这样说，榔头家的变色道："事过去就过去了，还提它干啥？你再提，咱姊妹一刀两断！"狗屎家的见她脸板得真，往后就再不提了。

就拉别的。多是拉做闺女时的事。

榔头家的说，她娘家有十几亩地，日子也行，就是亲娘死得早。后娘太狠，动不动就打她骂她，有一次下了毒手，竟把她下身抠得淌血。

狗屎家的说，她爹好赌钱，赌得家里溜光，把娘也气疯了，他还是赌。没有兄弟，地里的粗活全由她干，硬是把个闺女身子累成粗粗拉拉的男人相。

说到伤心处，两人眼睛都湿漉漉的。

榔头家的会画"花"，鞋头用的、兜肚用的、枕头用的都会。村里女人渐渐知晓了，都来向她求"花样子"，榔头家的常常忙不过来。狗屎家的说："你教俺吧，俺会了也帮你画。"榔头家的说："行。"

---

[1] 嫌饭：妊娠反应。

榔头家的找出几张纸，一连画了几张样子："喜鹊登梅"、"鸳鸯戏水"、"金鱼串荷花"、"凤凰串牡丹"等。狗屎家的一看，眼瞪得溜圆："俺娘哎，难煞俺了。"榔头家的说："要不你先画'五毒'，小孩兜肚上用的，那个容易。"

狗屎家的就开始画，仍用上识字班用的盆碴子。先画蚰蜒。两条长杠靠在一起是蚰蜒身子，无数条短杠撒在两旁是蚰蜒腿。榔头说："不孬不孬。"狗屎家的笑逐颜开，又接着学画蝎子、蝎虎、长虫、巴疥子。十来天把"五毒"画熟了，又去学其他的。

一天，狗屎家的画着画着停了笔，眼直直地发愣。榔头家的说："你怎么啦？"

狗屎家的听了羞赧地一笑："嫂子，不瞒你说，这些日子，俺老想那个事，有时候油煎火燎的。"

榔头家的懂了。就说："你想走路？"[1]

狗屎家的摇摇头："他死了才几天？"

榔头家的思忖了一下，说："要不，叫俺家的晚上过去？"

"你这是说的啥话。"

"不碍的。"

狗屎家的不抬头。

"今晚上就去？"

狗屎家的仍不抬头。

晚上，榔头家的就跟榔头说了这事。榔头说："这不是胡来么！"媳妇说："她怪可怜的，去吧。"

榔头忸怩了一阵，终于红着脸出了门。

榔头家的躺在被窝里睡不着，就隔着窗棂望天。

天上星星在眨巴眼儿。她对自己说：你数星星吧。

就数。一个两个三个。四个五个六个。

数到二十四，刚要数第二十五，那一颗忽然变作一道亮光，转眼不见了。

---

[1] 走路：改嫁。

通腿儿 81

唉，不知是谁又死了。天上一颗星，地上一个丁。这个"丁"不知是哪州哪县？想到这里，榔头家的心里酸酸的。

门忽然响了。朦胧中，榔头低头弓腰，贼一般溜进屋里。

榔头家的忙问："这么快？"

男人不答话，将披着的棉袄一扔，钻进了被窝。

男人用被子蒙住头，浑身上下直抖。女人问怎么啦，问了半天，男人才露出脸战兢兢地答："俺不去！出门一看，狗屎兄弟正在西院里站着……"

"他？他还活着？"女人也给吓蒙了，"那俺得去看看。"她壮壮胆走出了屋门。

西院的屋里亮着灯，狗屎家的正披着袄坐在床上。一见榔头家的进来，笑了笑说："嫂子，你两口子说的话俺全听见了，快别恶心人了。"

"……"

"说实话，这几天俺真起了走路的心，打谱过了年就找主。可一动这个心，俺就见他站在跟前，眼巴巴地瞅着俺。"

榔头家的明白了。

狗屎家的又说："这辈子俺走不成了。你想，走到哪里他跟到哪里，俺不是活受罪？唉，'狗屎家的'，'狗屎家的'，俺只能让人家叫一辈子'狗屎家的'了……"

一席话，说得榔头家的眼泪盈盈。

她找不着话说，想走。狗屎家的却说："嫂子，你要是疼俺，就陪俺一夜吧，俺害怕。"

榔头家的就脱鞋上了床。

天明回到东院，榔头一见她就嚷："毁啦毁啦。"

女人忙问什么事。榔头说："俺一宿没睡着觉，一合眼，就见狗屎站在跟前，气哼哼地朝俺瞪眼。"女人说："没事，过一天就好了。"

但一天两天，三天四天，榔头还是一合眼就见狗屎。

榔头家的说："这死鬼还真是小心眼，俺去打送打送。"

她买了一刀纸,偷偷上了西北岭顶。在大路上,用草棍划个圈,只朝西北方留个口子,把纸烧了。一边烧一边说:"狗屎兄弟,你甭缠磨你哥了。"

打送了以后,榔头还是那样。

狗屎家的就笑着对她说:"嫂子,甭打送了,白搭。我倒是有个法儿治那死鬼。"

"啥法儿?"

"叫榔头哥去当八路。"

"当八路?"

"对。当八路使枪弄炮,狗屎怕那个,就不会再缠磨榔头哥了。"

榔头家的想了半天说:"那就去当八路!"

村长喜出望外,亲自抬轿,把榔头送到了区上。

这年秋天,榔头家生下一个小子,取名抗战。

六

榔头家的坐月子,由狗屎家的服侍。狗屎家的白天做饭洗褯子,晚上就跟榔头家的在一床通腿睡觉。

满了月,榔头家的说:"你往后甭回去睡了。"

狗屎家说:"行。咱姊妹在一块儿省得冷清。"

于是,两个女人没再分开。

两家一个是烈属,一个是抗属,地由村里组织人种。两个女人只干些零活,心思都用在孩子身上。抗战爱尿席。尿湿一头,狗屎家的就叫榔头家母子到另一头,自己到尿窝里躺下。刚刚暖干,抗战在那一头又尿了,她又急急忙忙和那母子俩掉换过来。抗战掐了奶,两个女人就烙饼嚼给他吃。你嚼一口喂上,我嚼一口喂上,抗战张着小口,左右承接。

抗战长得风快,转眼间会走会跑。晚上,两个女人一头一个,屈膝屈肘撑起被子,让抗战"钻山洞"。抗战就在一条坎坷肉路上爬,嘻嘻哈哈。爬到头再拐弯时，狗屎家的亲亲他的小腔锤儿说："嫂子，等抗战他爹回来，你再养个给俺！"

椰头家的说："好办。"

可是，鬼子跑了，椰头却没回来；老蒋跑了，椰头还没回来。

两个女人仍旧通腿睡。

这一晚，抗战忽然把脚伸到了不该伸的地方。天明两个女人悄悄商量：得给抗战分被窝了。

七

刚给抗战分了被窝，椰头家的就接到上海的一封信。

是椰头的。椰头告诉她，因为革命需要，他又新建立了家庭，不能再和她做夫妻了。

狗屎家的气得一蹦三尺高，要拉椰头家的去上海拼命。椰头家的却说："算啦，自古以来男人混好了，哪个不是大婆小婆的，俺早料到有这一步。"

晚间上床，椰头家的苦笑一下说："这一回，咱姊妹俩情管安心通腿，通一辈子吧。"

狗屎家的说："只是你不能再养个给俺了。"

椰头家的说："好歹还有个抗战。咱俩拉巴大的，他就得养咱俩人的老。"

狗屎家的擦擦眼泪，挪到床那头，紧紧抱住椰头家的。

不料，当年入伏这天，抗战却在村南水塘淹死了。他跟几个孩子摸蛤蜊，一潜下水就没再露头。被人捞上来时，眼里嘴里都是黑泥。

抚着那具短短小小的尸首，两个女人哭得死去活来。

埋掉抗战已是晚上，狗屎家的拎一只筐在床上，里边放盏灯，再披上一件褂子，然后拉椰头家的到西院睡。她说，孩子死了，要假三夜娘怀才去投胎转世。要是叫小死鬼假了，大人就会得病。咱就叫那只筐当孩子的娘。

但榔头家的不干，依旧和衣睡在床上，狗屎家的只好陪着她。

第三个夜里，榔头家的突然坐起身喊道："抗战！抗战！"

她跟狗屎家的说：刚才梦里见到抗战了，他眼泪汪汪地叫了几声娘，转身走了，眼下刚走出门去。

突然，她下床跑到门口，冲那无边的黑暗喊："抗战，你投胎甭到别处投了，就投你小娘的吧！你小娘把你养大了，你再来看看俺！记住，你爹大名叫陈全福，在上海，听人说要一直往南走……"

这一夜，两个女人一直坐在门口，望着南方，流着泪。

八

若干年之后的一天晚上，有一老一少走进了野槐村。

一汉子遇见，认出那老的是谁，急忙带他们去了一个破破烂烂的院子。

汉子心急，刚叫了一声就用肩撞门，竟把门闩啪地撞断。

进屋，见壁上挂一盏油灯，灯下摆一张床，床上一南一北躺两个老女人。

汉子说："嫂子，看看谁来啦？"

俩女人侧过脸，眼一眨一眨地瞅。瞅见老的，她们没说话。瞅见小的，却一起坐起身叫道："抗战，抗战。"边叫边伸臂欲搂。臂间的乳裸然，瘪然。

小伙子倏地躲开。他把老的拉到一旁，用上海话悄悄问："爹爹，伊拉一边厢一个头，啥个子困法？"

老的泪光闪闪地说："这叫通腿儿……"

闲肉

金囤是个棒劳力，队里每天给他记十分。

葛子涧能记十个工分的不多，伸胳膊数腿，也就那么十五六个男人。这些男人都是三十郎当岁，干庄户活儿，又有力气又有技术，葛子涧三十来户百多号人，全靠啃他们的汗珠子活着。他们是队宝，是挣饭吃的，所以就赢得了全队人的尊崇。他们咳嗽一声，连老队长齐麻子也要掂量一下分量；收工回到村里，老娘们儿个个是笑脸相迎。另外，他们每逢干最累的活儿——向村外山坡上送粪的时候，还要享受这样的待遇：挑村里最水灵的姑娘为他们拉车子，一人配一个。姑娘背起绳子弓起腰，屁股就像一轮圆月，把男人前边的路照得明晃晃的，二把子小车在手里不知不觉减了分量。回程，姑娘推着空车，男人空着手悠荡在她们身后，那滋味真是，哎，真是没法说。

因此，葛子涧挣十分的男人就形成了一个阶层。每当在地里干活歇息的时候，这些人都要坐成一堆，互相挖烟抽，互相亲昵地骂那么几句，然后居高临下地谈论着村里的事儿。他们在一起，尤爱取笑那些因体弱或手拙挣不到十分的男人们。"算什么黄子，趁早蹲着撒尿吧！"说完便一齐豪迈地大笑，笑得那些老弱病残羞容满面。

金囤就是他们当中的一个。金囤很自豪。他不止一次地想过：人活到这个分儿上，也算可以啦。

不料，这一天竟发生了意外：金囤要离开这个阶层了。

那是一个雨后的下午，全队人正在副队长的带领下沤绿肥。割来草铡碎，扔到一个大粪坑里，让金囤等几个壮汉踩进去。金囤只穿条旧裤衩子，两腿在粪水里交替着一踏一拔，臭臭的气泡咕咕诞生在他的腿边，让他的肉好痒好痒。

队长齐麻子来了。齐麻子把破鞋一甩也下了坑，一边踩草一边说："操他姐，穆校长的脸真白。"

人们便知道了：齐麻子让大队书记叫去，是见了管理区的穆校长。就都竖起耳朵听下文。

齐麻子说："没想长白脸的也长人肠子——叫咱葛子涧也办小学呢。"

社员们都有些振奋，铡草的停了手，踩草的停了脚。葛子涧从来没有小学，孩子念书，都得翻过西岭到大队驻地徐家沟。那西岭坡陡路窄，还时常有野狼出没。去年就有两个小学生遇上了它，吓得尖声叫着滚下岭来，屎都拉在了裤裆里。大伙早就盼着葛子涧也能有小学，曾让齐麻子找大队提了多回意见。看来，这一回成了。

有人问："哎，老师呢？老师啥时来？"

齐麻子说："来个鸡巴，人家让咱自己找。"

"自己找谁？"

"金囤。"

人们便都转脸看粪水里的金囤。人们想起：在葛子涧所有的成年人中，只有他是上过四年学的。

金囤却连连摆手："不行不行。"由于摆手太急，身子晃荡，腿边又咕咕地诞生了一些臭泡。"我肚里那几个蚂蚁爪子，早就随屎拉光了。"

齐麻子绷着麻脸说："拉光了就现学现卖。反正我已经给你报上名了。明天你跟保管拾掇拾掇麦场屋子，准备开学。"

金囤就没话说了。

闲肉

这时，与他同样挣十分的家富恍然大悟："哟，金囤当了老师，就不出大力了呀！"

众人也都恍然大悟："可不是么。"便一起瞅着金囤道："真恣儿，嘿嘿，真恣儿。"

金囤见那些眼神里夹着生分，心里不由得发虚。他说："俺不干啦，俺不干啦。"

齐麻子把眼一瞪："敢不听俺的？"

金囤不再吭声。众人也不再吭声。

晚上收工回家，金囤就把这事跟镯子说了。镯子一听，两眼笑成了花儿："好呵好呵。教学的都是细人，俺为闺女那阵子就想找个教学的。"

这话让金囤突然生起气来。他早听说，镯子在娘家不够老实，跟教学的徐世龙骚过一阵。如今还提这话，真不要脸。就说："想找徐世龙是吧？不说也知道。"

镯子脸一红："熊样，人家跟他有事没事你不清楚？"

金囤就想起了八年前那一夜的红色。又想想现在终于干上了媳妇崇拜的差事，心思便又顺溜了。

但顺溜了片刻却又有了疙瘩。金囤搔着脖子说："可惜，当年学的都忘光了。"

镯子说："不怕，你先练习练习。我给找本书去。"镯子翩然起身，翻箱倒柜。但她忙得小脸通红，也没找出一本书来。嘴里说："想着有一本，想着有一本。"金囤说："不是叫你擦了腚？"镯子便哧的一笑："你看我这记性。"他们家是有过一本书，好像是金囤当年用过的课本。但镯子做新媳妇时穷讲究，不肯用石头擦腚，就把那本书糟蹋了。

但镯子终于找到了带字的东西。那是贴在墙上做装饰用的一张报纸。镯子说："你来念它。"

金囤就端着灯过去了。十几年没打交道，那些黑家伙个个都变得挺熊气。憋了浑身劲，好容易将它们制伏了一半，对另一半就无可奈何了。

金囤有些气馁，嘟囔道："这可怎么办，自己不会怎么教人家？"

镯子说："找人现学。"

"找谁？"

"上徐家沟找徐世龙。"

金囤的脸又嘟噜下来："又说他！"

镯子就不敢说了。片刻后眼珠子一亮："不找他也有办法，买字典去。"

金囤眼珠子也亮了："对呀，有字典就不怕了。日你妈，你怎能想到它呢？"

"人家说那玩意儿管用。"

"人家"肯定又是徐世龙。但金囤有了这一招挺高兴，就顾不上再追究镯子了。他说："我找齐麻子说说，明天就进城买。"说罢就起身出门。

一会儿，金囤回来了。回来在灯下晃出一张五元的票子："齐麻子让买呢，还让买课本，还报销我两毛钱路费呢。"镯子将眉梢一挑："看看吧，多亏俺想出主意。"金囤说："是多亏你。"掖起钱就搂镯子上床。床上，镯子眨着眼叫："老师。"金囤甜甜地应着。然后便是一迭声的呼应：老师！哎！老师！哎！把被窝里两个孩子都鼓捣醒了。

次日金囤雄赳赳出门，走四十里山路去了县城。在书店寻着《新华字典》，见带塑料皮的一块一，不带塑料皮的七毛三，就为队里着想，买了本七毛三的。另外，又将一、二、三年级课本各买了一套。虽有两毛钱路费，他却没舍得买烩菜吃，干啃了煎饼之后，去给孩子买了一包糖豆。

回家路上，忍不住边走边翻课本，遇见不认识的字就查字典。拼音字母他不认识，好在会数笔画。要查某一个字，翻到那儿，便看邻近的熟字念啥音。比方说"抛"的旁边是"泡"，那么"抛"就念"泡"了。金囤想：这真是个宝贝呢。

回家向会计报了账，第二天又跟保管拾掇麦场屋子。麦场屋子是队里建在麦场边放粮食和打场家什的,如今麦季已过,那两间草房正好闲着。把里面的几件家什抱出来,再扫一扫,保管说:"行啦。"

金囤说:"不行。粉笔呢?黑板呢?"

保管说:"粉笔去代销店买。黑板嘛,操他娘的黑板嘛。"保管环顾一圈,眉头一展,指着门板道:"这不是现成的?"问题迎刃而解。

万事俱备,齐麻子就在晚上下了通知。他站在村口吆喝:"葛子涧有小学啦,凡在徐家沟上学的明天甭去了,通通到麦场屋子!"

第二天一早,金囤就换上一件干净褂子,扛着个羞羞的枣核脸,去麦场屋子等候他的弟子们。不大一会儿,弟子们果然陆陆续续来了。几个大一点的,抱了板凳去屋里坐下,打量了几下之后发表言论:"什么狗屁学校,看看人家徐家沟小学。"金囤觉得这话刺耳,但看看自己的这一套也确实太差,就假装没有听见。

等到不再有来的,金囤让学生们坐好,点了点人数。论性别,男十四,女八个;论年级,一年级十一,二年级六个,三年级四个,四年级一个。读四年级的小子叫大圈,坐在那儿挺突出。金囤拿过他的算术课本一瞅,见上面的数码都是夹着黑点的。他知道数码夹了黑点就挺熊气,一般人制服不了,就对大圈说:"就你自己,没法教。"大圈说:"俺不上徐家沟了,俺一个人害怕。"金囤想了想说:"你再上一遍三年级吧。"大圈便不吭声了。

接下来正式上课。金囤把两扇门板摘下来,分放在屋子两头,然后让一年级不动,二、三年级掉头向西。这样,二十来个小学生就形成了屁股相抵的格局。上课是轮流着的:教给一年级几个字,让他们写着,再跑到另一头教二年级。一、二年级功课简单,金囤基本上没遇到麻烦。教完就让他们写生字,并警告说,下午就默写,谁默不上来就罚站。这一套是金囤当年领教过的,现在当然要依样画葫芦。

然后给三年级上课。他问学生学到哪里了,学生说是第八课。金囤翻到那儿,见生字成群结队,额上顿时冒出一层汗珠子。字典虽在旁边,却不好当着学生的面查。转脸瞅见大圈,就说:"大圈你学过这课,你领着念。"

大圈听了吩咐，面呈得意之色，摇头晃脑领读起来：

在英雄的阿尔巴尼亚，
有座山叫爱尔巴连，
山上长满茂盛的橄榄树，
山泉绕过美丽的葡萄园……

念过几遍，金囤暗中也把生字消灭了。他把生字们一一抄在门板上示众，让学生们写它二十遍。学生说："还没解词呀。"金囤恍惚记起：三年级是要"解词"的。而课本上的这些如何解，他真是不摸门儿，就说："连这几个词还不明白？笨蛋。"学生们谁也不肯当笨蛋，便老老实实地去写生字。

金囤心里发虚，身上直冒臭汗，将褂子渥得透湿。好容易熬过一个上午，下午再上课时，发现大圈没有露面。问他妹妹兰叶，兰叶说，她爹听说大圈还要再上三年级，就不让他上了，让他上山拾草。金囤听了，心里越发忐忑不安。

晚上，金囤摇着头对镯子说："够戗，日他妈够戗。"

镯子安慰他："甭怕，不会就学。"

"字不会念能查字典，可解词找谁学？算术找谁学？"

镯子一笑："找他去。"

"谁？"

"俺庄的呗。"

"又是徐世龙！"金囤将脖子一挺厉声道，"让我到他跟前出丑？没门儿！"

镯子就怯怯地躲在一边，连屁也不敢放了。

闷闷地抽了几袋烟，金囤忽然想到了大圈，便急忙起身出了家门。两袋烟工夫过去，他捏着几个破本子回来了。坐下翻一翻，把大腿拍了又拍。

镯子疑疑惑惑发问："恣个啥？"

金囤说:"镯子咱不怕啦,咱当老师当稳啦。"他告诉老婆:这是大圈的笔记本、作业本,词怎么解,句怎么造,题怎么解,这里边统统都有。有了这些,就能对付三年级。对付了三年级,一二年级就不在话下了。

镯子也挺高兴,随手抢过本子装模作样看。她说:"人家帮咱,咱也不能忘了人家。明天我给大圈他娘纳一双鞋底。"

转眼间,金囤当了三四天老师了。

这天晚上,他正抱着字典备课,堂弟油锤来了。他有意在堂弟跟前露一手,问一句:"吃啦?"又低头翻书,翻得哗哗大响。嘴里还念:"一只狼掉在陷阱里去了,怎么跳也跳不出来。"油锤冷笑道:"跳不出来该死!哥,甭酸梅加醋了,快去看看工分吧。"

金囤一惊:"工分咋啦?"

油锤说:"跟瘸子瞎子一样喽。"

金囤便慌慌张张往牛棚里跑。从前,他是每晚都到生产队牛棚里看会计记工的,这几天光忙着备课,倒把这事忘了。

牛棚的墙上挂一盏马灯,会计三黑正蹲在灯下记账,齐麻子和一群整半劳力则围成一圈叽叽喳喳。金囤挤过去,往记工簿上瞅自己名下竟是一串勺子头。他顿时火了:"凭啥给我九分?凭啥给我九分?"

他瞅会计,会计瞅齐麻子,齐麻子却去瞅大伙儿。

挣十分的家富说:"金囤,九分也行呵,九分也赚便宜。"

金囤不解地问:"我赚什么便宜?"

"蹲在学屋里,风不刮头雨不打脸。"

有人补充道:"不出大力,省饭。"

有人补充道:"不上山干活,省衣裳。"

还有人补充道:"连铁锨锄头都省。"

金囤吃惊地张大了嘴巴。他没想到众人会把账算得这般细致。但又一想:这些的的确确都是事实。就拿吃饭来说,推小车时一顿吃四个煎饼,而今一顿有三个就足够了。于是就觉得心虚,觉得理不直气不壮。

家富又是一笑:"就是老婆不省。不然力气往哪里使?"

金囤听他说到这一层，禁不住恼羞成怒："放屁！"

家富却把牙一龇："放屁也不是我放的，是你家镯子。不信，问俺豆腐他娘。"

众人哈哈大笑，连一些姑娘也不知羞耻地挤眼。金囤脸红得像猴儿腚，心里骂老婆，贱嘴骡子，什么事都往外抖搂。他狼狈不堪，几乎想要往家溜了。

但他又想到了工分。一天少一分，秋后分配是要吃大亏的。更重要的是，人们把他从挣十分的阶层中剔出来，这意味着他在葛子涧诸色人等中的降格。而这，正是血气方刚的他最不能忍受的。

他冲齐麻子把眼一瞪："队长，明天我再推小车去，谁教学谁是龟孙！"

齐麻子马上说："不，学还是要教的。"

"说得好听，给九分怎么干？"

齐麻子就对一圈众人说："叫你们甭攀，你们非要攀，不就一分工么。学校垮了，再叫小孩爬山过沟受罪？"

众人便不说话了。

齐麻子一指三黑手里的账本："改过来，给金囤改过来。"

三黑便提起笔，将一个个勺子头描成粗粗的扁担，又在扁担后边画一个圈儿。

看自己又恢复了原来的待遇，金囤那颗悬着的心便落了下来。但这一落却落不到实处，老是虚虚地放在那儿，因他还想着众人为他总结的"省"与"不省"。

回到家，镯子已搂睡孩子，正坐在床上等他。镯子问："真记了九分？"金囤说："差一点儿。谝什么不好，单谝睡觉的事。"镯子道："俺谝了吗？俺谝了吗？"金囤说："还硬嘴，不信去问豆腐他娘。"镯子就缩起脖子羞羞地一笑。

上床后，镯子有认错的意思，便用身手向金囤表达。金囤让她点起火来，又糊糊涂涂浪费了一回。清醒后，觉得自己的行径恰恰印证了人们的指责，心情立即变得十分恶劣，三拳两拳把镯子搞进了床角。

闲肉

这心情至第二天还没有变好。进了学屋，感到小学生们个个让人生厌。仿佛觉得，恰恰因为这帮小东西的存在，自己才有了那一连串的苦恼。于是，上课时就不给学生好脸。

教过一二年级，应给三年级讲一篇新课文。刚往门板上抄写生字，身后一二年级学生中却有人叽叽咕咕。金囤心里烦着，回头便骂："日你妈！"接着又写。不料仅过片刻，身后唧咕声复起，金囤回头吼道："日你奶奶！"

威胁升了级，却没能吓唬住谁，一二年级小学生照样喊喊喳喳，搞得三年级小学生也心不在焉左顾右盼。金囤怒不可遏，对一二年级喊："都给我滚出去！"

一二年级就像一群小老鼠似的溜到了屋外，远远地躲到树底下，学屋里突然显得十分清静。金囤忽然有了主意：屋里正热，树林里凉快，何不到那儿分成几堆上课，省得几个年级互相捣蛋？

于是就把三年级学生也轰出屋外，轰到了麦场前边的杨树林里。这片树林有三亩大小，树阴花花搭搭连成一片。金囤把三个年级分在三处，相距几十步远成鼎足之势，然后把两扇门板抱出来，分放在一二年级前边。三年级没有门板，金囤就在一棵粗树的身子上写。一道算式列出来，学生要绕树半匝，方能从头看到尾儿。

但这样做毕竟优越。三帮孩子离得远，井水不犯河水。金囤捏着书本和粉笔，井边一会儿，河边一会儿，有条不紊。三个年级的课都讲完了，作业布置下了，金囤就坐在中间的空地上抽起烟来。

刚将几口烟悠悠地吐出去，有一个喊声却远远地传来了：

金囤咪！
闲肉咪！
坐在阴凉里真好受咪！

金囤抬头一瞅，见西边山坡上有七八个锄花生的，在拄了锄冲他张望。正思忖刚才是谁喊的，不料那喊声竟从七八张嘴中一起迸发出来：

金囤唻！
　　闲肉唻！
　　坐在阴凉里真好受唻！

　　像屁股下长了一摊蒺藜，金囤腾地跳起身来。正惶惶然不知所措，东边山坡上也有人喊起了这几句。那儿有几个姑娘正翻地瓜秧，看来是很快把那诗句学到手了。

　　金囤发现自己犯了一个天大的错误：葛子涧坐落在山坳里，地在四面山坡上，他把教学放到树林里进行，恰好将自己的悠闲暴露在众人的眼皮底下。

　　山坡上的人们仍在喊，有领有和，此呼彼应。小学生们这时也不学习了，都捂着嘴冲他们的老师笑。听着这四面楚歌，金囤心惊肉跳。他知道：在毒日头下锄地是很苦的，换上他，如果看见一个大男人蹲在阴凉里，说不定也会编出几句表达不平的顺口溜来。

　　这么一想，便觉得自己有了罪过。他觉得不能让自己消闲，应该像山坡上的人一样出出大力气。于是就走到一堆学生面前，教他们学起生字来。"批！批！批判的批！""判！判！批判的判！"教时，金囤像锄地一样将全身肌肉绷紧，腰一弓一弓，头一点一点，拳头则抡得门板咚咚作响，声音也无比洪亮，简直是竭尽全力喊出来的。小学生受了他的感染，也都伸脖子瞪眼，把念生字变成了喊杀声。不多时，师生都是大汗淋漓。

　　折腾了一会儿，金囤侧耳听听，山坡上喊声寂然，心才稍稍安稳了一些。但他不敢松懈，扔下二年级，又去一年级那儿嘶喊起来。

　　喊了一阵子，有小学生发问："老师，光念吗？"

　　金囤便想起应该让学生写一会儿，于是就收住喊声，让学生捧起瓦盆磋拿粉笔学写。但他额头汗水未干，山坡上干活的又叫唤起来。

　　没法子了，只能任人声讨了。在四面楚歌中，金囤罪人般熬到了太阳落山。

第二天，他再也不敢到树林里教书了。但躲在学屋里也不行，山坡上仍有人不时喊那几句，不同的只是将"阴凉"一词换成了"学屋"。听着这喊声，金囤觉得人们的目光像利箭一样，嗖嗖穿过屋墙，噗噗地射在他的身上。

六天过去，就到了星期天。星期天是不上课的，齐麻子一大早就登门吆喝："金囤，今天怎么个打算？"金囤说："下地呗。"他心想：齐麻子你也真是小心眼，你不来吆喝俺也会找你的。俺闲了好几天，应该去队里劳动劳动。

劳力们到齐，齐麻子说今日送粪，当即点出了十个推车汉子，其中当然包括金囤。点完推车的又点拉车的，给金囤拉车的姑娘是兰花。

金囤便暗暗兴奋起来。兰花过去常给他拉车，只要绳子上了肩，她从不疼惜力气，让推车人感到轻轻松松。不止这一点，她那拉车的姿势也特别迷人：细腰弓着，圆腚撅着，一只胳膊套在胸前的绳扣里，另一只胳膊走一步甩一甩，甩出许多的韵味来。这情景，金囤当了老师后曾不止一次地怀念过。

装车了。金囤和兰花你一锨我一锨，往篓子里扔着粪疙瘩。平了篓子，金囤刚要住手，家富在一旁说："金囤你多装点。"金囤说："多装点就多装点。"立即把篓子培得冒尖。这当空，他发现兰花正与其他人挤眉弄眼。

推车上路后，金囤抖擞精神跟定众人，一步也不落下。过了小河是上坡，金囤暗暗加大了力气。然而再怎么用力，那车轱辘还是不大愿滚。看看车前忽然明白了，原来是兰花没与他合作。她没像从前那样弓腰撅腚大甩胳膊，只是背了根弯绳子在前边慢慢走。金囤大喘着道："兰花使点劲呀。"兰花回眸一笑："怎么，闲了多日还没攒下劲儿？"

金囤无言以对，只好动员自己来对付车子，一步步艰难地往坡上拱。他张着大口气喘吁吁，其声肯定传进兰花耳内，可兰花在前边仍不弯腰。

转眼间，其他人已经把粪送到地头，推着空车回来了。经过他的身旁时，家富点着头吟唱：

　　　　金囤唻！
　　　　闲肉唻！
　　　　再推起小车真难受唻！

　　金囤又羞又恼，却又无可奈何，只好咬牙切齿与车子搏斗。
　　这么干了一天，金囤浑身像散了架子。回家往床上一躺，哭唧唧对镯子道："不干啦，坚决不干啦。"镯子问："不干什么？"金囤说："不干老师呗。"
　　镯子吃了一惊，急忙坐到丈夫身边问缘由。金囤就一五一十，把几天来的烦心事都讲了，哪知镯子听了却"哧儿"一笑。
　　金囤问："你笑什么？"
　　镯子说："我笑你傻。"
　　"我怎么傻的？"
　　"你看不透世事。"
　　金囤不服气："我看不透你能看透？你一个大字不识你能看透？"
　　镯子一笑："看透看不透的，咱们考考吧。你说说，老祖宗为什么要造那些字儿？你说说你说说。"
　　金囤说不出来。想了想还是说不出来。
　　镯子道："告诉你吧，是为了把人分开。"
　　"分开？"
　　"嗯。分成两拨，一拨粗人，一拨细人；一拨是油，一拨是水；这就有了贵贱。你看那些脱产人员，哪个不是装了一肚子蚂蚁爪子？"
　　金囤从没想到老婆还有这么深刻的见解，就问："你说我是油是水？"
　　镯子说："民办教师呀，就在那油水中间浮着。你呢，光瞅那些水对你怎样，光想变回去，真没出息。"
　　"你说该怎么办？"

闲肉　97

"你看人家徐世龙,眼盯着上边,拼命地学、学。学问一大,就转成国家教师,就成了油了。"

金囤恍然大悟:老婆刚刚说的这一套,完完全全是从徐世龙那里贩来的,于是就吹胡子瞪眼表示吃醋。镯子却不怕,拧一拧小脸道:"不对吗?不对吗?"

想想那些屁话也确实有道理,金囤就无法反驳了。

半夜里睡不着,他对老婆道:"俺明白了,俺得干下去。"

镯子说:"这才对嘛。听见兔子叫,就不敢种黄豆啦?"

第二天,金囤再走向麦场屋子的时候,那颗尖尖的脑袋就昂起来了。站在一群小学生面前,他第一次觉得自己是那么高大,那么不同凡响。

岭上还不时有人喊他"闲肉",但已构不成对他的威胁。他忽然发现了一个秘密:这些天来,往日在一块儿干活的人们是怎样地伤透了脑筋——又想让孩子在本村安安逸逸学几个字儿,又不愿看到五大三粗的他离开大伙去享清福。洞察到这一点,金囤的优越感就更强了。他心里说:你们白眼馋,你们是想干干不了,你们是粗人,你们是水!这么想着,再看山坡上干活的人们时,他那目光里便带了鄙夷与嘲笑了。

排除了思想干扰,金囤就全身心地投入了教学。白天在学屋里,他讲课不遗余力,忙得热火朝天。晚上在家便是备课,念呵算呵,直到鸡叫头遍才上床。镯子见他勤勉,便对他格外恩爱,一天炒一个鸡蛋给他吃,在外边还逢人就夸。

这天,金囤正在上课,门外却有一个人站着。他转脸瞧去,见那人有四十来岁,长着个大白脸,好像在哪儿见过。认真想想忽然记起,这人是学区穆校长,今春上全管理区开社员大会,他在会上念过报纸。于是急忙走出来,亲亲热热招呼道:"穆校长来啦!"

穆校长笑笑:"王老师忙着?"

一听这称呼,金囤的心热辣辣打了个滚儿。他只顾咧着嘴笑,不知说什么好了。

穆校长说:"这段忙,没顾上到你这儿看看。正巧这月补助费发下来了，就来送给你。"说着掏出五块钱给金囤。

金囤不敢接，问道："这钱是干啥的？"

"给你的。民办教师补助费，一月五块。"

金囤的心又热辣辣打了个滚儿。接过钱，校长让他在一个本本上签字，他那手竟有些不听使唤了。

揣起钱，金囤还是不知说啥好。校长又开口了："王老师你继续上课，我听一会儿。"金囤说："好。"马上把校长领到屋里，安排在一个小板凳上。

他定了定神，就开始讲。刚领三年级学完《斗"熊"》一课的生字，现在需要讲解课文了。他腰里揣了补助费，便觉得这课应该好好地讲，仔细地讲。讲到"冬天，乌苏里江上的冰结得厚厚的"，他说："为啥这冰结得厚？因为乌苏里江在北边。天气就是这样：越往北越冷，到北极能冻死人。越往南越热，到南极能热死人。"

他看见，穆校长这时皱起了眉头。他不知其中缘故，仍然一句句讲下去。讲到反修小学红小兵迎着朝阳，来到江边宣传毛泽东思想，他说："什么是朝阳？就是从朝鲜来的太阳，因为朝鲜在东边嘛。"好半天才讲完全文，他又对学生说，谁还有不明白的可以问。一个学生马上道："老师，苏修强盗溜走的时候，为啥要夹起尾巴？"这一下把金囤问瘪了，他张口结舌，长时间没说出个所以然。后来搔了搔脖子，才像来了灵感似的道："是这样的，夹尾巴是外国大鼻子的习惯。人过去是有尾巴的，后来一下子掉了。咱们中国人掉了就不再要了，可是外国大鼻子还要，还整天带在身上，一上路就夹在腿裆里，他们认为这样能跑得快……"

这么一讲，小学生都嘻嘻笑着，伸手去摸自己的尾巴根儿，表现出中国人的自豪。

金囤见效果不错，还要再讲，不料穆校长却起身走了。他追出门外问道："校长你怎么走啦？"穆校长说："我还要到徐家沟去。"与金囤握握手，就走向了西山。

放学回到家，见镯子正在灶前烧火，金囤就展开那张钱，猫一般走过去，蒙到了老婆的眼上。镯子笑骂："促狭鬼，促狭鬼。"金囤说："你睁眼看看是什么？"镯子睁开眼，灶火闪闪，把个钱花儿照给了她。她抓到手问哪里来的，金囤说："当老师挣的呗。"镯子喜滋滋道："早听徐世龙说有钱，他说一月两块，可你发了五块！"金囤说："可能是现今提高了。"两口子兴奋地计算：一月五块，一年六十，这比秋后在队里分得还多，能顶上一头猪呢。但说到这儿，金囤忽然严肃地道："人家会红眼的，可不能在外头说。"镯子点点头："不说不说。"

从这天起，金囤教学的热情越发高涨。白天他一个劲儿地上课、上课，只给小学生一点儿拉屎撒尿的闲空儿；晚上一个劲地备课、备课，连与镯子亲热都顾不上了。

这天晚上正在家中翻字典，门外忽然有人喊："金囤，队长叫你。"他不知有什么事，就扔下字典去了村东牛棚。

那儿仍是往日的记工场面。金囤见齐麻子蹲在人丛里抽烟，走过去问："有事？"

齐麻子抬起头，像不认识似的打量了他半天，然后说："金囤，瞒得好呀！"

金囤心里一抖，话却硬着："瞒什么啦？我有个×瞒。"

家富在一边说："还犟。你老婆亲口说的，不信去问俺家豆腐他娘。"

金囤就一下子耷拉了脑袋。

齐麻子磕磕烟袋，慢悠悠道："按说，找了省力气的活儿，一天记着十分也该知足了，那五块钱也该跟队里说一声。"

金囤嘟囔道："那是给我的，又不是给队里的。"

齐麻子冷冷一笑："给你就给你。不过从这个月起，我一个月只给你记二十天工分。"

金囤急忙问："那十天呢？"

"一个工日值五毛钱，那十个工日早在你手里攥着。"

金囤心头一疼。想争辩，却见一群人都在愤愤瞅他。知道争也争不出个结果，就一扭头走了。

娘个×，空欢喜一场。金囤一路走一路想。贱嘴骡子，就怪那个贱嘴骡子。金囤回到家门，脑袋上已经哧哧地冒火星了。

院里，镯子正躺在蓑衣上等他，见他进来便娇声问："什么事呀，连课都不让你备。"不料这问无人答，只见男人的脚连连飞起，直冲她的后腰而来。镯子只觉一阵剧疼钻心，便像屠案上的猪一样叫唤起来。

丈夫停了脚，气咻咻问："还贱嘴不？还贱嘴不？"

镯子不答，只说："俺的腰断了，俺的腰断了。"

金囤身上顿时冒了冷汗。他蹲下身去扶镯子坐，但一扶她就大叫。金囤只好把她抱到了屋里。

镯子一夜叫唤不止，早晨努力了几次也爬不起身。金囤见后果的确严重，便去队里借了五十块钱，去学屋宣布暂时停课，用小车将镯子推到了公社医院。到那里，医生用手摸了摸，用镜子照了照，说是有个零件挪了地方。金囤问什么零件，医生说是椎间盘儿，要住院治疗。金囤便老老实实陪镯子住院。

住到第三天，医生决定治，就把镯子剥得只剩背心裤衩，让金囤与几个大男人抻她的腰。两个人抱她上身，两个人抱她下身，一东一西狠劲拉，拉得女人叫不出人声。金囤见她惨，不忍心再使劲，医生却摸着镯子的后腰喊加油，几个人便咬了牙再抻。这时，医生将两个大拇指一按，按出了"咔嚓"一声。医生说："好了！"几个人便放下昏死的镯子，抬起胳膊擦汗。

睡了两天，镯子还是不能翻身。金囤心中觉愧，就嘟嘟囔囔讲自己的不对。镯子说："过去的事就甭提了。我这病三天两天也好不了，小学生还等着上课，咱们回家吧。"金囤想想上课的事耽误不得，就依了她。

次日，金囤推着镯子回了葛子涧。把她在床上安排好，抓起课本去街上大喊："上课啦！学生都去上课啦！"

喊过两遍，却不见有小学生出来。正惶惑时，几个女人从自家门口探出头笑，豆腐娘说："金囤呀，甭咋呼啦，学屋里正上着课呢。"

闲肉 101

金囤一惊，忙问："上课？谁在那里讲啊？"

"上级派来的，脱产的。前天刚到。"

金囤脑壳轰的一响。呆呆地站立半天，便往村西学屋走去。不敢靠近，只远远地瞅，果见一个小伙子在讲在写。随着他手指的点动，一片嘹亮的童声飞出："班！班！波安班！闪！闪！师安闪！"

金囤听出，这是新老师在用拼音字母教学生识字。但他对那玩意儿不懂，从来就没有用过。听了片刻，他羞羞惭惭转身而去。到家扔下书本，冲卧在床上的镯子叹口气，便扛起锄上了东山。

东山上，社员们正锄荞麦。见他来到，众人都直起腰，给他一个亲切的笑。然而不知怎的，金囤却觉得他们一个个该揍，就不理他们，狠狠抡起了锄头。

众人也又弯下腰杆，边干边说说笑笑。金囤不入他们的伙，只管低头锄地。锄上一段，抬头望一望坡下村头的学屋。

日头还没下山，那儿就放学了。金囤看见，那个穿灰色制服的年轻教师走出学屋，去了河边林子。他手持弹弓，猫着个腰，一棵树一棵树地寻鸟打。

闲肉。

金囤脑子里蹦出了这个词儿。

然而瞅一瞅干活的同伴，他们都对年轻教师的举动视若无睹，谁的脸上也没有不平之色。

金囤心里就有些愤愤然了。

傍晚收工时，齐麻子照例检查一遍干活质量。看到金囤锄的几垄，他把麻脸一绷："这是谁锄的？瞎眼啦？"众人围过来一看，见好多荞麦苗被杀倒，就一起抬眼去瞅金囤。金囤瞅瞅地上，也奇怪自己怎会干出这么糟糕的活儿。

晚上记工，金囤的名下是一个勺子头。

第二天是推土垫猪圈。金囤本想好好干来挽回影响，不料端起车把，那腿竟暗暗发酸，走着走着便落在了人家后头。一天下来，比别人少推十多车，晚上记工，他的名下又是一个勺子头。

后来，不管干什么活儿，金囤也没能像当老师以前那么出色。会计的记工簿上，"9"这个数码便牢牢跟定了他的屁股。

金囤从此一蹶不振。每当下地时，总有些挣十分的壮汉嘲笑他："算什么黄子，趁早蹲着撒尿吧！"金囤听了这话也不反击，只是默默地干活，默默地想心事，偶尔向学屋眺望一眼。

窖

> 过去，地瓜是沂蒙山人的主食。村内有多少户人家，村边就有多少口地瓜窖子。这是沂蒙山区的一大景观。
>
> ——题记

窖　艳

他们在往地瓜窖子里走的时候，并没有发现有人跟踪。

其实他们如果稍稍留点心，就会听见后面那断断续续的脚步声，抑或听见那一声声粗重的男人的喘息。但他们没有。他们的心早被他们性急地扬手一抛，双双落到了村外的地瓜窖子里头。于是他们什么也不顾，只顾急急地往那儿走。

最后一栋房子的黑影闪到身后，他们的眼前便豁然开朗：黑缎子般的夜幕下，一大片挖有地瓜窖子的岭坡在亲切地迎接着他们。时值腊月，一个个窖口都盖着，用一捆山草或一捆松枝。山草或松枝上还有朵朵残雪，蓝莹莹地晃眼。他们停住脚步立了片刻。他们每到这儿都要停立片刻。他们觉得应用这种方式对这片岭坡顶礼膜拜。不应该吗？你看它多像一个人呵。它躺在那儿温温存存的。它有着那么多那么多的

"窍",暖暖地,深深地,等你去钻,去享受。呵呵,真是太好了。

他牵着她的手,又移动了脚步。借助微弱的星光,他们绕开一个又一个窖口,最后停在一个山草捆前。

男的小声说:"就进这一个吧?"

女的小声说:"就进这一个。"

"不知是谁家的。"

"管它是谁家的。"

男的不吭声了,便弯腰去搬那捆山草。是呵,管它是谁家的。在他们看来,这大片窖子全是为他们准备的,他们乐意钻哪一个就钻哪一个。

刷啦刷啦,那捆山草挪开了。一个方形的黑洞出现在眼前,一股带有酒酸味儿的热浪猛扑到两人脸上。他们贪婪地吸了几口这种气体,随即感到心跳加快,脑壳也有些晕晕的了。快下,男的说。他随即将双手往洞口两边一撑,那腿与身子就敏捷地沉入了黑洞。等脚寻着了窖壁的凹窝,稍作过渡,整个人便稳稳地竖在窖底了。

"来吧。"女的听见男的唤她。

女的就小心翼翼坐在窖口上,将腿垂了下去。这时,她感觉到有一双大手掌稳稳地托住了她的双脚。托牢后那手就降,降,降到了一个宽宽的硬处。那是他的肩膀。接着,那肩膀又降,又降……

这种下降让她感到如腾云驾雾一般,滋味妙不可言。她说不清已经这样下降了多少次了,但每次每次依然让她陶醉。记忆最深刻的还是头一次。那天他们在村头说话说了很久,他忽然提出去地瓜窖子里玩一玩。想想那些窖子的黑与深,她像风中树叶一样打起了哆嗦。但她还是去了。她当时很奇怪这是为什么。她心里明明白白在说不能去不能去,但她还是跟在男的屁股后面往那儿走。她想那窖子里一定有鬼,我这是叫鬼迷住了,我今天要死了。当男的下到窖里,像今天这样托住她的手下降时,她觉得自己是在往地狱里走,胆子都快吓破了。她两腿大抖,在那双手上根本立不住,只好将身体软软地靠在了窖壁上。就这样,她贴着窖壁擦下去,擦下去,一直擦到他的怀里……

第二次她才知道,那不是地狱,是天堂。她同时还明白了一个理儿:天堂不一定在天上,入天堂不一定要升空。

眼下,她又尝到了天堂的滋味……

这时的村内,有一个人踏进了一个门。这个门里有一盏孤灯,孤灯下坐着一个五十来岁的老男人。老男人在闷闷地喝酒,端起小瓷盅吮那么一口,便咬一口尿黄色的咸萝卜疙瘩。等发现有人站到桌前咻咻喘气,他抬眼问:

"有事?"

"有事。"

"有事就说。"

"这个,这个,你家英英,跟人钻地瓜窖子了。"

"哦,我当是啥事呢。钻就钻呗。年轻人嘛。"

"你……"

"我怎么?我说你狗咬耗子,你给我滚。"

那人灰溜溜地走了。老汉又平平静静地端起了酒盅。

那人咽不下这口气,又去前街敲响了另一扇门。另一扇门里有男人女人。一听这般说,男人女人都义愤填膺。男人说养女不教如养猪,冯令轩实在可恶。女的说还不知谁教育他呢,当年在济南工作多好,还不是因为男女关系回了老家?

那人插言:听说他是让女的坑了。本来是两人自愿的,可是让人抓住之后,女的反说冯令轩骗了她。

男人女人说:"不说他那些腌臜事了,就说英英这事咋办吧。"

那人说:"不急,咱不管有管的。路不平旁人踩嘛。"

那人转身出去,又敲响了西街的一扇门。

几天之后,又一个晚上,英英跟人再次下了窖子。这一回他们下的窖子更好,在地瓜堆的前边,方方正正多着一块空地。去窖口扯几束山草,铺下,这就有了一张暄暄软软的床。

躺倒,正瞅见窖口那一片灰灰的夜空。在那小小的一方里,牛郎星正向他们窥望。

男的问:"好吧?"

英英说:"好。"

"怎么好?"

"怎么都好。"

"怎么怎么好?"

"怎么怎么都好。"

于是气开始大喘,心开始大跳。其声响亮无比,仿佛这窖里只存了两张肺和两颗心。

好半天,声音才小下来。英英再度睁开眼睛,忽然发现了一个怪现象:那方有着牛郎星的夜空消失了,眼前只有无边无际的黑暗。

她惊叫一声,忙向身上的人报告。身上的人爬起来,轻手轻脚走到窖口摸摸,回来小声说:"毁了,叫谁用石板盖上了。"

"啊?"英英觉得窖子四壁轰地塌倒,一时间,村民们全都看到了她的光身子,全都向她指指戳戳。她慌慌地穿衣慌慌地道:"这可咋办?这可咋办?"

男的说:"甭怕,我去顶开它。"又去窖口。只听吭哧、吭哧,却始终不见光亮现出。"你也来。"英英听见叫她,便走过去,与男的胸贴胸站在一起,也将手伸向上方。石板好凉好凉。石板好沉好沉。男的说:"咱俩用齐力气,一二!"可是那石板纹丝不动。

"完啦。"男的说。

"只能等人家来打开了。"男的又说。

英英"哇"的一声哭将起来。她不敢想象在石板被人掀开之后,她将带着什么样的脸色爬出这个窖子。她说:"俺不活了,俺不活了。"男的说:"甭怕,我还巴不得叫大伙知道咱俩的关系呢。"他用拳头狠狠敲着石板,大声吼道:"打开!狗日的你们打开!俺跟英英碍你们什么啦?"

喊完听听,外面一点儿声响也没有。

再喊,外面仍然没有反应。

男的说:"他们走了。"

英英说:"走啦?那他们什么时候打开?"

"谁知道。咱们等着呗。反正这里边有地瓜,渴不着饿不着。"

英英说:"俺怕。"说完坐到地上又哭。男的也无话说,只是紧紧将她抱住。英英感觉到,他仍然没穿衣服。

哭个半天,英英声音小了一些。这时,英英腿上又有一只手在摸索。她一下子把那手摘掉了。男的说:"豁上啦,豁上啦。"手又动。英英用力拧了他一把,那手便不敢动了。

不再哭,不再动。唯有浓浓重重的黑暗包围着他们。

渐渐地,他们觉得喘气有些艰难。虽说坐着不动,而喘声之急促与做爱时相差无几。

英英说:"这是咋啦?"

男的不语。

英英又说:"这是咋啦?"

男的还是不语。

英英晃晃他道:"你睡着了咋的?你说这气怎么不够喘的?"

男的忽然把她往死里一抱,哽咽道:"好英英,好英英,咱夫妻做定了。"

"这话咋讲?"

"咱们,出不去了。"

英英像被马蜂蜇了一下,"嗷"的一声推开了男的:"你说出不去啦?你说咱会憋死?你个死驴,你还不赶紧想办法!你快把窨口弄开,快,俺来帮你。"

她站起身,推着男的又去了窨口。吭哧、吭哧,两人竭尽全力顶那石板,但还是不见功效。

英英说:"扒个洞,另扒个洞。"

男的拍拍光滑结实的窨壁:"没有门儿。"

绝望与恐惧如蝙蝠般袭来。英英两手抱膀缩进墙角,像死了一般无声无息。但仅仅是片刻,她突然腾地跳起,去男的身上又抓又掐。她咬牙切齿道:"都怪你都怪你都怪你!你个杂种你个驴×操的你个大流氓！俺本来好好的你偏把俺往地瓜窖子里领！你把我领来你糟蹋俺欺负俺！你把俺领来把俺憋死闷死！你想死你就死你凭啥拉俺垫背！你死你死你死！你个杂种你个驴×操的你个大流氓！……"

男的一声不吭，任她抓，任她掐。

空气里多了一股腥味儿。多了腥味儿的空气越不够喘的了。英英发觉了这一点，便把牙齿咬得咯咯作响，随即将嘴一张，狠狠撕啃起身前那个肉体……

早晨，十几双脚踏破了村外的处女霜，使冬阳一露脸就觉出了今日的非同寻常。那是冯令轩在酒醒之后发现女儿一夜未归，领着几个人来寻了。

像女儿在悄悄招引，冯令轩一眼就看见了那块覆了厚霜的大石板。这是一个晴朗的冬晨，迎着太阳，那块石板突然变得金光闪闪璀璨无比。冯令轩看它时突然受了感动，忍不住将两行老泪垂了下来。

石板被挪开了。在悠悠上升如梦如幻的白气中，冯令轩拜神般跪下，屏息俯首向窖内张望。

突然，他腾地跳起身，冲窖内猛啐了一口唾沫："呸，咋跟你娘一样呢！"说完，拂袖而去。

旁人便急急去瞅。这时一团白气散尽，窖内现出两具死尸。女的穿着衣裳怒容满面，男的一丝不挂血肉模糊。

窖 恩

那身绿衣服每两天出现一次。草庄人认得那种绿色。那是麦苗子施足了底肥并追了许多尿素才会呈现的颜色。小赵是公家人，大馒头天天啃着，所以他会有那种颜色的衣服。小赵每天下午两点多钟来到，那是庄户人吃过午饭稍事休息正准备下地的时刻。在人们踱出家门时，就听一串嫩嫩的铃声响过，小赵那车那人就像一道绿光，从西岭日日地飞来，去村部门口哧地停住，扔给会计贵祥一抱纸片子，然后再将自己化作一道绿光，日日地飞出村去。

大多草庄人对那些纸片子并不关心。大纸片子是干部们喝茶的佐料，小纸片子是给几户有兵的人家的——小青年一旦当了兵，笔头子都像小孩鸡巴那样不分时候地漏水，拼命地往家写信，全因为他们寄信不用花钱。所以，大多数草庄人只把那道绿光当作一种可有可无的风景。

然而，在这个冬日的午后，人们发现小赵在扔下纸片子之后并没有立即走掉，却让贵祥领着去了后街。人们便瞪大眼睛了。因为他们以前见过小赵的如此举动，而这种举动的结果是草庄有那么一户人家拿到了一种很了不起的纸片子。那种纸片子可以去柳镇邮电支局里取出嘎巴嘎巴响的票子。今天，会是谁家呢？

一些人便跟了去瞅。瞅着瞅着，见贵祥把小赵领到樊老三家。人家就感到困惑：这个樊老三，一辈子是条蔫儿巴唧的土蚕，从没听说有在外边的亲戚，谁会给他寄钱来呢？

待那二人出来，小赵日日地飞走，人们便一齐围住贵祥问。贵祥突着眼蛋子说："了不得，樊老三是天上掉下金元宝啦，两千呢！"人们皆吃一惊。问是哪里寄的，贵祥说是台湾。说完他独自沉吟：台湾，盖豪。盖豪是谁呢？别人说：樊老三能不知道？贵祥说：那个老杂种也不知道。人们就益发困惑。随即又将困惑传染开去，当晚就传染遍了全庄。

就在全村人一概陷入困惑之中时，樊老三却"抖"起来了。他从柳镇取来票子，买来两车瓷瓦，换掉了年深日久糟烂不堪的旧房顶。瓷瓦映日也明接月也亮，日夜向全村人展示着时来运转的熠熠风采。而且从那以后，本村徐屠户的肉案边，樊老三成了最常出现的主顾。看着樊老三脸上那渐渐淌油的皱纹，有人忍不住直接向他调查寄款人是谁。每遇到这种情况，樊老三总是摇头：不知道，真不知道，反正给咱钱咱就花呗。

这疑团在草庄滚来滚去滚了两月，滚得人心像一片让驴打了滚的庄稼。人们期望着早早搬掉那个疑团，岂不知那疑团又突然增大了。因为临近过年时，小赵又日日地飞来，送给樊老三一张三千元的汇单！

这一下把草庄人折磨苦了。心中已不是驴打滚的滋味，简直是雹子砸菜畦的惨相了。

按说支部书记章互助是个官，心里能存事，可是他也没能沉住气。他当天晚上去樊老三家中要过汇单，反复地研究来研究去，但也搞不透这个住在台湾基隆市复兴街59号的盖豪是何许人也。他想了想说："照这地址写封信问问吧。"樊老三急忙摆手："回个啥，隔洋过海的，再说俺也不会画蚂蚁爪子。"章互助说："我给你代笔。"樊老三说："还是不写的好。"章互助盯着他道："为什么不写？有怕人的事？"樊老三面红耳赤急忙点头："写就是，写就是。"章互助便不辞劳苦，刷刷刷写了一封回信，信中以樊老三的口气向盖豪先生表示最真诚的感谢，并历数全国全省全县全村大好形势，欢迎他来地处沂蒙山区的草庄观光。

支书写信的事很快传开了。草庄人心上的疑团尽管还在滚动，但他们已预感到很快就会冰释雪消。于是，人们格外关注每两天出现一次的那道绿光。一旦小赵来过后，一些有责任感的人就问贵祥："有景儿么？"贵祥每次都答："有个屁景。"人们才带着遗憾走开，各干各的事情去。

过了年照样无景儿，过了正月十五还是无景儿。到二月二这天，贵祥却突然接到县委统战部的电话，说那个盖豪先生已从台湾过来，今天十二点前要到草庄。

贵祥没顾上向村民发布消息，先报告了支书章互助。章互助说："快打扫村部预备酒菜！快去跟樊老三说一声！"吩咐完，章互助便回家翻箱倒柜，捡最高级的衣裳往身上套。穿上那件四十五块钱的西装再回到村部，时间已是十一点，而贵祥早已搞到两只老母鸡，正高挽袖子磨刀霍霍。

章互助这时觉得不能在村部等，有这样尊贵的客人必须到村头迎接，于是就抻抻西装走了出去。不料刚出村部，就见一辆小轿车悄然进村，开到了街口。停住，车门打开，一个白头发老头钻了出来。老头回头道声谢，小轿车便吱吱转个圈儿开走了。老头站定，这望那望。老头穿风衣提皮箱，十分洋气。

章互助恭恭敬敬走上前问:"你是盖豪先生吧?"

老头满脸皱纹堆成一朵衰菊:"是的是的。"

"我是草庄村党支书,我代表全体村民热烈欢迎你,请你先到村部坐。"

老头没动脚步,打量着他问:"你爹是谁?"

"章运年。"

"哦!"老头似暗暗打了个激灵,脸上的残菊不复存在。"不去了。樊老三住在哪里?我找他去。"

"后街。我领你去。"

"不必了,我自己走吧。"

见老头急急离去,章互助站成了一段木头。

怏怏地回到村部,见贵祥正弄得火欢油叫,便歪着头骂道:"甭鼓捣了,鼓捣好了喂狗?"

贵祥不解,擦擦汗来问详情,章互助说了说适才情景,让他去搞清楚这个老×头到底是谁。贵祥诺诺而退,急忙去厨房将灶火扑灭。

没滋没味地吃过午饭,章互助便坐在村部等贵祥。等到小赵送来报,他看完三张大的两张小的,脑子里却没留下半个铅字,光是老×头的形象。正烦躁间,贵祥哎呀呀叫着回来了。

贵祥报告:一些老人把那盖豪认出来了。你猜是谁?原来是刘大头的儿子刘为礼。

"地主羔子?是那个地主羔子?"章互助跳起身目瞪口呆。他记起了爹死前多次讲过的一件事:当年他爹章运年带头闹土改,先敲死刘大头,随后从县城刘记商号抓回他的儿子刘为礼,打算斩草除根,不料关在地窖里没关住,让他跑了。

章互助说怪不得老×头刚才对他那么冷淡。可是他不明白老头为何要寄钱给樊老三,而且进村后直接找樊老三。再想一想,脑子里刷的一亮,一个答案跳了出来。

章互助又问贵祥,那刘为礼这会儿在干什么。贵祥答,吃过樊老三的饭,随樊老三一道去村后了。章互助便抬脚迈出门去,攀着梯子,登上了村部的房顶。他的目光越过大片庄户的屋脊，落到了村后那些地瓜窖子上。

他看见，地主儿子刘为礼正与樊老三站在一个窖子旁边，矮矮小小像两根木橛儿。

此刻，这两根木橛儿并不知道草庄老贫协主任章运年的儿子正在远远地望着他们。他们面对那个长着厚厚青苔的老窖口，正让四十多年前的时光倒流了回来。

樊老三看着这个窖口，仿佛自己还是十九岁，手中还握了一把锋利的铡刀。这铡刀是章运年给他的。章运年让他好好守住窖里那个小白脸子。北风号叫，雪花飞扬，他捂紧耳朵活动着双脚在履行着一个民兵的职责。突然，窖子里传出话了：三哥，三哥你行行好，放我一条命。他装作听不见，依然挺立在窖口。窖子里又说：三哥，我才十八，我没干过坏事呀。听那可怜巴巴的声音，他不知为何叹了一口气。窖子里接着又是哭声了。哭声呜呜咽咽、凄凄惨惨。樊老三觉得自己越来越受不了这种哭声。他冲漆黑漆黑的夜空看了一会儿，把嘴唇一咬，对窖里的人说：你跑吧。让人抓住，就说是趁我撒尿时跑的。话音刚落，窖里的人就爬出来，扑通一声，跪到了他的面前……

樊老三一定神，眼前跪着的人已是白发苍苍。他慌忙拉起他，结结巴巴地道："别这样。"

白发人说："救命之恩呀。"

樊老三道："甭说这事了，当初放你是觉得你太年轻，可怜，也没想让你报答。"

白发人说："应该的，应该的。我问你，我跑了之后，章运年没追究你？"

"怎么没有？咳，不说这些了。几十年了，章运年早死了，咱们也都老了。走，回家吧。"

白发人便随樊老三往村里走，走几步还回望一下那座窖子，眼角始终有水。

回到樊老三那座覆有明晃晃瓷瓦的宅屋，便有些男女老少来看刘为礼。年纪大的执手相认，发出些老了老了的感慨。人们吃着刘为礼的烟和糖，问他在那边的情况，刘为礼说他在台湾先是当兵，后来与长官闹了别扭，一小差开到基隆，更名改姓做起了布匹生意。人们问他有无家眷，他说有，老婆是台湾人，两个闺女都已长大嫁人。人们听了，就默想那三个台湾女人会是什么样子。

正说着，忽听屋外空气中哧哧两声厉响，接着有个粗粗的男声吆喝：开村民会了！开村民会了！谁不到罚款两块！村民们听了这喇叭声，一起起身走掉，只剩樊老三老两口还在那儿为刘为礼续茶。刘为礼说："你们不去吗？"

樊老三说："不去了，在家陪你说话。"

半个时辰后，屋外空气忽又有了振动。这次是贵祥，他指名道姓在喊樊老三两口子。樊老三与老婆只好起身走了。

于是，这座宅屋只剩下刘为礼一人，孤孤寂寂。在这种孤寂中，刘为礼忽然有了一种感觉，这种感觉让他心惊肉跳。他一个人呆呆坐着，看地上那缕日光一点点往东歪，歪，直歪到东墙上呈砍刀模样。

等那把砍刀终于消失，他又见到了宅屋的主人。他小心翼翼问开村民会干啥，老两口吞吞吐吐不肯道明。

老女人去厨房里忙活，樊老三坐在墙根抽烟，话变得少了起来。客客气气吃完饭，宅屋中也没再有村人前来。刘为礼只觉得身上一阵阵发冷，忍不住把风衣披上，且裹了又裹。

正坐着，忽听村后有轰的一声闷响。与响声俱来的，是灯摇屋晃。刘为礼慌慌地问这是做什么，樊老三起身道："俺去看看。"

过一会儿，樊老三黄着脸回来了，一回来就抱住脑袋久久不语。经老女人再三追问，他才叹口气说："那座地瓜窖子，让人炸平了。"樊老三停了停又说："今下午村民会上，支书讲1947年来着。"

刘为礼感到脚下突然发空，仿佛自己又掉进了一座窖子。这窖子深而又深，吓人得很。

这一回，樊老三却救不了他了。

他思忖半天，便去打开皮箱，摸了些什么揣着，让樊老三带他去见章互助。樊老三抖抖索索地说不敢去，刘为礼让他只负责带路，樊老三这才领刘为礼迈进了门外的黑暗之中。

穿两条巷子，拐七八个墙角，樊老三指定一扇院门。刘为礼便走上前去，怯怯地拍响了门板。

门吱扭打开，刘为礼看到了开门人脸上的惊讶。他叫一声章书记，章书记便让他到屋里坐下了。

屋里只有章互助一人，刘为礼将脸变作一朵衰菊，嗫嚅着道："章书记，今天进村时鄙人有眼不识泰山，有所冒犯，还请您海涵。"说话间，一札百元大钞已经放在了桌上。

章互助眼睛一亮，随即说："刘先生你这是什么意思？咱们不来这个。你在台湾几十年，现在回来看看，草庄村党支部是欢迎你的。我的态度怎样，你今上午没看见？"

刘为礼额头上有汗流下，他边擦边道："是我不对，是我不对。"

章互助一笑："也甭讲对不对的。人跟人就这样，你敬我一尺，我敬你一丈。你说是不？"

刘为礼连连点头："是，是！"

章互助又笑。笑完抓起那钱，舔着指头数了一遍。刘为礼发现，章书记数钱数得十分笨拙。

章互助数完，抽两口烟问："这钱，你真的想给我？"

"真的真的。"

"好，我就收下了。"

见章互助将钱塞进抽屉，刘为礼如释重负。告辞支书出得门来，他又有了四十五年前爬出那个地瓜窨子时的感觉。

回去，见樊老三还在闷闷地抽烟。他安慰老汉几句，觉得一股疲乏暗暗袭来，便去樊老三为他安排的床铺上睡了。

一觉醒来天光已亮。正欲起身，忽听门外空气又有两声厉响，接着是章互助那粗重的声音传来：

"兄弟爷们，兄弟爷们，我跟大伙说件事。大伙知道，咱庄刘为礼从台湾回来了，人家这些年没忘咱草庄，没忘兄弟爷们。咋晚上跟我说,要拿些见面钱给大伙,一家伙给了五千。这份心意,咱就领了吧。今早晨就分,按人头。全村一千一百三十六口,一人四块四。现在就到村部,找贵祥领……"

刘为礼腾地坐起身来,慌忙穿衣,走到了门外。

门外,樊老三正一边听着喇叭,一边瞅着房顶上的瓷瓦发呆。

窖　缘

那是一个春气勃发的日子,刚下了场小雨,刚晴了天。地皮酥湿酥湿,经锄头一划,那藏了好久的三春阳气就畅畅地往外冒。它冒出后并不走远,就在那庄稼苗上索索绕绕,在锄地人的心上索索绕绕。

受了它的撩拨,锄地汉子们憋不住了,总觉要唱上两口才解心头之痒。你就听吧:

月亮一出照个楼的梢,
打了个哈欠抻一抻腰,
干妹子哟,
你可想煞我了。

歌声无遮无挡,全数灌进了三个女劳力的耳朵。三个女劳力不好意思紧跟男人,就与他们拉开一段距离。秃羊的老婆居中,穗子、小梗在左右,三人共同把着十几垄花生地。扑哧哧、扑哧哧,三张锄头此抬彼落,结果把更多的春气解放出来了。

男人们又唱:

伸手抄起你个两条腿,
老汉子推车过仙桥,
干妹子哟,
你说好是不好?

穗子说："这些死男人。"

小梗说："这些死男人。"

秃羊老婆嘻嘻一笑："可不能骂男人，男人是好东西。"

"你胡说。"穗子道。

"你胡说。"小梗也道。

秃羊老婆停住手，拄了锄杆说："你们大闺女懂个啥，男人真是女人的宝贝。跟男人睡一回觉，就像庄稼追一次肥。"

穗子小梗同时叫起来："唉呀呀，唉呀呀，"小梗把锄头一扔："俺不听你扒瞎，俺去解手。"穗子说："俺也去。"一先一后，跑向了地头上的一个地瓜窨子。

春天里，头年秋天存的地瓜早已吃尽，地瓜窨子是空着的，每个窨口都没有遮盖。穗子小梗下去，刚刚放空积存，只见窨口一暗，有个人腾地跳进，粗声大嗓喊道："爷们儿来了！"吓得两个大闺女慌忙提上裤子。待看清是秃羊老婆，她们将她又抓又挠："你死呀你死呀。"

秃羊老婆说："别那么假正经啦。跟男人睡都睡了，还充那没开裆的小母鸡。"

穗子小梗齐声叫骂："放屁放屁。"

秃羊老婆说："俺不信你们没事，穗子你跟黑牛没有？小梗你跟大杠没有？"

小梗跳起来了："你胡诌。穗子，咱们绑她个'狗顶裤'，叫她难受难受！"穗子响应道："好呀！"两人扑上去，抽下秃羊老婆的腰带，将她双手缚在背后，接着把她摁倒，扯开大裆裤腰，将她的头强摁了进去。完成后，两个大闺女嘻嘻哈哈爬出了窨子。秃羊老婆艰难地笑骂："小浪×，快放开俺。"穗子小梗趴在窨口道："嫂子，享享福吧。"

穗子小梗回到地里接着干活，接着听男人们唱荤调子。这回听得认真，连一句话也不说了。

不知不觉，地头到了。男人们已经坐在那儿歇息抽烟。队长老萝卜

窨 117

问:"秃羊家的呢?"两个大闺女回头看看远处空竖着的锄杆,只是咪咪发笑。

"咋啦?"众男人都叫起来,"这么大会儿,怕把地瓜窖子拉满了吧?"

穗子说:"俺去看看。"与小梗咯咯笑着跑到了地的另一头。

"嫂子,舒坦吧?"穗子趴在窖口说。

"嫂子,歇够了吧?"小梗也趴在窖口说。

但窖子里没有声响。

"嫂子。"

"嫂子。"

窖子里只有嗡嗡的回声。

穗子就下去了。在脚蹬窖壁往下走时,她觉得窖里似乎有些异常,一股凉凉的、阴森森的气息迎面扑来,让她不由得打了个寒噤。"嫂子,嫂子,嫂子你怎么不吭声呀。"她下到窖底,弯下腰去,突然在昏暗中看见了两样东西:一个白花花的大屁股,一条青溜溜的长蛇。穗子尖叫一声,转身就往窖口窜去。

秃羊老婆死了。待几个大胆男人到窖中将蛇砸死,将她抬到暖烘烘的阳光下时,她一丝气也不再呼出,只把肿成大块蒸糕的脸静静地俯在一丛荠菜花下。

秃羊知道老婆死时老婆已躺在家里,他从生产队的牲口棚里跳出,一路跑一路娘们儿似的大号。进门,看清老婆的模样,便将秃头一下下往墙上撞,撞得黄泥巴簌簌往下掉落。他说我没老婆了呀,他说我可怎么过呀,惹得围观者唏嘘不已。

穗子的爹娘来了,小梗的爹娘也来了。两对老男女一起咒骂闺女,说闺女该千死该万死,千死万死也赎不了她们的罪过。他们还向秃羊报告,闺女已被他们打得昏死了几次,都已悔恨万分再不想活了,只好由她们的弟弟妹妹严密看守。他们说完看看秃羊的反应,见那张脸上没出现原谅的意思,仍是没完没了地淌那些黏的不黏的液体,只好灰溜溜地告退。

队长老萝卜来了。他说人已经死了哭也没用，快快收拾收拾去县城火化，再不火化就发尸啦。说完就去喊队里的拖拉机。等到拖拉机开来，秃羊却扑在老婆身上坚决不让装车。

老萝卜说："你这样不行。"

秃羊说："我没有老婆了，我怎么过呀。"

老萝卜说："这样吧，算你老婆是因公死的，今后一年补你一千工分。"

"不要。"

"两千。"

"不要。"

"还不行，就三千！"

"三千也不要。"

"你要啥？"

"我要老婆。"

老萝卜嘟囔道："你看你看。"他抽了几口烟，把烟杆儿从嘴中一拔，说："要老婆，这事也好办。"

众人皆拿眼瞧着他。

老萝卜说："羊，你看穗子小梗谁合适，挑一个吧。"

人群中马上有人赞同："对呀对呀，就该这样办。"

老萝卜对秃羊说："装车吧？这回装车吧？"

秃羊顺从地放开老婆，让众人拽胳膊扯腿地抬向了门外。

埋葬了秃羊老婆的第二天晚上，小梗、穗子与她们的爹娘被老萝卜叫到了队部。煤油灯摇摇曳曳的光亮里，一个秃脑瓜正在墙角里皎皎地亮着。两家人往那儿瞅一眼，散散乱乱蹲在了墙根。

老萝卜问："叫你们来干啥，明白不？"

明白。明白。老的小的——点头。

老萝卜问："有意见没？"

没有。没有。老的小的——摇头。

"都通情达理。这就好。"老萝卜扭头向秃羊说，"挑吧。你说要谁？"

那颗皎皎的圆物抬起来了。圆物上的两个小圆物射出了两束幽幽的光。这光先射向穗子，又射向小梗。射了片刻小梗，又去射穗子。

灯光下，两个大闺女的脸蛋都很俊俏。只是穗子胖些，小梗瘦些。

秃羊搔搔头皮，说："穗子吧。"

老萝卜吁出一口长气。"哦，穗子。穗子你听见了么？"

穗子说："听见了。"

老萝卜又对穗子的爹娘说："准备嫁闺女吧。"

老两口俩点点头："行啊。"

小梗在一旁用复杂的目光瞅瞅穗子，与爹娘交头接耳一番。随即，小梗的爹张口宣布了他们的决定："队长，孽是两个丫头做下的，这样吧，穗子家出人，俺家出嫁妆。俺给穗子置上八大件。"

穗子爹说："不用你家出。俺嫁得起闺女就置得起嫁妆。"

小梗爹说："甭争了，俺明天就去赶集。"

老萝卜受了感动，眼窝湿湿地说："这样也行，穗子家出人，小梗家出嫁妆。"

秃羊也受了感动，咧着嘴，朝穗子笑笑，又朝小梗笑笑。

事情商议完毕，老萝卜说声"散伙"，一干人就起身回家。这时，三月十五的月亮正当空挂着，将村落照得一片澄明。

月光下，一个人仍蹲在队部的屋后。他长吁短叹。他暗暗咬着指头。在月亮行到中天的时候，他走向前街，轻轻敲响了一扇窗户。

窗里的人说："你怎么还来呀，俺是有主的人啦。"

窗外的人说："那个主是什么熊主，你不觉得冤？"

"冤不冤的，谁叫俺作了孽呢。"

"你别跟他，我领你跑。"

"俺可不办那没良心的事。你快走吧。"

"我不走，你把窗户打开。"

"这可不行，俺是有主的人啦。你以后甭来了，再来俺就喊俺娘。"

那个人就低头耷脑，蔫蔫地走了。

120

转眼到了初秋。一个晴朗的中午，在村西那片地瓜窖子中间，一个少妇正在一个窖口边忙活。那是刚过新婚之夜的穗子。秃羊前几天忙着给前妻上"百日坟"，上完后又忙着娶穗子，昨天夜里搂着穗子睡过一回，突然想起快收地瓜了，应该把地瓜窖子清理一遍，今天就携新妻来了。

清理地瓜窖子，主要是把窖壁上那层旧土铲下来，这样再放上地瓜会保鲜、会少生病。秃羊在窖下每铲下一堆土，就装到筐里，让站在窖口的穗子吊出去。

干着干着，他大声问窖外的新妻："穗子，你跟黑牛钻没钻过地瓜窖子？"

穗子说："没有。"

"真没有？"

"真没有。"

秃羊沉默片刻，喊道："穗子你下来。"

穗子就下去了。

接着，窖里传出穗子的娇声笑骂："死秃子死秃子，你干啥呀！"

窖　骂

这是个罕见的好日子：孙凤来家的大豁和捡同时结婚。

大豁好高兴好惬意。他站在贴着大红喜联的新房门口，咧着三瓣嘴自言自语："付又（初六）了，嘿嘿付又了。"因为兴奋，那三个唇瓣很红很开，在初升太阳的照耀下恰似一朵娇艳的新花。

村民们早已得知关于正月初六的预告，因而爬出被窝后没顾上办饭，草草洗了一把脸就到孙凤来的门前看热闹。贴墙站着，耸肩袖手，不时从冻红的鼻管里拧出些亮亮的鼻涕来。他们对要看的内容已经知晓：一个丫头从这儿坐车去南庄，另一个丫头从南庄坐车到这儿。噢，还有另一项精彩内容：看新郎官大豁的表现。

人们耐不住清冷与寂寞，就伸长脖子将大豁喊到了院外。一个年轻

窖　121

汉子问他:"大豁,心里啥味儿?"

大豁笑笑,两瓣上唇戏幕般分开,让紫红牙龈与土黄牙齿自由亮相。但他不说话。他知道他说话的效果。

年轻汉子又问:"晚上跟媳妇说的头一句话,你知道不知道?"

大豁先是惊愕,似惊愕自己还有不懂的课程。接着摇头,接着向汉子注目。明明白白地乞他赐教。

年轻汉子说:"拿烟来。拿烟再教给你。"

大豁乖乖地掏出烟卷,给众人每人一支。

汉子点上烟美美地吸一口,直视着大豁求知若渴的眼睛,说出了答案:"飞(吹)灯!"

众人立马前仰后合,一起笑着叫:"飞灯!飞灯!"

大豁红着脸跺一脚,喉咙里咕哝了几声什么,转身跑到院里去了。

出现了这一幕,人们觉得今日情景果然像预期的那般精彩,于是便盼望着第二幕的开始。

第二幕的道具应是一辆二把子小推车。按惯常做法,还应有一些染成大红颜色的嫁妆,如橱啦柜啦椅子啦,等等。但人们知道孙凤来早已和南庄的亲家达成协议,各自为儿子准备家具,就不再让各自的闺女带嫁妆平添累赘。

精简得不能再精简了的那辆小推车早已备好。它平日驮过石头驮过柴草驮过粪,而今日却切切实实打扮了起来。几根蜡条在它身上弯弯直直,一幅大红床单严严地罩起,那车子就有了一个让人赏心悦目的彩篷。这彩篷是村人们最爱看的,老男老女看它会勾起些回忆,小男小女看它会增添些憧憬。

然而,今日的道具早已摆好,演员却迟迟没有出场。日头已经退脱了初见人时的羞红,人们的肠子因为空虚已在怪叫着互绞互盘。有的女人沉不住气,便钻到院中打听去了。

不大一会儿,一个胖女人出来说:"哎呀有热闹看啦。那个捡呀,就是不上车子!"

这结果,在意料之中又在意料之外。人们知道南庄那个男人已经三十四五，而且傻得不知东西南北。捡才十九，长得俊眉俏眼。可是，捡怎敢不上车子呢，她就没想她是什么人呀？

这些见解被人们用不同的嘴与不同的词表达出来，孙凤来的门前一时嘈嘈杂杂。

此刻，孙凤来家的东厢房里，捡这个主角正在讨价还价。她没洗脸没梳头没换衣裳，只管低着头问："你们说，俺爹娘到底是谁？"

她面前的老女人咧咧没牙的嘴说："不是跟你说过吗，你娘就是俺，你爹就是你爹。"

蹲在墙角的孙凤来点点头，表示作证。

捡说："俺不信，俺就是不信。"

一个面色红润的少妇开口了："妹妹，爹娘还能是假的？甭胡思乱想了。咱两人是一母同胞呀。"

捡抬眼看一看她的"姐"，眼里有恨火喷出。她问："一母同胞，为什么从小咱俩不一样？为什么你吃好的俺吃孬的？为什么你穿新的俺穿旧的？为什么你能上学俺不能？为什么俺小名叫捡，人家说俺是地瓜窖里捡的？为什么不拿你给大豁换媳妇偏拿俺换？你说你说！"

姐张口结舌，无言以对。

捡又恨恨地道："你们今天不说清楚，我死也不上车子！"

老两口俩对视一眼，想从对方眼中讨得解救方法，但两人从对方眼中看到的均是无奈，老两口儿又叹口气低下头去。

这时，大豁闯进来兴奋地道："挨（来）了！挨了！"一听这话，屋里人除捡之外全跑了出去。

随大豁的指尖瞅，果然瞅见南岭上有一辆彩篷小车。彩篷小车停在那儿，几个跟车人铁钉一样锲在旁边。

正看着，门外"哎呀呀"一串女声，有个穿绿缎子袄的年轻女人进了院子。那是媒人高秀贞。高秀贞挑着两道细眉问："怎么还不发嫁？那边说了，就在南岭上等，等不到这边车子，那边就回去！"

大豁一听立马变了脸色，瞅着爹娘和姐姐咧嘴欲号。他娘哭丧着脸，慌忙拉过媒人小声叽咕了一番。高秀贞果断地一拍手："告诉她，

窖 123

全告诉她,看这个丫头敢怎样。"她将身子急扭几下,去了捡的屋里。

捡还在床边低头坐着。高秀贞往她面前一站问道:"捡,你是想知道你爹娘是谁?"

捡点点头。

高秀贞说:"其实谁也不知道,光知道你是人家扔的。"

捡抬起头,直盯着她的眼睛。

"你爹那年早起拾粪,听一个地瓜窖子里有动静,过去一看,有个小孩,还有一摊血。他就捡来了。那就是你。"

捡说:"没见大人?"

"谁那么傻,生了私孩子还待在那里丢人现眼。你娘,谁也猜不透是哪一庄的。这样的人都刁,从不在自己庄上生孩子,到时候去外地撅腚一屙,再跑回自己庄上装没事人。"

捡的脸变得很白,让人想到腊月十五的一轮冷月。她对孙凤来老两口说:"我明白了,你们捡我,就是为了给大豁换媳妇。怪不得这些年把俺当猪养着。"

老两口不敢看她,眼睛躲躲闪闪。

捡咬着嘴唇又问:"那个地瓜窖子在哪儿?"

孙凤来吞吞吐吐道:"就是……孙世安家那口。"

"哦。"捡应了一声。

她缓缓站起身说:"好了,俺都知道了。俺上车。"随即洗脸,梳头,更衣。见她如此,高秀贞与孙凤来一家挤眉弄眼交流着愉悦。

村人们久等的一幕终于来了。大豁将一挂鞭炮啪啪炸响,新嫁娘穿着红袄红裤,平平静静自院里走出,平平静静上了车子。推车汉子将车把一端,稳稳当当往村外走去。

村人们觉得这一幕过于平淡。他们曾有过数十种关于上车场面的估计,而任何一种估计都要比眼前发生的更加生动,所以他们目送彩篷小车出村时,心里都揣了遗憾。

他们没有料到,车子到了村外,捡却要求停下。

她下车后,让推车人说等一等,而后独自走向了路边的一个地瓜窖子。

媒人高秀贞急忙阻止，捡却对她一笑："没事。我去看看，立马回来。"高秀贞便放开了她。

来到那个窖口，捡移开松枝捆儿，将身体一蹲就下去了。

高秀贞急忙过去，站在窖口侧耳倾听。

她听见，捡在地瓜窖子里叫道：

"娘。"

"娘。"

"娘你个浪货！"

"娘你个畜生！"

……

"娘，你如今在哪里？"

"娘，你告诉我！"

"娘？"

"娘！"

……

这声音从窖口咕咕冒出，一点点淹青了媒人高秀贞的脸。听到后来，她把脸一捂，软塌塌蹲在了地上。

窖中的叫声终于停止。窖口有两只手伸出，有一张挂满泪水的小脸冒出。

新嫁娘爬出来，擦擦脸上，拍拍身上，又上了那辆彩篷小车。

太阳已经升高，路上的旧雪新霜开始消融。彩篷小车带一道鲜亮的辙印，迅速去了南岭的最高处。它在另一辆彩篷小车旁边稍作停顿，而后继续前进。

等待了许久的那辆车子，与它背向而行。

二十分钟后，南庄北庄同时响起了喜庆的鞭炮。

窖 殇

　　雪下疯了。已经两天两夜，还没有停的意思。没有风，雪片儿就盈盈地从天直降。在天上星星点点是灰的，落到一丈以内的高度，因了房屋树木的衬托，它才恢复本来的莹白。只是一瞬间，这些雪片儿便已落到地上，与无数先驱们汇合，塑出一个银样的世界，从而使这破破烂烂的山村现出些浪漫情调来。

　　草屋里也涌进了一些浪漫，那是门槛内翩翩飞进的雪和一屋子青莹莹的反光。不浪漫的是冷，是手上脚上猫咬般的感觉。

　　稀罕跺着脚对老婆说："煮地瓜吃吧，吃上一肚子地瓜就不冷了。"

　　老婆正袖手欣赏墙角尿罐里的黄冰，听了稀罕的话，说："家里地瓜吃光了。"

　　"去地瓜窖子里拿。"

　　老婆抬头瞧瞧门外："你看这个天。"

　　"这个天咋啦？这个天也得吃。再不吃点热地瓜，人就冻干巴啦。"

　　老婆看来是被说服了。她懒洋洋站起身，从床上摸过一堆长长短短的布绺子，把棉袄捆出一道箍儿，再把两只裤脚儿扎上，然后抓过一顶六角苇笠戴在头上。稀罕学他老婆的样子，也很快结束停当。

　　稀罕自告奋勇，取过钩担，挑起两个空筐，对老婆说："走呀。"两口子就一前一后出了院门。

　　村街上的雪好厚好厚，蓝莹莹的白光刺得人眼珠子有些疼。不见个人影。连狗们猫们也不见。只有苇笠上飒飒的雪吟和脚下吱吱的雪叫陪伴着他们。

　　街上更冷。两口子只好把手袖着，稀罕肩上有钩担却无手扶持，那钩担与筐便以他的肩为支点翘翘坠坠，如一架灵敏的天平。稀罕为保持平衡，走时把腹或挺或收，挺滑稽的样子。老婆看见了禁不住哧哧发笑。稀罕听后边老婆发笑，心想自己提议在这大雪天里去拿地瓜，老婆不但不生气还笑，实在难得。于是心中便产生一种幸福的感觉。他有意让这幸福感保持下去，便将腰腹动作加倍夸张，果然又赚得了老婆更响亮的笑。

这么走着，村头到了。村头的雪更有气派，它填平了沟，填平了壑，让人连路都寻不见了。稀罕打量了一下，发现前边有一行深深的脚印摆在那儿。他兴奋地招呼老婆："来来来，就踩着它走。"率先践那前人的步痕。这样走，脚下果然踏实许多。这脚印显然是男人的，因步幅较大，后面女人踩着它走，不得不将两腿角度加大，于是就走得不像女人了。

这么走了百十步，稀罕忽然发觉情况不对：那一大片被雪覆掩得坟包似的地瓜窖子分明在前面，而脚印却偏离这个方向，冲着东南去了。那儿有许多草垛，麦穰的、花生秧的，一个个顶了厚厚的雪帽傻立着。在一个花生秧垛边，有一位穿黑袄的汉子正在扯草。他认出，那是二驴。二驴是来挑草喂牛的，他家里有一头很棒的黑色犍牛。

二驴发现了他们，就停住手大声说："操他娘这雪。"

稀罕也大声说："这雪，操他娘。"

有这么两句，两人汉子算是打过招呼，可以各干各的了。于是，稀罕脱开原来的辙轨，另开拓了一条道路，带领老婆直奔他们的地瓜窖子。

他们是用一捆山草盖地瓜窖子的，此刻那捆山草不见了，见到的唯有一个蘑菇样的雪堆。稀罕把筐放下，拿钩担去雪堆上拨了几拨，方显出那捆山草的棕红。老婆也摸起一只筐，协助他推雪。很快，窖口外就干净了。稀罕把那捆山草移开，一个湿漉漉的窖子便出现了。此刻那白气往上涌，白雪往下落，交织成一方袖珍风景。往常两口子拿地瓜，稀罕都是承担下窖的任务，老婆则负责在窖口往上提筐。现在，稀罕把身子一蹲，把两臂一撑，扑通跳了进去。

跳进去，接着应喊老婆递筐。可是这回女人没听见男人喊。她主动道："给你筐吧？"窖内却不听回音。女人说："干啥的。"便探头一看。这一看，却看到了一个往后仰倒的稀罕。

女人急忙喊："稀罕你怎么啦？"

窖　127

稀罕还是不应。也不动。

女人便慌了。她直起腰冲草垛那儿喊:"二驴哥二驴哥,你快来!"

二驴听见了,扔下一抱花生秧就往这跑。跑到女人身边问什么事,女人跺着脚往窖里指,二驴弯腰看一看,一句话没说便跳下去了。

女人便大喘着弯腰去瞅。她见二驴跳进去,一下子把稀罕扛上肩头,举到了窖口。女人抓住男人的胳膊猛一拉,窖下的人再一拱,稀罕就躺在了窖口边上。

女人晃着他叫:"稀罕!稀罕!"

稀罕脸青唇紫,紧闭着双眼一声不吭。

女人又叫:"稀罕!稀罕!"

稀罕还是不动弹,一任漫天雪花往他脸上与身上飞落。

女人就哭了:"稀罕,稀罕,稀罕你睁眼呀!"

在女人的哭声里,稀罕的腿动了一动,胳膊动了一动。而后,那眼就睁开了。

女人问:"稀罕,你刚才怎么啦?"

稀罕转转眼珠,想坐却坐不起来,是女人扶起了他。

稀罕大喘几口气说:"呃,憋死俺了,憋死俺了……咦,俺怎么出来了?"

女人这才想起窖中还有一个男人。她探头去看,却看到了趴着的二驴。她喊:"二驴哥!二驴哥!"稀罕也看,也喊,二驴却一声不应。

女人说:"俺下去看看。"

男人却一把拉住了她:"不行,你下去也毁了。"

女人说:"这可怎么办。快回村里喊人吧。"

男人急忙说:"慢着。"他思忖片刻,说道:"二驴怕是够戗了。他要真死了咋办?"

女人一惊:"哟,那就有咱的事了呀。"

男人说:"得想个办法。"

女人说:"是得想个办法。"

雪还在疯下着。疯下着的雪里,稀罕的女人迟迟疑疑往村里走去。

她走了一段停住，回头去瞅窖子那儿的男人。见男人将手一挥，再一挥，意在鼓励她，她就疯了似的往村里跑去了。

女人首先敲开村头第一个门，急喘着喊："了不得啦，快去看俺地瓜窖子里：俺跟稀罕去拿地瓜，你说奇怪不奇怪，二驴正躺在里头！"

那家男人急三火四跑了出去。女人又闯进了村中央的另一个门，带着一脸泪水喊："嫂子嫂子，你快去看二驴哥。俺跟稀罕去拿地瓜，你说奇怪不奇怪？二驴哥正躺在里头！"

二驴的女人立马黄了脸，把孩子一扔就跑向村外。

疯下着的雪里，稀罕的瓜窖边围了一堆人。村头最早跑来的男人不知何时已提来一盏灯笼，正用绳子慢慢吊下去。见那灯落到窖底还欢欢地燃着，便说："没事了，下吧。"

于是，两个男人先后下去，将一个软塌塌的二驴托了上来。上边的人急忙去拉，稀罕也想帮忙，那手却大抖不止。

轮到另一个女人喊睡着的人了。可是无论怎么喊，那睡着的人依然不醒。那女人突然也睡过去了。

第三天上，雪终于停了。午后，一群人抬着一口棺材去了北岭。一个新坟筑起来，有个女人抱着孩子在雪里滚，滚得像雪人一般。稀罕的老婆陪雪人哭道："二驴哥呀，二驴哥呀。"

一个老汉喊道："甭哭了！那个贼仔不值得哭！大雪天往人家窖子里钻，不是找死？"

雪人还滚，滚了一会儿便不再滚了。

雪停了便是一个化的过程。稀罕和老婆天天猫在家里不出去，看那屋上的雪一点点化成水，一点点在屋檐上凝成长长的冰钻。接着，再看某一根冰钻在某一时刻"啪"的掉在地上，摔成晶莹的一堆，再一点点化成水，在院子里悄悄汪着。

家里仍然没有地瓜，只好煮地瓜干吃。地瓜干比地瓜差远了，不甜，也不绵软。更重要的是它不如地瓜有火力，吃到肚里发冷。两口子灌一碗地瓜干汤儿，不一会儿就浑身打战，上下牙抖得"得得"有声。

终于抑不住对地瓜的思念。稀罕说："去拿点地瓜吧。"老婆说：

"拿就拿。"两口子就一先一后出了院门。稀罕出门后想起一件事，又回去拿了件东西。那是一盏油灯。

地瓜窖上的积雪已化尽，湿淋淋的地上摇曳着一片水汽。稀罕将那捆山草移开，把油灯点燃，放在筐里垂了下去。油灯在窖口欢欢的，至窖底仍是欢欢的。

稀罕说："这回没事。"

女人说："这回没事。"

稀罕就下去了。谁知刚到窖底，他觉得口鼻像突然被谁捂住，捂得他眼前发黑。他奋力往窖口一蹿，手脚并用爬了上去，上去后张开大口喘个不止。

老婆问："咋啦咋啦？"

稀罕青着脸说："快走！"边说边逃离了窖子。撇下的钩担与筐，只好由老婆收拾。

从此，稀罕两口子再也不敢去拿地瓜。到了春天还不敢拿，到了夏天，那一窖地瓜全烂在了里头。

秋天，稀罕两口子决定不再用旧窖，到村西另刨了一个新的。待存进地瓜，头一回去拿时，稀罕又觉得有人捂住他的口鼻。还是拼尽全力才挣扎出来。

这一窖地瓜，又全废了。

第二年秋天，他们在村南重挖一个。然而在拿地瓜时，稀罕又有了那样的遭遇。

后来，稀罕两口子再也不刨窖子了。每年的漫漫冬春，他们都与地瓜无缘。因缺了地瓜的滋养，他们连儿女也生养不出，且一天比一天憔悴，渐渐消瘦得像鬼。

窖　居

袅袅地，柔柔地，那股炊烟又起了。

它不在村中，在村前，在一个地瓜窖顶。它从一个石头垒成、三尺来高的烟囱中升起来，升到一定高度，便轻轻飘向了村子的上空。这像一种有意或无意的倡导。有意无意间，村中即有了百分之九十九的响应。九十九家炊烟齐举，氤氤氲氲，在小村上空形成一片薄云。夕阳一照，美丽得很。

只有一户人家没参与这份晚景的制造。那是一幢坐落在村中央的二层小楼。它那楼顶上没有烟囱，只有马赛克贴成的楼面，大块的窗户玻璃，在静静地反映着夕阳的光辉。

村民们知道，这一家没有烟囱也能弄出吃的。因为大伙不止一次地看见楼的主人骑着摩托，从县城里弄回一个炸弹模样的大铁罐子。

起初村民们不晓得那是做啥的，后来才知道它肚里有气，能用它烧火。嘁，神啦。村民们感叹。感叹之余又悄悄讨论：不用咱那种锅灶，灶王爷蹲在哪里？就蹲在那个大铁罐子上？那能蹲得住吗？咳咳。

看来灶王爷还是有本事的，似乎仍在他家安居乐业。这家人一天三顿照样吃饭，而且吃得很好。

在夕阳落山，村里村外有几分朦胧的时候，一个三十来岁的女人提一个红漆食盒，从楼里走了出来。女人脸上有几条皱纹却白白胖胖，是那种先吃过苦后享过福的人特有的面相，女人走着，边走边跟遇见的人打着招呼。

二叔，收工啦？

他嫂子，喂猪呀？

被招呼的人"嗯"那么一声，笑那么一笑，也没有发展成交谈，依然走自己的路，干自己的活。只是在女人走远之后，才回过头含意复杂地瞅那么一眼。

女人走向村前，走向了最早升起炊烟的那个地瓜窖子。

来到窖口，女人将食盒放在地上，蹲下说："他爷爷，给你饭。"

女人将食盒里的盘子端起，盘里是几块炸鱼、一块酱肉和两个馒头。女人期待着，期待着窖中人会出来接过去。然而，窖中却又传出那话："不是说过了么，俺这里不缺吃的！"

女人柔声道："他爷爷，你还是留下吧。"

"不用，提回去吧。"

女人叹口气，只好将盘子放回食盒。她不敢将它留在窖口，她第一回那么做了，结果招致公公的一顿臭骂。公公说他还没死，怎么就来上供了？

女人提起食盒，冲窖口注视一眼，就回了暮霭沉沉的村子。

这边的窖子里，传出了勺子碰碗的清脆声响。

在沉沉暮霭中，这窖口显出了一方橘黄。那是储了一窖的灯光。沿一架半朽的木梯下去，你会发现"别有洞天"一词可以做一番新的解释。这里面当然有地瓜，它就码在窖子的最里端。老大的一堆，嫩红嫩红的，带着收获时没弄净的泥土，还带着流出的地瓜油所凝成的黑痂。地瓜堆这边，靠墙支着一张"床"，是用木棒捆起、用石头支住四角做成的，上面铺一张油渍渍发着光亮的芦席。席上有一个铺盖卷，铺盖卷中显然有一张狗皮，因为有两条没了骨肉的狗腿从里边探出。床前窄窄的一块空地上，摆了些坛坛罐罐。靠窖口的两个角落，一边放了些柴草，一边是锅灶与饭桌。锅台挺矮，用几块土坯支成，一个小双耳锅蹲在上头，盛了小半锅夹着地瓜块的糊粥。灶前的饭桌边，则是这窖子的居民了。

他在吃饭。他用他枯瘦的大手托着碗，先用筷子往嘴里拨地瓜块，拨光了，再专喝那粥。他喝得很慢，喝一口停一停，喝一口停一停。这样，碗就时时将一个大圆黑影儿罩住他的脸，造成类似月食的景象。当然那脸太不像月亮，粗糙，多皱，胡须花白，已是风烛残年的样子了。

但他在吃饭时并没意识到他的老。在一口口咽那地瓜喝那粥的时候，他恍惚觉得，面前的灯影里，还有另一个人坐着。那张脸真像满月，灯光照上去，还能反回一些白皙皙的光亮来。那是妻子的脸。那张脸与他的脸相对，让他吃着吃着便忘了嚼动。死眼。死眼。听到这娇骂，他才清醒过来，笑一笑，再去啃那甜甜的地瓜。对了，桌子边还有一张脸，小小的，肉乎乎的。那是儿子。妻子噙一口嚼烂的地瓜，努起嘴，儿子便扬脸张口迎了上去。待儿子咽下，她将一口地瓜又嚼好了。喏，这么唤一声，儿子又把小脸迎向了她……唉唉，那日子，那日子！

那日子就在这窖子里，在四十年前。那时他刚刚成亲，房屋突然失火烧掉，他和妻子只好住进了这地瓜窖子。那时他们多年轻呀，总觉得日子再苦也没啥。房子烧掉就烧掉吧，只要夫妻俩齐心拼命干，不愁盖不了新的。白天，他们双双下地干活，晚上便在这窖子里度他们的良宵。咳，那些个夜晚多有滋味呀……就在这窖子里，他们制造出了儿子，并把儿子从六斤半喂到二十八斤。那是用了三年用了整整三大堆地瓜呀。第三年的春天，他们依依不舍地告别这窖子，搬进了他们盖起的新房。新房宽宽敞敞，明明亮亮，可是他与妻子仍是十分怀念这个窖子。每次来拿地瓜，两口子心中都有一股激动。有好几回，两口子还一同下到窖子里，对他们的遗迹指点一番，再搂抱到一块欢乐一番……

唉，这些都过去了，都过去了。老人放下空碗，在灯光里垂下了他苍老的脑袋。他想他妻子早已不是自己的妻子了。她已过世二十多年，如果再投胎转世，这会儿又是一个做新媳妇的年纪。说不准，这会儿正躺在哪州哪县哪户人家的床上，在与另一个小伙子弄那好事。如此看来，人还是早死的好，如果三十来岁死，就会在一百年里比到老才死的人多享受一到两回青春。孩他娘真会算账，怪不得她那么狠心地早早扔下我走了。这个女人，这个女人呀……

另一件要命的事情，是儿子也不像自己的儿子了。他无论如何也想不到，在这地瓜窖子里养出的儿子，竟然在三十多岁上改行换道，做起了生意。他买了村里众人的花生米拉出去卖，再从外边买了化肥农药卖给大伙。三年下去，儿子就发了，非要拆了旧宅盖楼不可。盖楼呀，是盖这村里开天辟地第一座楼呀。钱是哪里来的？还不都是兄弟爷们儿的？这么住楼，你也能住得安心？他生气了，让儿子赶紧打消这个念头，可是说破嘴皮子他也不听。他只好说，你盖了你住吧，俺是享不了那福的。他把铺盖一抱，又钻进了这个地瓜窖子。他到这儿的第二天，儿子一家借了别人两间屋暂住，拆掉了三十五年前他爹娘用血汗筑起的房子。两个月后，在一阵响亮的鞭炮声中，儿子的楼房建成了。楼房高高的，在一片草屋之上十分扎眼。儿子儿媳来向他报喜，让他搬进楼房住，他一直闭着眼睛不吭声。他觉得满面带羞，他连看一眼那座楼的勇气都没有，更甭说到里边住了。儿子儿媳求不动他，只好走掉，他却一头钻进地瓜窖子，老泪涟涟哭了半天。

"不走了，就死在这里头吧。"老汉自言自语道。他把碗放到锅里，再舀进一点儿水，连锅带碗都刷了刷。然后，他用瓢舀出水来，端着，走向窖子深处，做他每日饭后必做的一件事情：用刷锅水饮树根。说来也怪：他在进窖住的第一天，就发现窖子里面地瓜堆的上方，有一条筷子粗的树根自泥土里伸出。那树根黄黄的，长长的，带了一绺线似的细须。他想这一定是地面上的哪棵树将根伸到了这儿。可是他到窖子外边看看，方圆几百步远却不见有一棵树。然而再到窖里看看，这无本之根却分明在活着，只是有些蔫蔫巴巴的。他想，既是条根，就必定需要水需要养分，于是就将刷碗水端来，举起，将那条根浸泡了一会儿。浸泡了几次，那根变了样子，圆润鲜亮，好看得很。他心中生喜，给了它一日三餐的待遇——每顿饭的刷锅水都让它喝一气。几个月下来，那条根竟如拇指一般粗，垂下有三尺多长了。

饮完树根，瞧着它抽两袋烟，老汉决定上床。他每天晚上都睡得很早，因为他觉得，自从搬进地窖中总是睡不够，也不知为什么。把铺盖展开，把狗皮褥子铺好，他就脱掉袄裤进了被窝。吹灭灯，躺下，忽然记起当年妻子向他讲的一个故事。妻子说：有个庄上有个傻子，傻得什么事也不懂。这一年他小舅子办喜事，他媳妇要先回娘家帮忙，让傻子等办喜事那天去喝喜酒。临走，女人嘱咐男人：去的时候，要拣好衣裳穿，摸一摸，哪件光滑穿哪件。傻子点头答应着。到了这天，傻子果然挑选衣裳了。可是打开箱子，摸摸这件，摸摸那件，都不如自己的身子光滑，他就光着身子去了。到了丈人村头，老婆正站在那儿。她是担心丈夫会办傻事，所以一早在那儿等着。抬头一看，嗬，丈夫来了，晃着个大光腚。气得她又吵又骂，急忙把他领到一个地瓜窖子里藏下，让他老老实实待着。傻子说：俺想吃饭。老婆说：你等着，过一阵子给你送。傻子就蹲在窖子里等。傻子有个小姨子，十八了，在家忙了一会儿要撒尿，可是院里人多不方便，就跑到村边地瓜窖子那儿撒。正巧，她蹲在了藏她姐夫的那一口上。傻子在里边见有水落下来，以为是来送吃的了，就喊：哎，多给干饭少给茶！多给干饭少给茶！……每讲到这儿，两口子便笑成一团，搂成一堆。妻子说：你看他多傻呀！他附和道：是傻！是傻！

可是，现在老人却喃喃地道："孩子他娘，他并不傻呀。世上最好的，还是光身子呀。"

这么咕哝几句，老人就睡了。睡着睡着他做了个梦：梦见自己成了一个光溜溜的地瓜，窖顶上的那条根，原来是条地瓜系子。

匪事二题

女　票

出事的这天，金锁两口子睡得特别晚。

睡得晚是因为两口子闹了别扭。晚上吃饭时，媳妇鼓蠕着小嘴吃了两个煎饼，金锁感到刺眼。金锁想：俺一个大男人才吃两个，你也吃两个，你算什么货。就在喝罢糊粥放碗时放得很响，媳妇说，你摔碗摔给谁看？金锁说，就摔给你看。媳妇说，你凭啥摔给俺看？金锁说，不光摔碗还想揍你。大手一扇，媳妇的小白脸上立马现出五根红萝卜。媳妇一头撞过去，说你打你打，不打死俺你就不是人养的。这一来，金锁反倒退却了，往墙根一蹲再也不起，任媳妇坐在地上撒泼。媳妇的哭功很厉害，直哭到二更天还没有打住的意思，眼泪鼻涕甩了一地。金锁想止住媳妇的哭声，但不知怎样才能止住。正在犯愁，忽听前街有了动静，有鸡叫，有狗叫，还有人叫。人叫的声音是：马子来了！马子来了！

金锁没顾上多想，腾地跳起身来，一口吹灭灯，拉了媳妇就跑。媳妇这时也不哭了，紧随男人窜得猫一般轻捷。窜出家门，回身上了锁，又慌慌地往村后窜去。一口气奔到村后山上，停住脚去瞅村里，村里闹闹嚷嚷火光熊熊。转眼间，其他一些村民也跑出来了。大家聚成一堆，个个抖得像发脾寒。这年头三天两回跑马子，可大家还是经不起惊吓。而且这回天也冷，西北风抽在身上像鞭子。直到下半夜，村里没有了动静，人们才不抖了，才摸摸索索地下山回村。

金锁摸回家门，见什么都是老样子，忍不住喜气洋洋。他开门让媳妇进去，自己又急忙去了前街。他想知道没跑出去的结果如何。

前街上站满了人，正七嘴八舌地总结着这一回的损失。喳喳了半天弄清楚了：有两户的房子被烧，四户的驴被拉走，六个女人被架了票，其中有庄长的大儿媳妇。

女人是顶顶重要的。被马子拉走女人的汉子们，个个捶胸顿足，痛不欲生。这时，有人在街墙上发现了一张黄表纸，上面画着一条弯弯扭扭的长虫。众人马上明白：这一回来的马子是魏小龙的人。丢女人的汉子们便咬牙切齿地骂魏小龙，一个个叫喊着要操死魏小龙的亲娘和祖奶奶。

倒是庄长镇静，他说：甭胡号啦。魏小龙的老营盘在小青山，天一明就去找他讲价赎人。众人听他这么讲，便渐渐散去。

金锁回到家，见媳妇完完好好躺床上，就得意地上前邀功：多亏俺那一巴掌，不然早早睡下跑不成，你早叫马子架去了。哪知媳妇不但不给奖赏，竟杏眼圆睁又骂：私孩子！杂种！不提那一巴掌俺还好受，一提就想杀了你！金锁只好一个屁也不再放，灰溜溜去媳妇脚头卧下。一夜无话。

腊月里没事干，两口子直睡到天近中午。刚起身煮了两碗地瓜吃下，庄长却来到了门上。金锁是穷汉，平日里庄长是极少到他家的。正奇怪这一次为何破了例，庄长却盯着他媳妇看：你叫小娥？金锁媳妇点点头：是呀。庄长吁一口气道：这就好啦，这就好啦。随即扯过金锁的腕子去了门外。

对庄长的这一举动金锁更感到意外。在他的记忆里，他与庄长身体间的接触只有一次。那是去年他迟迟交不上田亩税，让庄长用脚踹了一下。不过那次隔着庄长的鞋掌与自己的裤子，感受并不真切。这一回是手抓手肉触着肉，他甚至能清楚地感受到腕上血脉在庄长的紧攥下变重了的搏动。他说：庄长有什么事呀？庄长在院门外的阳光里立定，绽了笑容说：金锁，送你媳妇上山吧。金锁疑疑惑惑道：上山？上什么山？庄长说：上小青山。金锁说：上小青山干啥？庄长说：魏小龙要你媳妇。金锁吃一惊，嘴里叫道：这个马子，他要俺媳妇干啥，他拉去六个女人还不够？庄长说：人家昨天夜里来咱庄就是找你媳妇的，没找到，才拉了那六个人。金锁说：俺不信，魏小龙要俺媳妇干啥。庄长说：咱也不晓得，可人家指名道姓要，你快给人家吧。金锁挺着脖子叫：我不给！庄长脸上换了怒容：你不给不行！金锁说：就不给就不给！一转身跑进院内，将院门砰地关死。

　　回到屋里，金锁气咻咻骂：日他亲娘，日他祖奶奶！小娥瞅着他道：你敢骂庄长？金锁说：我骂庄长干啥，我骂那个马子！我问你，那个马子认得你？小娥说：哪个马子？金锁说：魏小龙。听了这个名字，小娥的眼睛一亮。虽是极短暂的一亮，却被金锁捕捉到了。他立即说：他认得你！他认得你！你快说，他怎么认得你的？小娥沉默片刻，便做了回答：俺二姐是他那个庄的。金锁听了一句话也说不出，只在那儿呼呼喘气。小娥说：什么事呀，到底什么事呀。金锁便咬牙切齿，把魏小龙指名要她的事说了。小娥听了脸微微一红，低头骂道：这个贼仔。金锁突着眼珠子问：你跟他早就有事？女人却抬起脸骂道：放你娘的臭屁！金锁便不再问了。

　　这时，金锁对媳妇忽然有了一种刮目相看的感觉。说心里话，他刚娶来小娥那会儿，是觉得小娥委实不错，脸盘儿长得周正，被窝里也知道疼人。可后来不知怎么回事，他渐渐对女人看着不顺眼了。尤其在饭量上，她一个女人家，顿顿跟大老爷们儿分不清上下多少，这还了得？有这样的老婆，家里还能积下粮囤？所以金锁三天两头跟媳妇干仗。哪知小娥也倔，从没有认错的意思，让金锁心里揣了一大包恨。而今天摊上这么件事，小娥在他眼里陡然添了分量。想想吧，一个占山为王远近闻名的马子头儿都能看上她，她真是不一般哩。小娥一人就能换回六个女人，说明她一个顶她们六个哩。六个！其中还有庄长的大儿媳妇！想到这，金锁便拿眼去认真端详小娥。这一端详，小娥平日被他淡漠了的俊处和从未发现的俊处都显露了出来。于是，心里便一拱一拱的，有了一种急于抱小娥上床的冲动。

与这冲动一起来临的，还有一种严重的恐慌。这恐慌像一片乌云，很快罩满了他的整个心境。他想了想说：小娥，咱们走吧。小娥仍是低头不语，颊上蓄着两片红艳。听了这话她怔怔地问：走？上哪儿走？金锁说：上后山。小娥说：上后山干啥？金锁说：你是装憨呀？你是想去当马子的小老婆呀？小娥的脸便益发红起来，嘴里说：走就走。

两口子一先一后出屋。不料刚把院门的木栓扯开，门外却是一片喝叫：哪里跑！接着，门被踢开，一帮人呼呼隆隆涌进院里。金锁两口子定睛看时，见那些人均是昨夜失了女人的主儿，为首的便是庄长的大儿子龚玉佩。

一帮人把金锁两口子围在圈里，七嘴八舌道：你们跑？你们跑了俺怎么办？金锁说：俺去走亲戚，关你们什么事？龚玉佩说：趁早闭上你的×嘴！你占了人家魏小龙的女人，害得俺们妻离子散，你他娘的算什么玩意儿！金锁大声叫屈：俺占了魏小龙的女人？是他要占俺的女人！俺偏不给他！说着就拖了小娥，左冲右突欲走。但龚玉佩等人哪里肯放？结果是金锁人没走成，身上倒吃了不少老拳。混乱中小娥也吃了苦头，只见她手捂屁股直掉眼泪。

龚玉佩又道：你说你送不送女人？

金锁斩钉截铁道：不送！

龚玉佩问另外五个男人：他不送，你们答应？

五个男人异口同声：不答应！

前街的二牛诉苦了：金锁哥你行行好。你知道，俺媳妇过门才两天，我还没跟她睡一回呀。我求了她两夜她刚要答应，谁想就来了马子……

另一个男人不说话，只把手中的孩子往小娥眼前晃：他婶子你看，这孩子才四个月，她娘一走，还不饿死？

接下来，还有两个男人诉说失妻的痛苦。他们越说越激动，最后抓了金锁的前襟，跪地哀求：金锁你行行好。金锁你行行好。

金锁低头瞅瞅他们,脸上显出一副不知所措的样子。他扭头去瞅媳妇,发现媳妇也在瞅他。媳妇的目光满载着慌乱,一遇丈夫的目光便迅速躲向一旁。

正这么乱糟糟的,大门外响起了一个粗重的声音:天不早了。金锁抬头去看,见庄长极威严地站在那里。他还没想清楚庄长说这话是什么意思,忽见眼前汉子们一起伸了胳膊,牢牢擒定小娥,推推搡搡往门外走去。

金锁脑壳轰地一炸,知道事情已无法挽回。就在汉子们推着小娥将要出门时,他脑子里倏地闪出一个念头,急忙喊道:住下住下!

众人便停住脚步。龚玉佩说:有屁快放!

金锁道:俺再,再睡她一回行不?

汉子们又一齐去瞅庄长的脸。庄长瞅了片刻小娥,把手一摆:睡一回就睡一回吧。

众人迟迟疑疑放手,金锁便走过来,牵了小娥,一溜趔趄回了屋里。

进屋,关门,金锁便把小娥推倒在床。小娥倒也顺从,让怎样就怎样。金锁一边动一边问:小娥你说,你跟魏小龙到底有事没事?小娥摇摇头说:没事。俺走姐家,他见过俺几回,那时他还没当马子。金锁又问:叫你上山你愿意?小娥说:俺想,山上总能有煎饼吃。听了这话,金锁一下子愤恨起来:狗日的女人,你还记俺的仇哇。这么想着,眼前的一张小白脸就变得万分可憎,像一只晃来晃去的毒蘑菇。于是,他将两只大手左右包抄,狠狠攥住了毒蘑菇的根部。

很久不见两口子出屋,外面众人等得焦躁。一起闯进去察看,却见金锁守着一丝不挂的女人呆坐。龚玉佩说:小娥你还没弄够呀,到了山上,魏小龙有的是劲儿。说着一步步走向床边。只看了一眼,他"哇"的一声惊叫起来。

几个男人明白了,便就地取材,纷纷抄起了家伙。龚玉佩摸过墙边的铁锹,只一抢,金锁的脑袋嘟嘟冒出一股血来,将小娥的白脸染得猩红猩红。

一个时辰后，两条尸首让一辆牛车拉着，直奔小青山的方向而去。掌灯时分，那辆牛车又回到了村里，车上却是六个不喘气的女人。

钩　子

刘二蒜背着沉甸甸的粪筐回到家，一进门就挨了老婆的一顿臭骂。老婆袖手坐在那儿，扬着黄瓢脸叫：在地里死啦？挺尸啦？你睁开驴眼看看，天到了啥时候啦？女人开骂的光景里，她的四个闺女呈"一"字队形站在她身后，皆抿嘴低头，让狠狠的目光掠过眉框直刺刘二蒜，于无声处助长着母亲的气焰。

这阵势刘二蒜已见过多次，哪次见了腿肚子都要簌簌发抖。他也不知自己为何娶了这么一个凶女人，哪天也想把男人在嘴里嚼上几回。更出奇的是，四个小丫头片子也都随娘，从十六岁的大丫到八岁的四丫，没有一个善茬子，都不把她们的爹当一回事，一见娘骂爹都跳上前去助阵。四双小眼儿齐刷刷一瞪，真叫刘二蒜头皮发炸。

不过，今天刘二蒜心里不怵。他笑嘻嘻地问：怎么啦？俺又犯啥错啦？

你甭装憨鳖。看天过午了你还不回来，你叫俺娘儿五个饿死？

你们不会先吃？

哼，先吃还能剩下给你！

听了老婆这话，刘二蒜心中一热。他想，别看老婆长了个刀子嘴，心里还是知道疼男人的。他发现了老婆可爱的一面，把眼一挤：你猜，俺回来得晚，在南山干啥了？

谁知你干啥的，地没锄完？

刘二蒜摇摇头。

找野女人办事啦？

刘二蒜仍然不生气。他转身先把院门闩死，然后把粪筐提了过来。

一见盛满人屎牛屎的粪筐，老婆闺女都捂着鼻子骂：腌臜鬼，把屎弄到屋里你要吃呀？

刘二蒜满面春风，伸手去捧那屎。老婆闺女捂着鼻子退出老远，连骂都张不开口了。

刘二蒜捧出一些屎，扔到一边，再捧一些，再扔到一边。这时，筐内出现了银钱。银钱虽然沾了脏物，但还是非常炫目。

老婆自嫁来之后第一次显出了口才的笨拙。她结结巴巴地说：这，哪来，的呀……

闺女的眼里，也失却了对爹的不恭，一个个露出惊喜。四张小嘴儿呢喃着叫：爹，嘿嘿……

刘二蒜说：还不快打水洗洗。

女人立即跑到院中端来一盆水，将银钱倒进去，插手洗起来。四个闺女也帮忙，刷啦啦刷啦啦，将盆里搅起了一层屎渣子。

女人问：这到底是从哪里弄的嘛！

刘二蒜说：捡的。我正锄着地，就听"当啷"一声，一堆钱就出来了。

是谁埋的？

管他是谁，咱挖出来就是咱的。

老婆和闺女们一起点头：对，咱挖出来就是咱的！

刘二蒜把钱埋进粮囤，郑重地对四个闺女道：可不能说出去。谁跟别人说了，就不给谁做花裤子！

闺女们一听事关重要，纷纷赌咒发誓：不说不说，谁说了嘴上长疔！

吃过午饭，女人打发四个闺女上山拾草挖野菜，而后关上门问刘二蒜：那钱，真是锄地锄出来的？

刘二蒜说：谁能把钱埋在咱的地里？这钱，是胡家庄四表弟给的。

四猫？女人圆睁两眼惊叫起来。他不是跟着孙美人当马子么，他给你钱干啥？

他说，明天半夜孙美人要来咱大陈庄，叫我到时候把围门打开。

女人好半天没说出话来。她知道，大陈庄会武的多，人心齐，围墙高，白天黑夜防范严密，马子奈何不得，早就恨着这儿了。如今，竟是孙美人这一伙要来。孙美人可了不得，一个俊俊俏俏的女人家，却领了几百号人，在这一带的几伙马子中是最厉害的。

女人怯怯地说：你干这事，不就是钩子了吗？

刘二蒜说：管它。钩子也是人干的。

女人说：孙美人一来，咱庄可就毁了。

刘二蒜说：管它。反正咱姓刘，他们都姓陈。

女人说：要死人呀。

刘二蒜说：管它。反正俺看这钱来得易。四十块呀，能置好几亩地呢。

女人就不说话了。

下午，刘二蒜仍然扛上锄去了南岭。但他锄地时心不在焉，不知错杀了多少庄稼苗子，错留了多少杂草。

晚上回到家，正坐在桌边吃饭，果然听见大刀会头目陈世富在墙外的喊声：二蒜，今夜该你上岗，没忘吧？

没忘没忘！刘二蒜急忙应着。应了那么一声，仿佛陈世富的双脚并没有远去，而是腾腾腾踏到了他的心上，让他心慌气短四肢无力。

呆坐了一会儿，他起身去糠囤边，插进手摸了摸那些硬货，便去床头摸过大刀片拎着，一步步往门外走去。临走，去老婆的耳边说：甭怕，听见动静甭出去。四表弟说，他一进庄就专来护着咱家。

女人点了点头，眼看着男人一步步走出院子，消失在门外的黑暗中。

男人走后，女人一直怔怔地坐在灯下。四个闺女在灯下嬉闹一阵，然后呵欠连天嚷着睡觉，但女人不许，只让她们和衣在被窝里坐着。谁如果要睡就揍谁一巴掌。

挨到半夜时分，只听南门那边先是几声枪响，随后便是一片骇人的喧嚷。女人一跃而起叫道：快跑！来马子了！随后率领四个闺女夺门而出。到街上她一边跑一边大喊：来马子喽！来马子喽！快到庄长家呀！

这时，庄里许多院门纷纷打开，窜出了众多男女老少。大家出来后都奔往一个方向，那就是位于村子中央的庄长宅院。庄长宅院其实是个

匪事二题 143

小围子，有一圈结结实实的高墙，庄长陈守仁早就交代过：一旦大围子破了，村民们可到他的小围子里躲避。

小围子的门果然已经打开，庄长站在围墙上紧张观望，几个家丁则提着长枪指挥人们快快入内。二蒜的女人带孩子跑进去时人还不多，等她们站定，来的人就多了。只见一疙瘩一疙瘩的人直往里涌，门边，一些女人孩子跌倒了没能爬起来，在那儿疯狂蠕动着像一只只伤猪。过了一会儿，只听外边哭声喊声四起，火光烧得夜空发红。庄长这时喊：关门！快关门！下面的家丁赶紧把门关上。外边又有人跑来要进，将门擂得咚咚作响，庄长陈守仁在围墙上冲他们一揖：各位父老，马子眼看要过来，守仁对你们实在爱莫能助，快快到别处逃命吧！此话一落，门外是一片绝望的哭声。但陈守仁再不看他们，而是用眼瞄着前街下令：打！于是，围墙上便吐出一片火舌。马子也往这儿放枪，墙头上火花四溅。

二蒜的女人和闺女在墙角缩成一堆。母女五个缩颈蹲着，十只眼睛惊恐地张着，让墙头上的火光在眼里明明灭灭。每听到墙外杀声骤起，紧挨在一起的五条身子都要抖抖地相撞不止。

旁边有人影晃过。三丫叫起来：爹！

刘二蒜发现了妻女，惊喜地道：出来啦？都出来啦？

女人问：你怎么也在这里？

刘二蒜说：我在外头，四表弟长眼，枪子可不长眼。

女人道：你这回可是造了大孽了。

刘二蒜道：别作声别作声。

女人道：你一准不得好死。

刘二蒜把脚一跺：把你那×嘴闭上行不行？

女人果真把嘴闭上，不再做声。刘二蒜也屈腿蹲下，将头耷拉到裤裆里，一动不动像块石头。

不知过了多长时间，就听墙头墙外枪声渐稀，还有人喊：马子退了！马子退了！火光中，庄长陈守仁登上墙头，向外观察了一会儿，向围子里面做个手势：开门吧。

围门打开，里面的人蜂拥而出，跌跌撞撞各自回家。紧接着，村中到处都是哭声凄厉。

刘二蒜同老婆闺女也往家中走去，他想赶紧看看自己的房子烧了没烧。虽然四表弟说要好好护着，但大火一旦烧起来，四表弟想护也难护。如果真把房子烧了那就完了，因为再重新盖房就要用掉四十块银钱的一半。

一边想一边走，十字街口到了。一大堆人正站在那儿嚷嚷，他正要过去看看，只听有人大声叫喊：狗杂种来啦！随即有几个汉子把他扭住。刘二蒜说：干啥干啥！汉子们说：装什么憨鳖？你瞅瞅墙上！

刘二蒜往墙上一瞅，只见那里贴着一张大纸。街东一座房子正在焚烧，火光照亮了纸上的字儿：

你庄刘二蒜是钩子是他开的门
孙翠兰布

刘二蒜一下子瘫了。他瘫坐在地上喃喃地骂：孙美人俺操你娘。孙美人俺操你娘。

二蒜的女人虽不识字，但也知道是出了什么事儿。此刻她挺身而出，大声道：他不是钩子！他不是钩子！周围的人扑上来又抓又揍，骂道：臊×！还护你男人，孙美人都贴告示了你还护！女人仍说：他不是！他不是！众人便揍她越狠。四个丫头见娘吃亏，一起跑过来护娘，有人吼：把这四个小×也逮住，甭叫她们跑了！于是，丫头们也被众人像抓小鸡一样抓住，任她们发疯地哭喊也不松手。

庄长陈守仁被人叫来了。他看看墙上，扭头问：二蒜，是不是真的？

话音刚落，二蒜的女人抢着说：不真不真，全是假的！

庄长把眼一瞪：我问的是二蒜！

刘二蒜此刻对庄长的话一点儿反应也没有，仍旧瘫在地上喃喃地道：孙美人俺操你娘。孙美人俺操你娘。

匪事二题 145

庄长咬着牙点点头：非我族类，其心必异呵。

陈姓村人群情激愤，高声发问：庄长，你说怎么办吧？

庄长不假思索地说出了八个字：以眼还眼，以牙还牙！而后走了。

丢眼丢牙的人太多了。庄长一走，立刻有雨点般的拳脚落到二蒜一家人身上。这时有人高声喊：慢着慢着！众人停了拳脚，见是大刀会头目陈世富在发话。陈世富说：不能便宜了他们，好好折腾折腾，叫他们受受罪！

几个有头有脸的人商量了一下，大伙便把二蒜一家扯到了他们门前，二蒜的房子的确没烧，看来他的四表弟恪尽了职守。但刚才没烧，这会儿却烧起来了，房檐上几处起火，转眼间那火就烧成了一柄通天巨烛。在这柄巨烛的照耀下，二蒜两口子被剥得精光，绑在了两棵树上。

不多时，树上的不再动，地上的也不再动。人们啐着唾沫，将他们一个个抬起扔进火里。此刻，恰巧房梁烧断，房顶轰然塌下，一股夹着肉香味儿的热浪飞滚出来，让人人心头都有了一种快意。

第二天，大陈庄村民在埋葬了亲人之后，又在庄长陈守仁的指挥下重建房屋，重做了围门。新围门是柞木的，包了铁皮，可以说刀枪水火都无奈其何。

这次事件之后，大陈庄再也不收留外姓人入住。至今，这里还是一个不掺一根杂毛的"父子村"。

选个姓金的进村委

这是个无月之夜。已是下半夜了,荆家沟家家户户都熄了灯,黑暗更浓更重地占据了每一条街巷、每一个院落。没有动静,仿佛一切生灵都睡熟了,就连狗叫也很难听到一声。

然而后街金大头的家里却是另一种景象。在用散发着汗臊味的毯子挡严了窗户的屋里,在一盏15瓦电灯的暗淡光亮的照耀下,荆家沟金姓的二十二个成年人还聚集在那里一直没睡。跟往常族人聚会时一样,女人们都脱了鞋坐到床上,一大一小两张床在她们的屁股下"吱吱"地叫唤着;男人们则或坐在饭桌边、或蹲在墙根抽烟,咳嗽声、吐痰声此起彼伏。

他们在焦灼地等候一个人。

"怎么还不回来?"一个男人说。

这话刚说出来,有许多声音附和:是呀,该回来了呀!

众人这么说着,便一起去看坐在饭桌边的金大头。在荆家沟九户金姓人家中,这个长着一颗大脑袋、年近五十的汉子辈分不算最高,但事实上是大伙的首领。他的思想与言行,对金姓男女老少有不容置疑的影响力。在关系到金姓人整体利益的关键时刻,他就是众人的主心骨。

金大头听了这话没有做出反应,依旧低着他那颗长满花白头发的大脑袋闷闷抽烟。事实上，他没法解答众人在这不眠之夜已发出过无数遍的问话。他心里也在火烧火燎地想，日他奶奶的真怪，这个金路怎么还没露面？！

他扭头看一眼墙上的挂钟，已是两点十分。他知道，再过五六个钟头，那场关系到金姓人前途和命运的村委会选举就要开始了，而他们金姓人推举的候选人金路至今还没从广州回来！

"不是说坐飞机么？坐飞机还这么慢？"又有人小声嘟哝。

金大头忍不住又看了一眼桌上放着的那张电报。那上面明明白白写着：16日坐飞机回。阳历的16日是昨天，不，现在应该说是前天了。金大头向人打听得很清楚，从广州坐飞机到离荆家沟三百里远的省城，两个钟头就到。在省城再坐汽车回家，半天也就行了。所以前天中午金大头就派出了两个小伙子，骑车到十里外的公路边等，但等到半夜没见人就回来了。大家猜测说，大约是飞机落得晚了，金路要在省城住一宿再回来。昨天两个小伙子又去，金大头嘱咐他们，不见着金路再不要回来。可是上午没见他们回村，下午也没见他们回村。晚上金姓人全聚集在这里等，至今也没见他们的影子！

再不回来，明天的选举会上可怎么办呢！要知道，候选人不在场是要严重影响票数的。在那个时刻，很多选民可能会把"×"号画到金路的头上。那样，他金大头几十年的努力和金姓人上百年的期盼就全完了！

想到这里，金大头心急如焚，面前的烟锅明灭频率进一步加快。

金大头对荆家沟金姓人的历史不堪回首。他深深埋怨他的曾祖父，埋怨他当年不该到这荆家沟财主家雇活，接着娶了一个段姓女人在这里安家。如果不是这样，他的后代现在会生活在三十里外的"老家"金家官庄，会挺直腰杆尽享大姓人家的威风，而不必在这荆家沟整年受气。金大头从能记事起，就饱尝了受欺凌的滋味。他走到院上，往往有一伙孩子冲他喊叫："丁点儿铁，丁点儿铜，丁点儿姓金的是孬熊！"喊罢，还"呸、呸、呸"地向他吐唾沫。这种口头辱骂还是轻的，有时候他老老实实地待在那里，就会有一伙孩子窜上来揍他一顿。他在这些时候也曾反抗过，但这种反抗只能招来更为严重的打骂。他也曾把几个金姓小兄弟召集起来试图报复，但因势单力孤，没有哪一次不被大姓孩子打得落花流水。

在他长大以后，更领教了金姓成人所受的欺侮。在荆家沟，荆家是第一大姓，占了全村总户数的六成。之后是段家，大约占两成；叶家，占一成半；谢家，占一成；而他们金家，六十年代里只有五户，连半成都占不上，只占全村总户数的百分之三。虽然金姓人沾了那位老长工的光，都是共产党最器重的贫农成分，虽然他们都是光荣的人民公社社员，但在荆家沟就是抬不起头来。多少年来，村里大小干部没有一个能由姓金的当，他们只有在生产队出苦力的份儿。由于没有人在村里顶用，他们的一些基本权利便受到侵害。譬如说分自留地，划宅基，如果哪块最差便注定会是金姓人的；上级调民工出去扒河，荆家沟派人时金姓有几个劳力去几个劳力；平时在队里干活，金姓人汗洒得比别人多，工分却挣得比别人少。更严重的是，那一年老书记荆士明看上了金大头的嫂子也就是金路的娘，几次去她家调戏。有一回瞅见她独自在家，一进门就掏出家伙撒尿，从院门撒到屋门，吓得女人捧起卤坛子要喝，那个狗东西才作罢。就是这样，金姓男人不敢放一个屁。久而久之，金姓青年连找媳妇都难了，那些外村姑娘一听要去荆家沟金家，都说姓金的就那么几条腿，要是跟着他们还不吃大亏？金大头就是费了好一番劲，先后吹了不下七回，才在二十八岁上娶来了一个豁嘴女人。当然他的大头曾让几个稍稍俊俏的姑娘看了翻白眼，但多数几个长得很不咋样的也不愿意，显然是冲了他的家族状况。"丁点儿铁，丁点儿铜，丁点儿姓金的是孬熊"。他一天比一天更加深切地明白了"丁点儿"的含义。

他愤懑极了。那年他受队长的指派去县城运化肥，瞅空儿去书店花六分钱买了一本江西教育出版社出版的《百家姓》，回家后越看越不服气：他们几姓算啥呢，天下几百个姓，第二十五个就是金姓呀！谢家稍好点，是第三十；段家，是一百一十八；叶家，是二百五十七；荆家呢，那是占了最末尾最末尾的，在单姓中倒数第十！他们凭啥要对金姓翻白眼挺肚皮？他把这种见解向族人讲了，族人个个觉得荆姓颠倒乾坤天理难容。但这见解只能在金姓内部发表，他们是不敢说给大姓人听的，他们的待遇还是年年依旧。金大头还看过一本线装书，上面说了金木水火土的一些学问，这又引起了他的思考：书上说金能克木，那么一蓬荆条是连像样的木也算不上的，咱为什么就克不了他们呢！这意见金大头更不敢发表，连在内部都不敢，他怕那蓬荆条燃成熊熊怒火，把他们这一"丁点儿"金给烧化喽。

这都是金大头二十岁之前的思想活动。过了二十岁，他忽然明白这些思想全都是胡扯蛋，连一点儿用也不中的。要改变金姓命运，只有拿出实际行动。

怎么行动呢？他们想到过迁徙。引发这一念头起因的是金大头的"百家姓座次说"在内部发表后却让外部人知道了，荆姓人皱着鼻子道：第二十五算个×！倒数第十的照样不尿他们！不愿在荆家沟住就走呀！去朝鲜吧，那里是姓金的当皇上，保准你们吃不了亏！金姓人一听觉得有道理：树挪死人挪活嘛，咱非得在这一棵树上吊死？朝鲜是去不了的，金日成的光咱沾不上，可是回老家总可以吧？金姓人很快达成一致意见，决定回到金家官庄本姓人的温暖怀抱。金大头的爹和他的堂弟作为代表到了金家官庄，向那村的干部哭诉了金姓人在荆家沟的悲惨遭遇，听得同一血脉的人潸然泪下，当即答应他们速速迁回。不料，就在荆家沟金姓人欢欣鼓舞准备动手收拾家产的时候，金家官庄的干部却来告知：你们迁不成了，公社党委不同意。金姓人急了，一起去四十里外的杨集公社向领导驻地哀求，可是去了几次都让人家赶了回来。领导说，天下是社会主义的天下，在哪里也是社会主义的天堂，你们这种无理要求是不能答复的！搬迁没搞成，荆家沟的几大姓却都知道金姓有了二心，待他们越发冷酷。几个老辈人流着泪哀叹：完了，完了，咱姓金的这一回成了案板上的羊，人家爱铰毛就铰毛，爱摘蛋就摘蛋了！

那年金大头二十四岁。他想无论如何我不能由着人家铰毛摘蛋。老辈人泄气了，我这一辈不能泄，那样的话，金家就永无出头之日了。他将他这辈的五个男性分析了一番，觉得唯有自己上过高小，有文化，也有头脑，那么，今后能担负起金姓命运别无他人，只有我了！想到这里金大头心情悲壮，在无人处大哭了一场。哭过，便认真地想怎么办。想来想去想出了分两步走的办法：第一步施苦肉计，由他出面找干部痛骂老辈人打算搬迁的可耻行径，表示要在荆家沟老老实实地住下去，打消干部的疑忌；第二步，他要积极表现自己，争取能在某一天当上村干部。第一步他做了，干部说你们想住就住下去，反正不能把你们撵出去。第二步，金大头做了长远打算：两年入团，五年入党。因为只有入团入党最后才能当上干部。二十四岁的他写了入团申请书，毕恭毕敬递到团支书手里，然后就发疯一般表现自己。那一年全国上下大学毛主席著作大做好人好事，金大头在全村青年中第一个完整地背诵下了"老三篇"，每天晚上都去给生产队里干不记工分的活儿。自家的地瓜干本来已经不多，可他还是扒了一篮子送给一个老党员。他的事迹让团支书发现了，在会上表扬了他，当年冬天让他入了团。初战告捷，金大头以后表现得更加起劲。第二年，"文化大革命"开始，村村闹着让当权派下台，这一下让金大头喜出望外，他也以金姓人为主拉起一帮红卫兵，专造大队书记荆士明的反，并指望着能进大队革命委员会。想不到，新成立的大队革委还是由大姓人组成，荆、段、叶、谢都有，唯独没有姓金的。更要命的是，过了不久，老干部荆士明重新站起来，成了荆家沟大队党组织"核心组"组长，领导"一打三反"运动，把他定为坏分子报到公社，他被公安拴到县里坐了半年的牢。这一下他元气大伤，再也无力与大姓人争斗了。

忍辱含垢整十年。十年后，广播喇叭里忽然说，村里要成立村委会，干部由村民来选，金大头那死了多年的心又活泛了起来。在终于等到荆家沟选村委的时候，他把金姓人预先召集在一起，要大伙选他。众人当然答应，随后一个老者就找前来组织选举的乡干部，推荐金大头为候选人。然而第二天的候选人名单上没有他。他找到乡干部问，乡干部告诉他，推举他的人太少了。金大头看看会场上坐着的一小撮金姓人，从头凉到了脚后跟。三年后村委又一次改选，他干脆装病连会没去参加。

时间不长，一个晚辈的成长又点燃了他的希望。这个晚辈就是侄子金路。金路脑瓜儿好使,念书念得好,竟然考到县一中上学去了。要知道,这是荆家沟金姓人第一个高中生呢!金大头欣喜万分,勉励侄子好好学,考上大学吃皇粮,树旗杆,给金姓撑门立户。可是等了三年,金路却没能吃上皇粮,又回家捧起了地瓜干煎饼,让金大头十分失望。他想,爹和我两代都是孬熊,这第三代也没有能成才的啦。他这感叹刚刚发出,金路却一个人出门闯荡去了,没过两月就从广州寄回家五百块钱。这在荆家沟引起了很大轰动,接着就有好几个大姓小伙子到金路家找到他的地址,背着包南下找他。过年回家,金路穿得齐齐整整,走门串户讲南方的事情,说得许多人心动,过了年又有十几个年轻人跟着他上路。金大头心里说,行,这金路行,下辈人就指望他啦!春天种完花生,管这片五个村的宋片长来开会,说要改选荆家沟的村委,金大头下决心要把侄子推上去。他找到宋片长,痛说这些年来金姓人在荆家沟的遭遇,大讲金路有文化有本事,让片长一定把金路当做村委会候选人。宋片长听完后说,要根据条件通盘考虑。金大头不知通盘考虑是怎么个弄法,直到五天前他听说,金路真是候选人之一了。金姓人额手称庆,说赶快让金路回来!算一算坐火车已来不及,金大头说,让他坐飞机,他自己掏不起钱咱们九户平摊!众人都说这办法好,当天金大头就去乡邮局发了电报。第二天,乡邮员也把金路的回电送来了。可是,为什么他至今还没到呢!

金大头看看墙上,他用粉笔写的"金路"两个大字赫然入目。这是他为了防止族人在会上投错票,特地将这两个字写在墙上,给大家上了一堂急用先学的识字课。这两个字,就连八十二岁的文岭叔也说已经记牢了,然而叫这名字的人却还没来!

这可怎么办呢?

一阵啜泣声从大床的床角传出。那是金路的娘。这个当年十分俊俏现在已是满脸核桃皮的老女人呜呜咽咽道:"还不回来,怕是路上出事了吧?"

这话,让金大头的心急剧下沉。坐飞机要从天上走,这本身就是很悬乎的事儿,自从昨天没见金路,他就暗暗往这方面担心。昨天晚上,他早早守在电视机前看新闻，想看有没有飞机出事的消息，可是罗京和李瑞英这说那，直到说再见也没提飞机的事，才让他稍稍放了心。眼下金路娘又嘟哝出事，金大头想，会不会真在路上出事呢？

一股更为严重的焦虑烧烤着他的心。他把烟袋狠狠地啀了几下，往桌子腿上一叩说："我到公路那里看看去！"

一个叫瓢子的青年愿跟他一块儿去，两人就出门走了。跌跌撞撞走完十里山路，到了与公路交接处，路边忽地站起两个人影。那是又在这里等了一天一夜的大官和小壶。两个青年一见家里来人，说话都带了哭腔，说他们一直在这里瞪眼瞅着来往的客车，可是来来回回几十辆，就是不见金路下来，你说急不急死人！

金大头的心更加沉重，他像个病弱的老豹子似的颓然坐下，半卧在了路边。

几个人都不说话，还是抱着一线希望看路上。可是此刻路上的车很少很少，多是些赶夜路拉货的。客车只见到几辆，大约是跑很远地方的，到了这个路口一刻也不停。

等，等，一直等到东天边发白。

再等，再等，一直等到日头出来。

看看那颗又圆又红的东西，金大头的大头上冷汗津津。他抹一把头皮说："不能再等了，再等就耽误开会啦，快回去！"

他跟瓢子就爬上大官和小壶的自行车后腚，四个人颠颠地往回赶了。

一进村子，就听村支书荆洪安在大喇叭里催人去开会。他用他女人般的嗓门说，选举马上要开始了，马上要开始了。金大头他们急急来到村部大院，眼前果然是黑压压的一片人。金姓人早在一个角落里坐成一堆，此时见他们回来，都抬起手像小孩见了娘似的急切招呼。金大头走过去，金姓人从他脸上看出了两天来等候的最后结果，所有的嘴巴一起发声：怎么办呢？这可怎么办呢？

金大头没法回答他们，便掏出烟袋蹲下抽烟，一边抽，一边注意着会场上的动静。

干部们还没露面，预备给干部们坐的一排桌子空无一人。但大喇叭里也没有了支书的女人嗓门。金大头知道，此时干部们正在屋里开小会，开完小会就出来开大会了。

他再看看院里的人群。有一部分人还是像以前几次选举一样自发地分片坐着：有一片是姓段的，有一片是姓叶的，有一片是姓谢的。而占绝对多数的荆姓人则散散漫漫，坐得到处都是，显示着他们的强大与傲慢。再看看身边的金姓，实在是"丁点儿"，实在是"文革"时常说的"一小撮"。领着这么一小撮与其他几大姓抗争，真是难呀。

想到这里，金大头用嫉妒与仇恨的目光向会场上扫射了一圈。

村委办公室的门开了，宋片长、乡里来的两个干部以及村支书等人都扛着严肃的脸盘走出来，到桌子前端端正正坐下。这时，金大头又向大院外边看一眼，严重的焦灼感弥漫在他的心间。他顾不上多想，就在荆洪安敲敲话筒宣布选举大会现在开始的时候，他腾地站起身喊："等等再开！"

干部与全体选民都为这这话吃惊。荆洪安看一眼金大头，厉声喝道："你要干什么？你知道破坏选举是犯法吗？"金大头却没发憷，他依然用高声说："俺不想犯法！俺只想叫您等等再开会！"

这时金姓人也都站起来，七嘴八舌地叫唤：等等吧！等等吧！

宋片长拉过话筒问话了："你们为什么叫等等？"

金大头说："等等金路，他快回来啦！"

荆洪安"哧"的一笑："他在广州，怎么能赶回来？"

金大头说："他说他坐飞机！他早就拍来电报了！"说着，将手里的纸片一扬。

金姓之外的选民都惊讶地咧嘴："坐飞机回来？真是把选举当成事了呀！"这么惊叹着，不少人还抬头向天上看去，看是否有金路乘坐的飞机来临。

宋片长又问："他坐哪天的飞机？飞哪个机场？"

金大头说："16号的，坐到省城！"

宋片长看看表："16号？今天已经是18号了，他要来早就来啦！"

金大头说："片长，还是等等吧，等等吧！"

他的身后，二十三名金姓选民也一迭声地恳求。

台上，宋片长和其他人小声嘀咕几句，然后抓着话筒说："老金，你们的要求不能答复，选举日期一旦决定，是不能随便更改的！"

金大头急了，红头涨脑地道："你不改，俺姓金的不是吃大亏啦？"

宋片长说："吃什么亏？不就是少一个人投票吗？"

金大头："少一个人也是吃大亏！"

大姓选民们听了这话哄堂大笑，都说可见是人少了，少一个人就当成大事！说笑间带了居高临下的嘲讽。

宋片长将脸拉了一下说："老金，你不能太狭隘了，要懂得顾全大局！选举按原计划进行！老荆，开始吧！"

支书荆洪安立马抓过话筒宣布："大会进行第一项，由宋片长作动员讲话！"

事已至此，金大头与金姓选民只好沮丧地坐下。宋片长是怎么动员的，他们一句也没听进去。他们做的，是不时地向院门外看，然后是面面相觑声声叹息。

荆洪安宣读候选人名单他们听见了。听见六个人中果然有金路，这让他们稍稍有些振奋。金大头急忙小声叮嘱："六个选五个，听见了吗？等票发下来可别填错了呵！"二十三个金姓脑袋点得像地震中的鸭梨。

就在要发票的时候，大院外面突然有一阵"呜呜"声由远而近，转眼间有一个公安人员骑着摩托车窜了进来。金大头认出那是乡派出所的小左。只见小左停住车，脚步匆匆地去台上向宋片长和荆洪安小声说起什么。这两人听了两句，便紧张地向金姓人这边看，再听几句又朝这边看。

金大头看到这种眼神立马想到，小左一定是带来了与金路有关的消息。他站身向那边跑去，边跑边问："金路怎么啦？金路怎么啦？"他的身后，金姓人全都呼呼噜噜地跟着。

荆洪安等他们跑到跟前，喘一口粗气说："金路死了。"

选个姓金的进村委 155

金路的爹娘"哇"的一声哭倒在地。金大头顾不得搀扶他们，急忙追问小左："你快说说，到底是怎么回事？"

小左便站在那里讲：刚才他在乡派出所接了县局的电话，说是省城附近的平川县在稻田里发现一具男尸，经检验是高空坠亡。专家分析，这人在外地是偷偷爬到飞机的起落架上面躲起来，想这样坐不花钱的飞机，到了高空就冻僵了，在飞机降低高度将要落地时掉了下来。翻出他带的身份证看，这人是你们村的金路。

金路的爹娘听罢哭得死去活来，金姓人个个眼泪汪汪。

只有金大头站在那里没哭。他咬着嘴唇在心里说：金路呀金路，我实指望你能成个人物，原来你也是块孬熊哇！

小左这时说："谁是他的家属？快跟我去平川县处理后事吧！"

金路爹流着泪对金大头说："他叔，咱还不快走？"

金大头却铁青着脸大喝道："忙什么？"

他转过身问："宋片长，这村委选举咋办？"宋片长思忖片刻回答："继续进行。不过，金路已经死了，要重新推举一名候选人。"

金大头立马说："不！还按原来的选！"

荆洪安道："那怎么行？"

金大头高声道："怎么不行？谁说那死的就是金路？要是别人揣了他的身份证呢？看一个人的死活，是活见人、死见尸。这两样咱们都没见到，你怎能说他是死是活？说不准这事，金路就还能当候选人！"

金姓人这时已经明白了他们首领的思路，都流着泪悲愤地高叫："还叫他当！还叫他当！"

宋片长看看眼前情景，对台上的几个人说："咱们议议吧。"说完，他们就走进了办公室。

这边，村民们早已围到了金姓人旁边，议论，叹息，有许多妇女还掉了眼泪。

干部们很快又走了出来。荆洪安宣布，选举照常进行，候选人名单不变。听了这话，金大头连忙扯起还坐在地上哭泣的哥嫂，说："快准备投票！"两位老人止住哭，蹒蹒跚跚走回原来坐的地方。

发票，写票。会场上变得一片安静。

投票，计票。会场上亮起一片期待的眼睛。

结果出来了。荆洪安宣布了当选的五人名单，其中得票最多的是金路。

金姓人爆发出一片哭声。

金大头擦擦眼泪，招呼身后的金姓人全都站起，他高声喊道："乡领导，宋片长，全村的兄弟爷们！姓金的给你们磕头啦！"

二十四名金姓选民一起跪倒，庄重叩首。

受此大礼的人们十有八九红了眼圈，有些妇女掩面而泣。

荆家沟新一届村委从产生的那天起就是四缺一。不过他们每次开会的时候，都是摆着五个座位。每当议起一件村务事，村主任荆二祥在听取了其他三人的意见后，都要说一声："不知金路有什么意见？"

这时，几个村委成员便向那个空空的座位看去。他们会想到，假设自己坐在那个位子上会表示怎样的态度。大家把在那个位子上形成的态度表述出来，村主任最后拍板作出决议。

从此，荆家沟的金姓人活得比以前轻松多了。金姓男人到外村走亲戚，或是金姓媳妇回娘家，都一脸喜气地向人炫耀："俺姓金的如今不受气了，俺在村委里有人！""谁？""金路！"

杀 了

　　是知道了那张大红纸上的内容，老蜗牛才动了卖猪的心思的。
　　那张大红纸是本村吴兴科贴的，贴在村中央的大街上。下午老蜗牛去打酱油路过那里，见一些人围在那里看，他也就过去了。他小时上过几年学，是识一些字的，所以就看懂了纸上的内容。老蜗牛看完后觉得，这张大红纸，其实是贴给他看的。
　　吴兴科贴了这张大红纸是要卖电视机。卖他家那台旧的，十七寸的，黑白的，打算卖一百五十块钱。老蜗牛知道，吴兴科这几年贩菜挣了钱，早就想换一台大彩电，今天果然要换了。可是他卖旧电视机，村里谁还会买呢？老蜗牛早就暗地里调查清楚，在吴刘村二百多户中，至今没看上电视的只有三户：一户是老光棍吴大舌头；一户是寡妇梁凤花；再一户就是他老蜗牛了。村长刘四清几年前就在大喇叭里吆喝，要"彻底消灭无电视户"。老蜗牛原先想等着村里来消灭他，比如说救济一点钱什么的，可是等了几年也没见动静，就只好自己消灭自己了。可是，老蜗牛要想消灭自己也难，因为他要首先消灭债务。前些年他两个闺女出嫁，一个儿子娶媳妇，欠下的债像驴背上盛满臭粪的驮筐一样，把他的脊梁骨快要压断了。现在，儿子早已分家单过，他也一点点地把账还上了。最根本的是，他家现在又长起了一头肥猪。前几年他家养猪都是给债主养的,从这一头开始是给自己养的了。他粗略地计算了一下,这头猪大约卖三四百块钱,留下二百块钱买猪崽,剩下的正好能把电视机买下。老蜗牛想,我明天就去把猪卖了,把这台电视机买下。

做出决定后,老蜗牛就提着酱油瓶子去了吴兴科家。

吴兴科正在院里修车,扭头瞅见他进来,手里还有个酱油瓶子,立刻把眼瞪圆了说:"老蜗牛,你瓶子底下有条蚰蜒!"

老蜗牛吃了一惊,急忙歪倒瓶子去看,结果酱油就从瓶口跑走了一些。他没看见蚰蜒,却看见吴兴科在那里笑,便明白吴兴科是在逗弄他。他扶正了瓶子骂道:"吴兴科,你这块杂碎。"

他骂上一句,一本正经地问道:"吴兴科,你要卖电视机?"

吴兴科说:"是呵。你买?"

老蜗牛:"我买是想买,可你得放给我看看,看它还出人影儿不。"

吴兴科就到屋里放给他看。人影儿是有的,而且清清楚楚。

老蜗牛抚摸着电视机说:"你再便宜一点儿,这货我要了。"

吴兴科说:"一百五够便宜的了。我买花了六百,才看了六年。你想想吧。"

老蜗牛想想,就点头认可了这个价码。但他又说:"我明天卖了猪才有钱买。你开车帮我把猪卖了吧。"

吴兴科说:"你这个老蜗牛,还能想出这个点子来。我帮你卖猪,就白搭二十块钱运费了。"

老蜗牛说:"你帮我一趟吧。卖了猪回来,我就给你电视机钱。"

吴兴科说:"好吧。"

老蜗牛见事情谈妥,就回了家去。他跟老伴一说,老伴也是兴奋不已:她这些年来馋电视馋得比老蜗牛还狠,曾多次到儿子的新房里看,然而每次都让儿媳的冷言冷语撵了回来。她回来向老蜗牛哭,说咱们辛辛苦苦给他们盖上房子,买上电视,他们就这样待咱。老蜗牛一边叹气一边说:唉,什么时候咱自己买上电视就好了。现在,老太太听说终于要盼到那一天了,激动得一夜没有睡好,天不亮就起来煮猪食,拉得风箱又急又响。

杀 了 159

天亮后，老两口把猪喂上了。因为放得精料格外多，那头猪呱呱唧唧疯吃，连头也不抬一下。老蜗牛说："好，吃上十斤二十斤的，好多卖点钱。"老伴说："你就知道钱，就没想想俺一瓢糠一瓢水的，伺候它半年了……"说着，两行老泪就滴到了猪头上，惹得那头打小就劁了的母猪停住吃食，抬起头看这老两口。老蜗牛这时忽然发现，那头猪的眼睫毛又长又密，像有一次进城看到的洋气女人似的，于是，心里一股爱怜涌上来，眼窝里也是酸酸的。

猪吃饱了，吴兴科开着他的"黑豹"农用车也到了门前。吴兴科是个壮汉，等老太太把猪从圈里撵出来，他扑上去三两下就将其逮住，让老蜗牛拿绳子绑牢，随即又抬到了车上。

他们去的是三里外的老鸹岭。老鸹岭有个姓邢的屠子，天天摆肉摊，天天杀猪，所以附近几个村里许多人都找他卖猪。当然，如果需要吃肉了也去买他的肉。

车开到邢屠子家门，吴兴科与他把猪抬下，便说要去拉菜，倒转车头就走了。老蜗牛这时便到院子里找邢屠子。

都是东西两庄的人，平时早已认识的。他见邢屠子正在磨刀，就说："老邢，我拉来了一口猪，你称称吧。"

邢屠子说："称称就称称。"

然而，邢屠子并没有马上称猪，而是和老婆同心协力把一头花猪往宰床上抬。看来他老婆早已锻炼出来了，一手揪一只猪耳朵举重若轻。那花猪已经意识到大限将至，叫唤得声遏行云。听见这头猪的叫唤，老蜗牛的猪也在门前叫唤着挣扎，大小便全部失禁。瞅着地上飞快增加的猪屎猪尿，老蜗牛心疼得不得了，便要求邢屠子赶快给他的猪过磅。邢屠子提着屠刀说："老蜗牛，你一辈子慢惯了，这回儿急个啥？"说罢，一刀捅死那头大花猪，然后有条不紊地剥皮，开膛，拾掇各种各样的下水。

邢屠子一边干活，还一边与老蜗牛开玩笑。他问老蜗牛，如今吃饭的时候，老婆还用不用水筲滴漏，弄得老蜗牛立马红了一张老脸。这是老蜗牛广为人知的故事。老蜗牛从小干什么事情都慢，吃饭慢，干活也慢，因而得了个绰号"老蜗牛"。他长成大小伙子了，在生产队里干活却顶不了整劳力，别人一天挣十分他只能挣九分。由此带来的后果是，同龄人都成亲了他还是光棍一条。到了三十岁上，他才娶了外村一个寡妇，过门时带了一个六岁的闺女。这女人嫁给老蜗牛后，最不能容忍的就是男人的慢。就说他吃饭吧，往往是女人与闺女吃完半天了，他还在那里慢吞吞地喝，慢吞吞地嚼。于是，老婆找了个漏水的筲桶挂在院里的树杈上，往里面装上一瓢水，然后告诉老蜗牛：如果筲里的水漏完了他还没吃完，就把他的饭夺去喂猪。女人说到做到，有好几回男人还没吃饱，手里的饭真的去了猪肚子里。老蜗牛被逼无奈，这才改变习惯，一端起饭碗就埋头拼命。至于他在地里干活的慢，女人没有办法整治，因而一辈子也没见多大起色。

总结一生的见闻与教训，老蜗牛早已得出结论：人生在世，好也出名，孬也出名。像他这样孬得格外显眼了，什么事情都传得飞快，传得久远，传成一个个他到死也躲闪不开的笑柄。好在他已经习惯了人们的取笑，每到这时，老蜗牛只是羞答答地听着，不回答，也不反驳。

邢屠子提罢这件事，又问："老蜗牛，如今你拉屎还用石头支住屁股不？"

这时，老蜗牛的脸便紫起来了。因为这事太臭。二十年前一个夏天，他实在吃够了糠菜，就从山上拾了一些蘑菇回家炒了吃。不料，吃下之后老是拉肚子，白天在队里干活，锄两下庄稼就往山沟里跑。最后，他蹲得腿都酸了，屎还是没拉完，只好灵机一动，捡过两块石头支住屁股，打起了持久战。这战术让别人发现了，老蜗牛便又多了一个著名故事。

看来，邢屠子的老婆也已听过这个故事，此时瞅着老蜗牛笑得奶子直颤。

老蜗牛羞得厉害，羞得想走。但他又想，我是来卖猪的，猪还在那里没过磅呢。于是又硬着头皮在那儿等，邢屠子再怎么取笑他，他也忍着。

等了好半天，等得他那头猪再也拉不出屎尿了，邢屠子才甩着两只血手走了过来。

老蜗牛没忘了问一声价钱。听邢屠子说按两块四,他觉得可以,就揪住一头猪的尾巴,向邢屠子说:"来,抬吧。"

过完磅,邢屠子与老蜗牛把猪抬到了院角的猪圈里。老蜗牛看见,这里还有三头活猪,大约是邢屠子买来留着杀的。放开猪蹄子上的绑绳,走出来,关好门,邢屠子转身去了屋里。老蜗牛只道他是拿钱去了,却不想邢屠子再出来时,手里只有一张三指宽的白纸条。邢屠子说:"你先拿着这张条子,等猪杀了,就给你钱。"

老蜗牛不愿意了,他后退两步,避开邢屠子那只递纸条的手,说:"你怎么不给现钱呢?你得给现钱。"

邢屠子说:"还少了你现钱?你看,我这不是写得很明白吗?'今收到吴刘村老蜗牛一头肥猪,183斤,每斤2.4元,共合金额439.2元,杀了付款。'"

老蜗牛接过去看看,是这么回事。他想,邢屠子天天摆肉摊,哪天不得杀猪呀?再晚,也就是三五天的事。于是向邢屠子点点头:"那就按你说的办,杀了猪就给钱。"

邢屠子说:"是,就这样。"

老蜗牛回头向猪圈再看一眼,就揣好那张纸条走了。

回到家,老伴说:"卖了?卖了咱就去把电视抱回来!"

老蜗牛摇摇头:"今天还抱不成。"说罢,就取出那张欠条向老伴展示。

老伴儿看了,咂着牙花子道:"邢屠子哪天杀呀?"

老蜗牛说:"他哪天不杀个一头两头的?我后天就去看看。"

第三天吃过早饭,老蜗牛便去老鸹岭要钱。可是他揣着欠条出门后,又回来向老伴儿要两块钱。老伴说:"你是去跟邢屠子要钱的,跟我要钱干啥?"

老蜗牛说:"割肉。"

老伴说:"不过年不过节的,割肉干啥?"

老蜗牛道:"唉,东西两庄的,都是熟人,一去就要钱不好,就装着割肉问问吧。再说，咱们辛辛苦苦喂起一口猪，也该犒劳犒劳。"

老伴儿想想也是，就没再说什么，打开柜子拿了两块钱给他。

老蜗牛揣着钱来到老鸹岭，找到邢屠子平时摆摊的地方，邢屠子果然正在那里卖肉，肉案边站了一圈人。老蜗牛走到人圈儿外头，伸长脖子去打量案子上的半片猪身，想看看那是不是自己的猪。但是那猪已经扒了皮，不认识了，不像自己的老婆，扒了皮也认得骨头。老蜗牛只好站在那里，眼看着那猪身让邢屠子一块块剁下来，一块块称好了扔给买主。

如今的日子到底是好多了，四块五一斤的肉，不过年不过节也有人买。买一斤二斤的，那是自家吃；买十斤二十斤的，那是有红白喜事。老蜗牛看了一大会儿，也没发现像他这样只买不足半斤的。所以他很不好意思。他藏在人圈儿外头踌躇半天，看看人已经不多了，藏不住自己了，才鼓足勇气走上前去，递上了那张两元票子。

邢屠子接钱时便看到了他。他撇着嘴说："老蜗牛，你真是个老蜗牛。四两肉，也就喂饱个蜗牛吧。"

老蜗牛让他讥笑得满脸通红，喃喃地说："下回多买，下回多买。"

邢屠子没再说什么，剁下小孩拳头那么大一块肉，连称也没称，就装到塑料袋里，"叭"地扔到他的面前。

老蜗牛说："你怎么不称？"

邢屠子说："放心，不会少你的。"

老蜗牛讪讪地道："我是，我是怕给多了。"

邢屠子说："多了，就算我学雷锋做好事。"

老蜗牛不好再说这事，就捡起肉拿在手里，结结巴巴说出了他想说的话："老邢，我那猪……杀了吧？"

邢屠子看着他笑一笑："没有。"

老蜗牛问："什么时候杀？"

邢屠子说："该杀的时候杀。"

听邢屠子这么讲，老蜗牛也不好再说什么，提着肉转身走了。

回到村里，正好在街上遇见吴兴科。吴兴科说："老蜗牛，你怎么不去抱电视机呀？我把彩电都买回来了。"老蜗牛就把没拿回现钱的事儿跟他说了。吴兴科说："杀了猪再给，邢屠子就缺那点现钱？你可得抓紧去要。"这么一说，老蜗牛心里十分不安，回到家里把肉放下，就去床上躺着发蔫。虽然一个多月没吃肉了，但是中午老伴炒好了肉让他吃，他却把肉吃成了难以下咽的棉花絮子。

两天后的早晨，老蜗牛又向老伴儿要钱，而且是要五块。老伴儿说："家里就五块钱了，你都割了肉咋办？不过日子啦？"老蜗牛说："我不是去要猪钱吗？要回来咱就有钱了。"老伴儿就一边嘟哝，一边把五块钱找了给他。

老蜗牛来到老鸹岭，因为割肉比上一回增了一倍，所以他问话的羞涩程度就减了一半。他说："老邢，我那猪，是不是杀了？"

邢屠子说："没有。"

老蜗牛着急起来："你怎么还不杀？"

邢屠子瞅着他笑："杀它忙啥？它又不是大贪污犯。"

老蜗牛想，他那猪当然不是大贪污犯，只是在半年中吃了他家一些很平常的饲料。可是他一时又想不起那猪犯的其他罪行，只好提了一斤一两不明身份的猪肉，回家去了。

回到家，老伴儿得知结果，忍不住又嘟哝起来。她历数老蜗牛一生中的无数事例，说他办什么事也不如别人，都是抓了麦糠擦腚，落个不利不索。因为老伴儿说的都是事实，老蜗牛实在无力反驳，索性自己惩罚自己，吃饭时坚决不夹那肉了。

老伴儿倒是夹了两块。但她自己吃不了这么多，就想到了孙子。虽然儿子长年在外打工，虽然儿媳妇待她不好，但孙子毕竟是自己的。于是，她就端着肉送到了那儿。

走进村前儿子的家门，儿媳妇和孙子也在吃饭。因为饭桌上有肉，所以老太太送来的这一盘就没引起她所预期的强烈反应。倒是旁边正放着的电视，让老太太的心理又强烈反应起来。她拎着个空盘往家走时，越想越有气，回到家又无休无止地数落老蜗牛。

挨老婆子数落是很难受的，老蜗牛好不容易熬过两天，便又去了老鸹岭。因为没有钱了,他也没再打买肉的幌子,而且早早地就去,直奔邢屠子的家中。

邢屠子果然还在家里杀猪。看看剥下的猪皮长了黑毛,他就壮了壮胆,单刀直入地问邢屠子:"老邢,这是杀了我的吧?"

邢屠子一边往外扒猪肠子一边说:"这怎么是你的呢?你的还没杀。"

老蜗牛说:"怎么还没杀?"

邢屠子还是笑着说:"我不是跟你说过嘛,它又不是大贪污犯。"

老蜗牛说:"就算它是大贪污犯行不行?你快点杀了吧!"

邢屠子还是笑:"那不是搞冤假错案吗?"

老蜗牛听出来,邢屠子这是不跟他说正经话儿。邢屠子不说,他也就没办法跟他说了。他转身去了院角的猪圈,想亲自看看他的猪到底杀了没杀。

这一看立见分晓:猪圈里是还有四头猪,三头黑的一头花的,却没有他卖的那头。

老蜗牛叫起来:"老邢你哄我。猪已经杀了,你怎么说没杀?"

邢屠子笑眯眯地走过来,说:"老蜗牛,你那猪明明还在里头,怎么说杀了?"

老蜗牛说:"没在里头。我的猪我认得。"

邢屠子问:"你的猪什么样子?"

老蜗牛说:"我的猪,眼睫毛又密又长。"

邢屠子一听"哈哈"大笑:"眼睫毛又密又长?那是猪吗?那是大酒店里的小姐!"

老蜗牛说:"真的,就是又密又长!"

邢屠子边笑边说:"哎哟哟,老蜗牛来老蜗牛,你算白打了一辈子庄户!你看看,猪的眼睫毛,哪个不是又密又长?它们不用跟小姐那样,买假的往上贴。"

老蜗牛仔细瞅瞅,那几头猪,果然都长了又密又长的眼睫毛。这么说,他提交的证据等于一个屁。

杀 了 165

不过，他又提出了另外的证据："我那口猪，是母猪劁了的。"

邢屠子说："母猪多的是，这四口里就有两口。"

这个证据，又等于是一个屁。

老蜗牛额头上涔涔地冒出汗来。他掏出那张欠条，向邢屠子晃着说："反正你买了我一口猪。反正你得给我钱。"

邢屠子眨巴着眼皮向他笑："是呀，我是买了你的猪，我也没打算不给你钱。可是咱们早就讲好，杀了猪再给钱的，现在我没杀，怎么给你呀？"

到这时候，老蜗牛终于明白过来了：邢屠子是在逗弄他。这种事情，他这一生经历得太多了。因为他活得窝囊，因为他事事不如人家，所以许多人就经常逗弄他寻开心。没想到，这一回卖猪，就让邢屠子逗弄上了。

无奈，他只好向邢屠子哀求起来："老邢，你别逗弄我了，你快把钱给我吧！"

邢屠子表情忽然变得十分正经："老蜗牛，你这是说的啥话？我逗弄你干啥？我就是逗弄自己的鸡巴玩，也不会逗弄你呀！"

老蜗牛听出邢屠子是在骂他，便想与他对骂两句。可他看看邢屠子手上的血，心中生出几分悚怕，就不敢骂了。他说："老邢，我求求你，把钱给我吧！"

邢屠子说："还是那句话，杀了给你！"说罢，他又走回去收拾那摊猪肠子，再也不理睬老蜗牛。老蜗牛呆呆地站上一会儿，只好走了。

回到家，老伴儿见他仍没拿回钱来，对他的埋怨变本加厉。老蜗牛习惯了老伴儿的嘟哝，一句也不反驳，只是蹲在墙根抽闷烟。

蹲了半天，见老伴儿还没有打住的意思，他心想：我去找吴兴科商量一下，把那旧电视先抱回来看着吧，老伴儿有了电视看，也就没有心思再埋怨我了。于是，他就起身去了吴兴科家。

吴兴科正好在家，看来今天没有出去贩菜。老蜗牛进门后，把嘴了几张，才终于把那意思讲出来。哪知，吴兴科说："老蜗牛，电视叫大舌头叔抱去了。"

"他？他怎么抱去了？"这事态让老蜗牛甚感意外。

吴兴科说："抱去就抱去了呗。你想看电视，他就不想看电视？"

老蜗牛说："吴兴科你说话不算话。你答应把电视卖给我，又叫吴大舌头抱去。"

吴兴科说："老蜗牛，我啥时候答应过你？是跟你签合同了，还是收了你的定金？"

老蜗牛让这话噎着了。他想，都是街坊邻居，还用签合同付定金？吴兴科，你也是在逗弄我呀。但他又想，说一千道一万，还是因为自己没拿出现钱来。想到这里，他无奈地摇了摇头，走出了吴兴科的家。

在街上走着，打量着村里的一户户人家，老蜗牛的心沉重得很，在一个劲地下坠，似乎要从肛门里坠出来。想一想吧，吴刘村二百多户人家，"无电视户"在今天只有两家了。连老光棍都消灭在他前头，没有消灭的只有他和寡妇梁凤花了。而这个结果，就是邢屠子造成的！

想到这里，他看着街上没有人，就大着声音骂道："邢屠子，我×你亲娘！你死不出好死！"

这么骂过几遍，他心里才好受了一点儿，于是走回家去，继续接受老伴的埋怨。

两天后，他又去了老鸹岭。这一回他揣了一个深思熟虑的计划：如果邢屠子再不给钱，他就赖在那里不走，一直缠着他要。

到了邢屠子家，邢屠子正在给猪放血。老蜗牛也不说话，就站在那里看，看血一下下从猪脖子的伤口里窜出来，窜成一条血龙，落到宰床下面的铝盆里。

邢屠子先是牢牢按住猪头，以稳定血龙的方向。当血龙全窜出来了，他抬头一瞅就瞅见了老蜗牛。他说："老蜗牛，你又来了。你也真是黏糊。"

老蜗牛说："你要是把钱给我，我还跟你黏糊？"

邢屠子说："猪还没杀，怎么给钱？"

老蜗牛说："我不管你杀不杀，反正你得给我钱，你不给钱我就不走。"

杀 了 167

邢屠子点着头笑道："好，好，你不走就不走，反正我不能给你钱。"

老蜗牛就开始实施他的计划，蹲在那里不走。邢屠子也不理他，有条不紊地做他的活儿。等把猪的各个部分收拾好，他从屋里喊出老婆，与她一起将猪肉抬到了街上。

老蜗牛当然也跟到街上。在邢屠子平时摆摊的地方，早有一些人等在那里，其中就有几个吴刘村的人。吴刘村的人看到老蜗牛，问他是不是也来割肉，老蜗牛刚要回答，邢屠子却向众人讲："他呀，他是来讹人的！"

这么一说，众人都带着惊愕的表情去看老蜗牛。老蜗牛没想到邢屠子会来这一手，只气得嘴唇哆嗦说不出话来。

邢屠子却一边蹭刀一边大笑，笑声中透露出无限的快感。众人都问到底是怎么回事，他便讲了自己与老蜗牛的纠葛。讲到最后，他还特别指出老蜗牛不等杀猪就来要钱是多么不通情理。

这么一来，舆论便倒向了邢屠子一边，众人纷纷责问老蜗牛为啥这么性急。老蜗牛急了，红紫着老脸喊："别听他的！猪已经杀了，他是想逗弄我！"

邢屠子又说："我逗弄你干吗？我就是逗弄自己的鸡巴，也不逗弄你。"

众人哄然大笑，肯定是邢屠子这话给了他们无比的快乐。

老蜗牛想：我要骂邢屠子。狗日的当着这么多人骂我，我是个鳖也要鼓鼓盖儿。然而他正要开口骂，忽听有人说："快看，最能逗弄自己鸡巴的人来了。"

老蜗牛随着众人去瞅，见老光棍吴大舌头从街那头走来了。

吴刘村的刘为印说："他现今不用自己逗弄自己了，有了梁凤花了。"

众人便急忙问他："怎么，他跟梁凤花有事？"

刘为印说："人家快去领结婚证啦！"

在一片惊讶与兴奋的目光里，吴大舌头来到了这里。他拿出十块钱要割肉，邢屠子接过钱问："吴大舌头，你是要跟梁凤花并家合伙？"

吴大舌头立即点头道："是，不假。"

见他承认了，邢屠子与众人纷纷拿话逗他，肉案子周围溅起了一片快乐的泡沫。

他们没有发现，就在这个时刻，老蜗牛悄悄地离开了这里。

在回村的途中，老蜗牛是满腔悲愤。他想，我这一辈子，怎么就这么窝囊，什么事情都是落在别人后头！当年娶媳妇娶得最晚就不说了，后来的许多许多事情也不说了，就说眼前买电视机这事，自己怕当最后一个，到头来还是没有逃脱。唉，吴兴科，你怎么说卖给我，为啥不等我把钱要来就卖给吴大舌头了呢？吴大舌头也是可恶，那电视本是我要买的，你偏偏抢先抱了去，就因为你有几个现钱？更可恶的是梁凤花，你守寡已经守了十年多，难道就不能再等几年，偏偏现在急癀癀地跟吴大舌头滚到一处坏我的好事？

不过，说一千道一万，最可恶、最可恨的人还是邢屠子。如果不是他，那台电视机还能到了吴大舌头手里？

想到这里，老蜗牛心中充满了仇恨，两腿也迈出了一生中罕见的步速。他一路小跑回到家中，大喘着气，摸过一把砍刀就去缸沿上磨。老伴看他行为蹊跷，走到他跟前问："你磨刀做啥？"

老蜗牛手上不停，嘴里作答："做啥？我要去杀邢屠子！"

老伴儿说："杀他？用得着杀吗？"

老蜗牛说："兴他杀我，就不兴我杀他？"

他停住手，气喘咻咻地向老伴讲了吴大舌头与梁凤花的事情。

老伴儿不明白，问："他俩有事就有事，你着啥急？难道你跟梁凤花有一腿，吃醋啦？"

老蜗牛说："不是不是。是他俩凑成一家，咱就成了全村最后一个无电视户啦！"

老伴听了，也是黯然神伤："我就知道，你一辈子就没有不当尾巴梢的时候。"

老蜗牛却不服气，说："不，这一回不应该的！这都是邢屠子给弄的，我不杀了他不解气！"

老伴说："你真杀？"

老蜗牛说："真杀！"

老伴就推他一把，说："那就快去！今天你总算站着撒了一回尿！"

老蜗牛就提了刀雄赳赳地往外走。可是，走到门外他停住脚步，又转身回来了。

老伴撇着嘴说："怎么又回来啦？"

老蜗牛说："这刀……这刀还没磨好。"

老伴冷笑道："我就知道你站着撒不成尿！你别磨刀啦，找村长去吧！"

老蜗牛说："找村长干吗？"

老伴说："找他出面，给咱把钱要回来。"

老蜗牛想了想说："对呀，怎么没想到找干部呢？我这就去。"

他把刀一扔，就去找村长去了。

找到村委办公室，村长刘四清正在那里看报纸。老蜗牛把事情说了一遍，就央求他找邢屠子把钱要回来。

刘四清听完，笑一笑说："老蜗牛，你找错人了。"

老蜗牛说："你是村长，我是村民，有事不找你找谁？"

刘四清说："你这是一起经济纠纷。经济纠纷要靠法律解决。"

老蜗牛说："法律？法律在哪里？"

刘四清说："乡里不是有法庭吗？法律全在那里，你找他们告状去！"

老蜗牛明白了，点着头说："噢，对了，找他们告状。"

当天下午，老蜗牛就去了乡里。

乡法庭在什么地方，老蜗牛是知道的，只是从来没有进去过。这一次进去，就见一个戴大盖帽的矮胖子正在跟一个妇女说话，那妇女口口声声叫他吕法官。等那妇女走了，他也就叫着吕法官靠了过去。吕法官问他是哪村的，叫什么，他说他是吴刘村的老蜗牛。等看到吕法官瞅着他笑，他才知道自己把名字报错了。许多年来人们都叫他老蜗牛，现在连他自己也把大名忘记了。他红着脸,"吭哧"了半天,才报出自己的名字"刘逢义",接着便讲他卖猪的事情。

  吕法官一边听一边记,最后又看了老蜗牛带来的欠条。他问:"你能肯定,邢屠子已经把你的猪杀了?"

  老蜗牛说:"肯定,我不肯定就不来找你了。"

  吕法官说:"好,我给你处理处理。过几天,你们双方到这里见面,我给调解一下。"

  老蜗牛问:"过几天?"

  吕法官翻翻桌上的日历牌,说:"后天吧。后天八点。"

  状告得十分利索。老蜗牛办完事往回走时,心里一遍遍说:遇上好人了,遇上好人了。

  回到村里,他向村长和老伴儿报告了结果,就开始了兴奋地等待。等到日子到了,老蜗牛早早去了乡里。

  八点还没到,法庭还没开门,老蜗牛就蹲在门口等着。

  等了一袋烟工夫,没等来法官,却等来了邢屠子。邢屠子骑着摩托过来,人还没下车就骂了起来:"老蜗牛你个老杂种,你还敢告我哩!"

  老蜗牛说:"你要是给我钱,我还告你吗?"

  邢屠子说:"实话告诉你吧,我不是不给你,只想逗着你玩几天,没想到你到法庭告我!"

  老蜗牛站起身说:"好,你给吧,我不告了,咱们这就回去!"

  邢屠子笑笑:"晚啦。咱那一片谁都知道你把我告了,我倒要陪你在这里玩玩,看法庭能把我怎么样!"

  老蜗牛叹口气,复又蹲下了身:"好,那就等着法庭处理吧。"

  八点到了,吕法官来了,他把两个当事人领到屋里开始调解。但整整一个上午过去,他的调解没有取得任何结果:邢屠子坚持说那口猪没杀,老蜗牛又提供不出他的猪已经被杀的证据。吕法官气得七窍生烟,却又拿邢屠子没有办法,最后只好让他们回去。

  邢屠子走了,老蜗牛却没走。他对吕法官说:"都说法律管用,闹了半天还管不了邢屠子呀?"

吕法官说:"老刘你先别急。屠子欠你的猪钱不会少了一分。我抽空单独找他去。"

听到这话,老蜗牛才放心地走出了法庭。

回家等了五天,老蜗牛去找吕法官问结果,吕法官却把脸拉得老长老长。吕法官说他遇上无赖了。他去老鸹岭找邢屠子,那家伙还是说那口猪没杀,就在猪圈里。吕法官问,哪口是老蜗牛的,邢屠子就指定一口黑猪说那就是。

老蜗牛一听急了,说:"这可怎么办?连你这大法官都治不了他了,这可怎么办?"

吕法官让他说得脸有些红,摆摆手道:"你先不要着急,谁说我治不了他?等我再研究研究!"

吕法官找出案卷,取出那张欠条,就皱着眉头开始研究。研究了一会儿,他的眉头突然一展,说:"好了,突破口在这里!"

老蜗牛便急忙凑上去,想看看那突破口什么样子。

吕法官指着欠条道:"你看,关键是这句话:'杀了付款'。邢屠子做了这么个圈套,就开始逗弄你。可是谁来杀猪,他并没写明。这就是说,无论谁把猪杀了,都能造成他付你猪款的条件。"

老蜗牛也听明白了,说:"对呀,就杀他一口黑猪!"

吕法官这时现出一脸的得意,说:"还是那句老话:狐狸再狡猾,也斗不过老猎手呀!"

接着,吕法官就与老蜗牛商定,明天上午就实施这一措施。他让老蜗牛找个帮忙的人,八点多钟,趁邢屠子在街上卖肉的空当,到他家里把猪杀掉。

老蜗牛问:"吕法官,你去不去?"

吕法官说:"我当然要去了,我要去现场把案结了!"

听他这样说,老蜗牛只管兴奋地点头,点得像饿鸡啄食。

当天晚上,他便找到吴兴科,让他第二天帮忙去杀猪。吴兴科开始有些犹豫,老蜗牛便许愿,等要回钱来请他喝酒。然而,吴兴科还是犹豫,老蜗牛说你怕邢屠子是吧?你不用怕,这是吕法官叫杀的。吴兴科便不犹豫了，立即找出一把杀猪刀，让老蜗牛拿回去磨快。

第二天早晨，两人走到老鸹岭村头，就远远看见邢屠子已经开始卖肉。他俩互递一个眼神，转到另一条胡同，径直奔向了邢屠子的家门。

邢屠子的院门开着，院里没有人，只有杀猪留下的一片新鲜血迹。房门虚掩着，那是邢屠子的老婆在家的迹象。老蜗牛不敢出声，就领着吴兴科蹑手蹑脚走到猪圈跟前，一先一后跳了进去。

吴兴科真是一条壮汉，他一伸手就抓住一口黑猪，牢牢摁在地上，示意老蜗牛赶快动手。然而没等老蜗牛动手，猪的叫声已经引发了女人的叫声："哎，谁在猪圈里？"

紧接着，邢屠子老婆的脸出现在圈墙上。她问："你们干什么呀？"

吴兴科说："杀猪！"

女人说："杀猪？凭什么到这里杀猪？"

老蜗牛提着刀，堂堂正正地向她说："凭什么？就凭你男人不给我猪钱！今天我帮他杀了，看他给不给！"

邢屠子老婆说："你们先别杀，俺叫俺当家的回来！"说着，就跑向了门外。

这时，老蜗牛突然有了平生从未有过的勇敢。他两手端刀，咬牙瞪眼，猛地把猪颈口上攮了个血窟窿。他怕一下子攮不死，拔出刀来又往深处攮了数下，眼看着那血喷出来，把他的衣裳都染红了。

街上传来嚷叫声。转眼间，邢屠子提刀大骂着窜进了院里。他的身后，则跟了他老婆和许多看热闹的人。

老蜗牛看见，此时邢屠子那张脸已经让愤怒弄得变了形。他趴在猪圈上看看里面的情景，立即拿刀指着老蜗牛骂道："老蜗牛，你真敢呀！你今天杀了我的猪，我现在就杀你！"

老蜗牛也用刀指向他："你杀！看你敢杀！"

邢屠子说："你看我敢不敢！"说着，他就猛地跃上墙头，随即跳了进去。然而，他的脚落到一摊猪屎上，人便一下子仰倒了。

此刻，吴兴科和猪圈外的人全都看到了这样的一幕：老蜗牛两手攥刀扑上去……等吴兴科醒过神来，去把老蜗牛抱住，邢屠子已经和那口

杀　了　173

黑猪一样，一动不动了。

邢屠子的老婆昏倒在地，其他的人也都傻了。

这时，院门口传来了吕法官的声音："怎么样？杀了？杀了就结案！"

生命线

　　肖二满早晨九点在县城下了火车，十点半又在栗子坡下了汽车。

　　下了汽车就快到家了。家离公路只有四里。肖二满下车后长长地舒了一口气，又长长地撒了一泡尿，然后将破挎包背上，把被子卷儿扛上，兴冲冲地走上了一道山梁。

　　在这里就望见了他的肖家沟。肖家沟与他正月里离家的时候似乎一模一样，秃光光的树木间散乱着一座座房屋，没有一点青气儿。肖二满知道，青气儿不是没有过，在他离家的十一个月里，那些树也曾发芽，长叶，每个枝条都蹿高一截，然后那些叶子又都落了。这些，他都没看见。但他知道，在叶生叶落间，村子也是生长着的。仔细看看，就会发现在村子的边缘处多了几处新房。另外，村子在这一年中肯定又添了人口。添了几个肖二满不清楚，但他家里的那一个是确凿无疑的。

　　老婆陈菊花早就去信说了，孩子生下来那天是六月初三，是个男孩。他接信后高兴得不得了，当天向每一个工友都作了报告，晚上还买来整整一捆白酒让大伙喝了个痛快。那天晚上他喝醉了，在工地上嘻嘻笑着四处乱跑，把两个膝盖都磕破了他也不在乎。他为什么要在乎？他已经是儿女双全的人了呀。八年前闺女平平生下时，他还有些不高兴，可老婆却说，先生个闺女好，这样还可以生二胎，过几年我再给你生个儿子！陈菊花也真是能干，说生儿子果然就生了儿子，她那肚子真不一般。

想起儿子，想起陈菊花的肚子，肖二满回家的脚步更快了。走下山梁，在一条山沟里拐过几拐，村子便到了。

已经进入腊月，街上有不少闲站着的村人。他们见了肖二满都说："哟嗬，回来啦？"

肖二满笑容满面地道："回来啦。"

"挣没挣着钱？"

"挣个啥呀，不够受罪的。"

有了这两句还不够，人们还围过来仔细询问一番。问过了，相信了，便一边叹息一边给他让出回家的路。

走到自己的家门，肖二满心跳气喘，就像那种醉酒的感觉。把门"哗"地推开，他却两腿发软走不进去，只好倚在门边等待家里的反应。

堂屋门开着。陈菊花的那张脸闪现出来，定格片刻，接着整个人从屋里冲出，一边向他跑一边嚷："算着快来家了，还真是来了！"女人跑到他跟前，抢下他手中的挎包和被子卷儿，并向他痴痴地笑。

肖二满伸手揪了一下她那胖乎乎的腮帮子，说："咱儿呢？快叫我看看！"

陈菊花抬手一指："在屋里，看去吧。"

肖二满精神抖擞起来，三步并作两步窜到了屋里。

床上，果然有一个孩子躺在被窝里。肖二满抟掌起两手，像逮小鸟一样蹑手蹑脚走过去，一下子捉牢了说："儿呵，儿呵，哈哈哈哈！"然后，他将儿子高举起来，直举过头顶。

陈菊花说："你干啥呀，看把他冻着。"

肖二满说："我看看他那杆枪！"

那杆枪就在他的面前，离他的眼睛很近很近。

肖二满一边看一边赞美："好！好！"

儿子让他看羞了，哇的一声大哭，那杆枪里随即射出一股热尿，溅了他满脸满身。

陈菊花"咯咯"笑着接去了孩子。肖二满抹着脸,吧嗒吧嗒嘴说:"哎,稀甜!"

陈菊花把孩子放回被窝,便要去给肖二满做饭。肖二满扯住她说:"忙啥呀,你就问问我带回多少钱。"

陈菊花说:"俺不敢问。"

肖二满说:"不敢问,你敢摸吧?"说着,就将陈菊花的手塞进了他的裤腰。

陈菊花在那里摸索几下,觉出了男人裤头的厚度,就问:"多少?"

肖二满说:"三千六。"

陈菊花说:"唉,一年到头撇家舍业,才这么点儿。"

肖二满说:"这三千六还差一点儿没到手呢。工头就说没钱,俺们跟他缠磨了整整一个月才要到这些。这是工钱的一半,另一半说是明年再去的时候再给。奶奶的,谁知道他明年给不给?"

陈菊花说:"那些人真是坏透了。不过,你能拿到这些钱,人也平平安安地回来,就不错了。"说罢,她就将手插到了裤头深处。

肖二满闭目大喘,自己的手也伸到陈菊花的胸前揉捏起来。他一边一揉捏一边说:"哎哟,想死你了!"

陈菊花说:"谁都想啊。"

肖二满说:"还不去把院门闩上。"

陈菊花却将手抽回去说:"不行,大白天闩门叫人家笑话,等晚上吧。"

肖二满只好摇摇头,从陈菊花那里缩回手,将裤头的暗兜撕开,把那些票子拿了出来。经过火车和汽车上的紧张守护,票子已经让汗渍得软乎乎的,且带了浓浓的裤裆味道。他递到陈菊花手里,陈菊花举到面前,抽搭着鼻子闻了闻,转身打开桌子抽屉,将钱锁了进去。

正在这时,院门口有人叫道:"二满!二满!"

两口子伸头看看,原来是村支书肖明存和妇女主任岳凤霞来了。肖二满急忙从包里掏出一盒东北烟,满脸堆笑说:"是书记主任呀,快来

生命线 177

家坐吧！"

二位村干部走进屋里，接过烟点着，却也不坐，只是瞅着肖二满打量。

肖二满让他看得心里发毛，便问："书记，主任，你们找我有事？"

肖明存说："二满，你跟岳明霞去医院吧。"

肖二满说："去医院干啥，我又没有症。"

岳凤霞说："谁说你有症啦，是你身上那个地方该割一刀啦。"

肖二满立即明白了，这是叫他去结扎。一孩上环，两孩结扎，这个政策他早就知道，也早做好了思想准备，但没想到村干部会行动得这么快，知道他回到村里，马上就跟来了。

陈菊花早在一边哭了起来。她说："二满刚回来，你们叫他在家歇两天再去不好么？"

岳凤霞说："不行，在家歇上两天，种子又撒下了。走，这就走！"

肖二满与陈菊花对视一眼，脸上都是悲苦无助的神情。

这时，门外一阵轰响，一辆大头车停在了街上。书记扯扯肖二满的袖子说："车来了，走吧。"

肖二满说："我还没吃饭呢，等吃了饭再去吧。"

肖明存说："到乡里再吃吧，大包子管你个够！"

肖二满只好跟着他们走了。

院门外，有许多人站在那里看热闹。一见他走出来，有人说："二满，一来家就去割蛋系子呀？"

还有人说："蛋系子一断，生命线就完了呀！"

肖二满打了个寒噤，觉得有一股冷风在他裤裆里飕飕地刮。他转身看看，见陈菊花正泪眼婆娑地瞅他，他的眼睛也不由地湿了。

岳凤霞捅了他一下："看你个孬样，这些年咱村割了有多少了，就你害怕！"说罢，连推加搡，将肖二满弄到车上，她自己也坐上去，便下令开车。

肖二满晃晃荡荡的，晕晕乎乎的，就随车走了。

开车的是远房堂弟落实，大头车是他的，今天显然是受雇于村里。

出了村子,他一边开车一边对岳凤霞说:"主任,眼看快过年了,你得给我结算一下车钱。又是结扎又是放环,你今年用我十几趟了。"

岳凤霞说:"没问题,过几天就给你。"

接着,他们又说起了别的事情。肖二满无心去听,他只想他自己的事儿。虽然他没回家时就知道免不了挨一刀,也知道这一刀要不了他的命,但事到临头还是害怕。要知道,他活到四十岁,还从来没人给他在身上动刀子呢。一想到刀子,他裤裆里的冷风刮得更猛。

到了乡驻地,岳凤霞说天晌了,先吃饭吧,落实便把车开到了一家饭店门口。三个人下车到里面坐下,岳凤霞果然要了三盘大包子。就着蒜瓣儿,她和落实吃得满口流油。

但是肖二满吃不下去。他仿佛看见医院里的大夫此时正瞄准了他的生命线,磨刀霍霍。于是,感觉到自己的两条生命线正一抽一抽地痉挛不止。这时,他脑子里突然闪出了逃跑的念头。他想借口去解手,一跑了之,让那大夫爱割谁割谁去。然而,他一想到岳凤霞的厉害,又打消了主意。这个岳凤霞,别看长得又小又瘦,可她劲头很大,跑得也快,这些年来搞计划生育从没有人跑出她的手心。去年她送肖明福来结扎,肖明福说要解手,撒完尿窜出茅房就跑。哪知岳明霞一直在外面等着,几步就追上去把他摔倒在地,让他乖乖地上了手术台。岳凤霞这种能耐早已让上级知道,县里年年奖励她,说她是计划生育先进个人。

看他不吃,岳凤霞在一边说话了:"你不用这么怕。打上麻药,几下就弄完了,一点儿不疼。过七天伤口长好,你跟陈菊花爱咋弄咋弄,比原先还有劲儿。"

落实笑着说:"你怎么知道比原先还有劲?俺大哥也没挨过刀。"

岳凤霞伸手拧他一下说:"就是有劲儿,就是有劲儿,这是真理!"

听她这样说,肖二满也忍不住笑了一下。既然是真理,那就没有怀疑的必要,于是就把一个包子吃掉了。

第二个却怎么也吃不下了。此时岳凤霞和落实已经吃饱,看看他这样子,就付了包子钱,带他走了。

到了乡医院,大夫们都回家吃午饭去了,他们等了老大一会儿,才等到了上班的点儿。岳凤霞领肖二满找到一个男大夫说:"姜大夫,又给你送来一个。"姜大夫打量一下肖二满,说:"好哇,填单子吧。"岳凤霞于是就填单子,姜大夫则向着里屋叫道:"小吴,备皮!"

一个小伙子走出来,打手势让肖二满进去。肖二满浑身颤抖,下意识地捂着裆间止步不前。岳凤霞推他一把道:"看你吓得,真是个孬熊!"

肖二满只好走了进去。小吴让他到手术台上躺下,撕下他的裤子,接着拿过一把剃须刀,一手扯着他的那东西,一手给他刮起毛来。刮完了,又拿一种凉冰冰的液体给他擦。擦罢,就拿来一个针管子给他攮上了。在攮的过程中,肖二满疼得"哎哟哎哟"地直叫。小吴说:"你不用叫,马上就觉不出疼了。"

片刻后,肖二满果然觉得那儿发木,不再有疼感。这时姜大夫过来了。肖二满知道他是要动刀子了,索性将眼闭上,由着他收拾。他听见那些铁家伙与盘子一阵阵碰响,也感觉到姜大夫紧挨着他动来动去。

过了不长时间,姜大夫走到墙角洗起手来,小吴则扳着他的腿给他穿裤子。他欠起上身看看,自己的腿间多了一包白白的纱布。他明白,自己的生命线已经被截断了,永远地截断了。他抽搭一下鼻子,两颗泪蛋子从眼眶里滚了出来。

小吴把他的裤子穿好,扶他下了手术台,去了外屋。岳凤霞还在那里,她等姜大夫在一张单子上签了字,拿过来装进兜里,转身对肖二满说:"走吧。"

见她并不来扶,肖二满只好自己向外头走去。他大叉着腿,一步一步慢慢走到了外面的大头车那儿。

车开回村里,开到肖二满的家门,岳凤霞对跑来迎接的陈菊花说:"宣布一条纪律呵——你们七天内不能同房!"说罢将肖二满扶下车来,交给了陈菊花。

陈菊花把肖二满扶到屋里躺下,扯着他的裤腰说:"我看看。我看看。"肖二满说:"看什么看,再看也是断了。"陈菊花便不看了,说:"我给你煮鸡汤去,我把鸡已经杀好了。"转身就去了锅屋。

肖二满知道，从今天开始，他要像女人那样坐月子了。不光老婆要好好伺候，连亲戚朋友都要带了东西前来看望。这是农村里早就兴起的规矩。想想也是应该：好好的生命线截断了，这身子还能不亏？既然是吃了亏，那么享受一下家人的伺候和亲朋的探望，也是顺理成章的，完全应该的。

　　所以，在陈菊花端来鸡汤，用汤匙一口一口喂给他的时候，他喝得心安理得。

　　喝下一碗鸡汤，吃下一个鸡脯之后，肖二满的娘端着半瓢鸡蛋来了。老太太站在床前问："扎啦？"

　　肖二满说："扎啦。"

　　"疼不？"

　　"疼啊。"

　　老太太的眼里便有泪花闪动。她上前给儿子掖掖被子，说："可别跑了风受了凉。要是落下症候，你下半辈子就遭罪了。"

　　肖二满的鼻子便有些酸楚。他想，到底是自己的亲娘，说起话来句句砸到心尖子上。唉，我一年没在家，回来还没顾上看她呢，她倒先来看我了。她还端了半瓢鸡蛋，这一定是她平时不舍得吃攒下的。

　　想到这里，他让陈菊花到挎包里找出一包糖蛋，让娘拿着。老太太推辞不要，说："留给孩子吧，我吃一块尝尝就行啦。"说着就摸出一块剥了，放进已经没牙的嘴里"咂咂"地吮。吮过几口，又从嘴里拿出来，捏在手上去逗弄孙子："来，吃糖蛋，吃糖蛋。"陈菊花皱着眉头说："他这么小怎么吃？快拿走吧！"老太太便将那块糖又填到自己嘴里，继续"咂咂"地吮。

　　老太太坐了一会儿，便起身要走。肖二满急忙示意陈菊花，让她把那包糖拿给娘，老太太还是坚决不要，与儿媳推来让去。肖二满在床上急了，大声道："不就是一包糖嘛，这是谁跟谁呀！"听儿子这么说，老太太才把糖接过去，拿着走了。

　　过了一会儿，肖二满的哥嫂来了。嫂子怀里抱了一只黑毛肉食兔，一进门就嚷："他叔，你坐月子，俺没有别的给，给你个兔子杀肉吃！"

陈菊花把兔子接过去，放到一只篮子里，说："哎呀，不就是结个扎嘛，还叫您送东西来。"

嫂子说："这可不是小事，得好好养着。你哥那年扎了，没上心养好，现在一到阴天下雨就疼。"

陈菊花对肖二满说："听见了么？听见了么？咱可得好好养着！"

等哥嫂坐下，肖二满便问他们今年养兔养得怎样。哥哥说，不好，今年价钱跌了，到年底算算账，差点赔本。哥哥接着问弟弟在外头挣钱是多是少，肖二满如实以告。兄弟俩于是齐声慨叹，唉，在哪里挣钱都不容易。

哥嫂坐一会儿走了，陈菊花送走他们，回来对肖二满说："他们结扎的时候，咱送了一个老母鸡，还有三斤油条。轮到咱们了，他们光送一个兔子。他们两口子吃秤磅拉铁丝，玩细活儿。"

肖二满说："就是，兔子肉也不好吃，连个营养也没有。"

陈菊花说："没营养咱就不吃，反正他不送鸡别人还有送鸡的。明天我把兔子抱给孩子他姥娘，叫她杀了吃，顺便叫她知道你这事儿。"

肖二满说："送个讯儿也好。他姥娘知道了，肯定会告诉他大姨他三姨。"

这时，闺女平平放学回来了。他一放下书包就朝床边扑："爹，爹，你可回来啦！"

看见闺女一年中又长高了一截，肖二满心里高兴，拿手摸着她的小脸说："回来啦，回来啦。"

平平问："爹你为啥躺着？你怎么啦？"

陈菊花说："你爹结扎了。"

平平问："什么是结扎？"

肖二满急忙抢过话茬儿说："就是肚子上长了个疖子，叫医生动手术割去了。"

平平点点头："噢，是这样呀？"

晚上，陈菊花把中午吃剩的鸡热过，端了上来。平平吧嗒着小嘴垂涎三尺，陈菊花却只给闺女盛了两只鸡翅子。她说："女孩子家吃鸡翅子好，吃了鸡翅子会梳头！"平平便端过碗去，安心地啃起了那两个鸡翅子。肖二满接过满满一碗鸡肉，欣慰地道："平平懂事了，不孬。"

九点来钟，平平做完作业睡了，陈菊花给儿子喂过奶，便拱到了肖二满的身边。她伸手在肖二满的胸脯上摸来摸去，喘气也越来越急。肖二满突然叫唤了一声，接着用手捂住了腿间。他说："不行不行，你快到平平的床上睡去。"

陈菊花便抱着儿子去了平平的床上。她一边脱衣一边骂："村干部一个个都不长人肠子！男人一来家就给逮去动刀子，他们伤八辈子天理！"

早晨起来，伺候一家人吃过，陈菊花便把儿子抱给婆婆，拎着那只黑毛肉食兔去了五里外的娘家。到那里说了肖二满结扎的事儿，老太太说："这可不是小事，我赶紧捎讯儿给你姐你妹妹，明天一块儿都去你家看看！"

听娘这么说，陈菊花在那里坐了一会儿便回来了。她对肖二满说："行啦，讯儿捎到了。"肖二满说："那咱得预备预备，你去割几斤肉等着。"

第二天上午，丈母娘早早来了。她拎了一笼子挂面，还提了一只母鸡。她说已经托人告诉老大老三了，让她们今天都来，各自从家里往这走，中午前聚齐。肖二满躺在床上说客气话："哎呀哎呀，还用你们都来。"丈母娘说："不来怎的，这又不是小事。"说罢，她便走到另一张床边逗外孙去了。

过了一会儿，小姨子陈荷花从十里外的戚家官庄来了。她把自行车在院里插下，把后座上的笼子解下，一进屋就冲着肖二满笑："这回老实了啊。"

姐夫小姨，见面扯皮。肖二满就爱跟小姨子开玩笑，现在听陈荷花这么说，立马接过话茬道："老实不老实，你试试嘛。"

陈荷花将带来的一袋奶粉向他脸上一掷："放你的驴屁！"

肖二满接过奶粉，哈哈大笑，心中充满了愉快。

这时，陈菊花早已和好面，拌好了馅子，母女三个就围在一起包起了饺子。待把饺子包完，陈荷花看看墙上的表说："已经十二点了，俺大姐怎么还不来？"

老太太说："再等一会儿吧。"

然而一直等到午后一点钟，还是没见大姐露面。早已放学回家的平平说，再不吃饭上学就晚了，陈菊花才决定不等了，端起饺子去锅屋里煮。煮好了，肖二满接过陈菊花递来的一碗，倚在床头一边吃一边说："他大姨是怎么回事？"

丈母娘说："也许讯儿没捎到，我回去再找人捎。"

吃罢饺子，丈母娘和小姨子便走了。肖二满对陈菊花说："你看看，他姥娘把讯儿没捎到，咱还得待两回客。"

陈菊花说："不就是一碗饺子吗，明天再包就是。"

次日也就是肖二满做手术的第四天上午，陈菊花又早早地剁起了馅子。可是，一会儿等来的却不是他姐陈杏花，而是肖二满的姐和姑。这两个女人一个是马家坡，一个是黑松沟，都是接到肖二满的娘捎的讯儿才赶来的。几个女人一起把饺子包好后，肖二满对陈菊花说："你叫咱娘过来一块儿吃。"陈菊花就去后街把婆婆喊了过来。

这时已经十二点了，陈菊花看看表，再看看门外，却迟迟不下饺子。后来闺女催得急了，她才去锅屋生火烧水。

吃过饺子，肖二满等到三位亲人都走了，生气地对陈菊花说："到底是怎么弄的，你姐今天又没来！"

陈菊花说："也许咱娘没找到捎讯儿的，明天等等看吧。"

第五天上午，陈菊花剁好馅子，又有两个亲戚进了门。她们一个是肖二满的姨，一个是他的姨家表妹。老姨来看望这是在意料之中的，但肖二满没想到已经出嫁的表妹还会来看他。所以他很感动，半躺在床上老是咧着嘴笑。

奇怪的是，这一天还是没见大姨子过来。

送走客人，肖二满说："该来的亲戚都来了，连可来可不来的姨家表妹都来了，就你姐还不来！"

陈菊花说:"也真是蹊跷,难道讯儿还没捎到?"

肖二满说:"明天你去问问他姥娘,讯儿到底怎么捎的。"

陈菊花说:"急啥,再等等吧。"

然而,第六天没有等到,第七天还是没有等到。

第七天晚上,肖二满摸摸伤处,已经完好如初。于是,他就撕掉纱布,与陈菊花快活起来。由于体内积攒的是一年的能量,所以做得特别猛烈,特别用力。做完,肖二满觉得伤处隐隐作痛,说:"不行,生命线到底是断啦,比不上从前啦。"陈菊花说:"那咱们今后可得小心。"

歇过片刻,肖二满说:"都七天了,他大姨还不来,这算啥事儿!"

陈菊花说:"就是,明天我去问问他姥娘。"

第八天上,陈菊花吃过早饭就去了娘家。她问娘讯儿到底捎没捎到,娘说:"哎呀,我不光捎了讯儿,前天还去了一趟。"陈菊花问:"那俺姐是咋说的?他怎么不去俺家?"老太太道:"你姐说,你姐夫在南方打工还没回来,家里离不开。"陈菊花说:"不就八里路吗,又不是隔县隔省。"老太太说:"我也这么劝她,可她又说,不就是结个扎吗,还用得着去看?"陈菊花顿时火了:"这是说的什么话!结扎是小事吗?人家那些亲戚都去了,就她不去,算什么亲姐姐?"老太太没话可说,只是一声声叹气。

回到家里,陈菊花便跟肖二满说了她姐的态度。肖二满跺着脚骂道:"陈杏花,你这个没良心的女人,你猪狗不如!我这生命线都断了,你还不当一回事,你算什么亲戚?你不来不来罢,从今往后咱跟你一刀两断!"

陈菊花却说:"不能断,断了就叫她占了便宜了。"

接着她就数算起来:这些年两家历次来往,她送给姐什么东西,姐又送给她什么东西。算来算去,是她送给姐的东西偏多。如果两家断了,吃亏的肯定是她。

肖二满说:"那咱们怎么办?"

陈菊花说:"咱想办法弄她个难看。"

肖二满说:"对,对,弄她个难看!"

生命线　185

两口子就商量起来。肖二满说:"她不是不来看咱么,那咱们就去看她。明天把亲戚送的老母鸡提两只去,看她脸往哪里搁!"

陈菊花说:"这个办法好,这个办法好。"

过了两天,肖二满觉得走路已无大碍,便决定实施他的计划。这天陈菊花把孩子送给婆婆,肖二满把老母鸡捉了两只拴在车把上,两口子便上路了。出了村子,肖二满要陈菊花坐到后座上去,陈菊花却说你身子虚,还是我带你吧,说着就抢去了车把。肖二满坐到后座上,看看陈菊花在前边深弓着脊背蹬车的样子,不禁感慨地说:"真是一娘生下几等女。你陈菊花心眼儿这么好,可陈杏花却是个冷血动物!"

八里路走完,橡树庄便到了。两口子觉得自己是正义之师,真理在握,进陈杏花的家门时都把胸脯挺得老高,雄赳赳气昂昂。

陈杏花见了他们,脸上很不自然,说:"你俩怎么来啦?"

肖二满说:"前几天结了个扎,没顾上来看你,现在好了就来啦。"

陈菊花把车插下,把鸡解下,扔到堂屋门口说:"亲戚家给的鸡吃不了,这两只给你。"

两口子偷眼瞅瞅陈杏花,发现她的脸色十分难看。在随陈杏花往屋里走时,两口子交换了一个得意的眼神。

陈杏花给他们沏上茶,坐在那里不说话,只是一声一声叹息。肖二满和陈菊花故意不说话,也不喝茶,把屋里的空气搞得十分凝重。

陈杏花可能觉得这空气受不了,红着脸说道:"你们先坐着,我去前街割肉。"说罢就起身离去。

等她出门以后,肖二满转了转眼珠,对陈菊花说:"走,咱们回家!"

陈菊花说:"这就走呀?"

肖二满说:"这时候走最好了,咱饭不吃她一口,茶不喝她一口,看她回来难受不难受!"

陈菊花点点头:"这主意好,二满你真有心眼儿!"

说罢,两口子就到院里推上自行车,扬长而去。

一路上,两口子十分兴奋,他们你一言我一语,在猜想着对陈菊花的打击效果。

"你说她回来不见了咱们,会不会哭?"

"她肯定要哭,她不哭才怪哩。"

"她后悔不后悔没去看咱?"

"她肯定后悔,不后悔才怪哩。"

"叫她哭吧。"

"叫她后悔吧。"

"真解气!"

"真舒坦!"

……

两口子回到家,这兴奋劲儿还一直保持着。家里虽然没有鸡可杀了,中午他们吃的是家常便饭,但他们吃得比任何时候都香。

在以后的日子里,肖二满没有事干,也像别人那样到街上闲站。有人问他,生命线断了的滋味怎样,他说:"不行啦,比以前差远啦。"众人便哈哈地笑。有人劝慰他:"断了断了吧,反正你已经儿女双全了。"肖二满点头道:"就是,就是。"

但肖二满明白,儿女双全也意味着他的责任倍增。他今后必须想办法挣钱,好好地撑起这个家来。于是在街上闲站的时候,每当有打工者回村,他都要问人家挣没挣着钱,收集对他有用的信息。

然而,他收集的信息大都是负面的。那些打工者在外面拼干一年,回来时腰包都不丰实,最倒霉的还叫工头骗了,连一分钱也没能拿回家。这些信息让他焦虑,愤怒,他有好几次在街上破口大骂:"日他奶奶,怎么就不给庄户人活路呢!"

这天他又在街上站着,见一个中年汉子推着自行车进了村,走近了才发现是他的连襟、陈杏花的男人山世常。他想,看来山世常从南方回来了,今天肯定是来替他老婆赔礼道歉的,于是高高兴兴地迎上前去招呼,高高兴兴地领他回家。

看见姐夫来了,陈菊花喜笑颜开,急忙去帮他插车解篓子。看看篓子里,又是酒又是点心,她说:"姐夫,你来空着手就行了,还带这么

生命线 187

多东西干啥？"

山世常说："干啥，还债呀，谁叫俺欠了你家的呢！"

两口子对视一眼，异口同声说："这说到哪里去了，这说到哪里去了。"

到屋里坐下，山世常点上烟，喝两口茶，这才笑一笑说："我昨天回到家里，听杏花说了你们生气的事儿。其实，你们是不知道我的事儿，知道了也就不会生气了。"

陈菊花问："你的事儿？你有啥事儿？"

山世常摇头叹息："唉，实在不好意思说呀。"

经肖二满和陈菊花再三追问，山世常才讲了他在南方干的事情。原来他春天到了那里以后，找了多日也没找到自己能干的活儿。这天他在劳务市场上转悠，忽然有个人跟他商量，愿不愿替人去结扎，愿意的话可挣两千块钱。他一听这不是小数，心想反正家里已经有了个儿子，上级也不让再生了，就答应了，跟那人到了乡下一所医院，挨了一刀。等到养好了伤想想，这钱挣得容易，索性一不做二不休，专干这活儿算了。到农村打听一下，果然有一些阔佬摊上了结扎任务却怕挨刀子，就花钱找人替。他这一年下来，已经给人替过五回了。

两口子听得目瞪口呆。陈菊花说："怪不得俺姐不来看呢，怪不得她说不就是结个扎嘛，原来在你那里成了家常便饭了呀！"

山世常说："你姐心里难受，又不好意思跟人说，就叫你们生气了。"

两口子齐声说道："不生了，这回不生了。"

肖二满下意识地摸了一把腿裆，问道："他姨夫，你一回回替人家，医生就看不出你已经割过了？"

山世常说："咳，我给人家先把这情况说明白，人家就去把主刀医生收买好了。等我上了手术台，医生瞎鼓捣一阵子，最后在单子上签个字就完了。"

肖二满又问："你去医院，没有妇女主任跟着？"

山世常说："不跟，只要拿回单子交到村里就行。"

陈菊花在一边问:"姐夫,你一回回地挨刀子,就不怕疼?"

山世常说:"怎么不怕?可是一想到钱,想到这钱能养家,以后还能给儿子盖屋娶媳妇,就不怕了。"

肖二满听了这话,频频点头。

山世常吐出一口烟,瞅着肖二满问:"你愿不愿意也干这行?愿意的话,过了年咱们一块儿走。"

陈菊花立即瞪眼道:"俺可不叫他去!太吓人了!"

肖二满看看老婆的脸色,笑道:"好好好,咱们不去。菊花,你快到街上割肉去,我今天得跟他姨夫好好喝一气儿!"

陈菊花走后,连襟两个又深入探讨了一些事情,等到陈菊花割回肉,做好菜,二人喝了个酩酊大醉。醉后,两个男人互指着对方的腿裆想说什么又说不清楚,只是一个劲地傻笑。

过了年,正月初六,连襟俩一块儿登上了去南方的火车。

针刺麻醉

足三里。

上巨虚。

两根32号银针，先后扎在了周翻身的右腿上。

麻醉师刘四春看一眼站在旁边的护士小徐，示意她坐下来。小徐已经跟着刘四春学了半个月针刺麻醉，此时立即会意，急忙坐下，伸出两只小白手，将两根针分别捏住。

刘四春又去扎维道穴。他用右手从护士小王端着的盘子里摸起另一根银针，左手就摸向了周翻身的下腹部右侧。

取足三里、上巨虚、维道三个穴位扎针，刘四春已经十分熟练了。他在自己的身上试验了五回，在周翻身的身上试验了三回，每一回的效果都还可以。昨天再给周翻身做试验的时候，外科主任孙保国用止血钳在他腹股沟区的皮肤上夹了几下，这个二十三岁、面色焦黄的贫农青年连声说：不疼，不疼，就跟蚂蚁叮了几下似的！大夫，您快给俺开刀吧，俺要给毛主席争光！看那样子，针刺麻醉的效果和病人的主观能动性都达了预期的效果，因而医院决定今天让周翻身正式上手术台。

周翻身的病是右腹股沟斜疝。五天前，他让父亲周老三用手推车从乡下推来，裤裆里鼓鼓囊囊像藏了一个大葫芦，自己用双手托着进门诊室，步履蹒跚满脸痛苦。周翻身自诉：两个月前他在生产队里挑粪，由于装得太重，往上一起的时候只觉得大腿根部突然一疼，蛋就一下子大了，也不知装了什么东西。他疼得就地躺倒，歇过一会儿，蛋才恢复如初。别人说，这是得了疝气，肠子漏到了蛋里。从那以后，队长就不让他干重活了。可是他这天参加大队召开的批判会，批判本村地主分子，因为特别愤怒，喊口号用力过猛，结果病又犯了。他在会场上躺了半天，蛋一直大着，疼得受不了，父亲周老三只好把他送来了。接诊医生建议住院动手术，周老三立即同意，说就是砸锅卖铁也得给儿子治病，不然的话，娶不上媳妇绝了后，地主分子还不看他的笑话？这时，刘四春刚从北京学习归来，院领导想尽快选择病号实施针刺麻醉，刘四春到外科病房了解一番，就选定了周翻身。因为北京专家讲：搞针刺麻醉，患者的配合至关重要，最好能选择那些出身好、觉悟高，能够把配合针刺麻醉手术当做政治任务去完成的病人。刘四春把自己的想法向杨院长做了汇报，杨院长亲自上阵，和刘四春一起去周翻身的病房做思想工作。杨院长说：周翻身，我一听你这名字就知道你出身好。周老三抢过去说：当然喽。俺家八辈子都给地主扛活，搞了土改分了地，俺才结婚，不然俺哪里会有儿子！杨院长说：老周你知道吗？"文化大革命"开始后，新生事物不断涌现，针刺麻醉就是一项。针刺麻醉现在已经轰动了全世界，许多国家都跑到中国来学，可给毛主席争光啦。周老头说：是吗？什么是针刺麻醉？孙保国说：就是开刀不用麻药，在身上扎几根针就成。躺在病床上的周翻身把眼瞪圆道：那是不是很疼？杨院长指着刘四春说：不疼不疼！刘大夫刚从北京学习回来，在那里参加了好多手术，不信你问问他！周家父子就把目光投向了刘四春：真的？刘四春却迟迟疑疑不肯回答。此时，杨院长皱起眉头去看刘四春，刘四春才说：是的，不疼。杨院长说：听见了吗？不疼。这是奇迹，是毛泽东思想照耀下的奇迹！周翻身同志，你愿不愿让这样的奇迹在咱们县也出现？周翻身说：院长，你的意思是，给俺开刀也那么弄？杨院长说：是，希望你积极配合。周翻身就将嘴咧向一边，咝咝地抽凉风。周老头看着儿子吼了起来：看你那熊样儿，像贫雇农的种吗？这是给毛主席争光，疼一点儿也得忍着！周翻身这才将嘴摆正，不再抽凉风，送出一个硬邦邦的字来：中！杨院长又说：鉴于第一次搞针刺麻醉，医院决定免除周翻身的手术费用。周家父子听了这话，都是喜色满脸，两张嘴里吐出了一长串的"中"字。

在周翻身的侧腹部，髂前上棘的前下方，五枢穴前下半寸，刘四春确认了维道穴的所在。他用左手拇指指甲掐住穴位，右手捏针欲扎。这时，窗外突然传来"咣"的一声大响。刘四春知道，那是谁在手术室外面失手敲响了铜钹。杨院长已经组织好一支队伍，写好了大红喜报，此刻正在外面等着，手术一旦成功，就要在杨院长的带领下去县委报喜。想到这里，刘四春觉得，那根细如牛毛的毫针一下子重若千斤，手便抖了起来。站在旁边的杨院长看见了他的样子，小声道："四春同志，镇定！"

刘四春直起腰来，镇定一下自己，将针扎进了维道穴。他示意一下小徐，开始了手术前的"诱导"阶段。二人都用拇指、食指、中指共同持针，将无名指压在穴位上，一边提插一边捻转。周翻身躺在手术台上，为防止他看到肚子上的手术过程，刘四春已在他胸前挂了个布帘子。刘四春隔着布帘子问：周翻身，你得气了吗？周翻身说：还没得气。"得气"是针灸术语，意思是有没有酸、麻、重、胀的感觉。在几天来的准备过程中，周翻身已经听懂了这个词儿，体会过那种滋味。刘四春听他这样说，向小徐使了个眼神，两人将提插捻动的幅度加大。

还没得气。刘四春想到周翻身的回答，一边继续操作，一边不由自主地吐出了一口长气。他低头看看周翻身裸露着的小腹，心想：疝修补，这是多么简单的一项手术呵，只需局部麻醉即可。用什么药，在哪里注射，刘四春甚至是闭着眼睛都能完成，而且保证麻醉程度深浅适中。不只是这类手术，即使一些开颅开胸的大手术，只要是他当班，他也是成竹在胸，稳操胜券，让主刀医生们十分放心。因此，他早就是全县卫生界公认的第一麻醉医生，被人们称作"刘大麻"。然而，他现在脑子里却闪过一个问号：为什么偏偏让我放弃驾轻就熟的药麻，采用没有十分把握的针麻呢？

当然，这个问号只是一闪而过。杨雷院长已经多次向他讲明问号的答案：针刺麻醉的政治意义重大，我们县一定要把它搞起来。杨院长是去年被县委派到县人民医院任职的，此前是县委宣传部副部长。他这人特别讲政治，上任后第一次召开全院干部职工大会就讲：听诊器上有政治，手术刀上有政治，医院的一切一切都离不开政治。此后，他实行了一系列体现政治色彩的措施：病人就诊要按阶级出身排队，谁出身好谁排前头；住院要按阶级出身安排病房，谁出身好谁优先入住；医生护士再忙再累，每天都要提前半小时上班搞政治学习，每星期要写一篇学习毛主席著作的心得体会，每月写一篇大批判文章。与此同时，杨院长还对上边的政治动向特别注意，对于卫生战线上的新生事物，报纸广播上宣传什么，他就在本单位学习什么。去年他见报上讲，外省有个医疗单位用针灸治疗聋哑症，让多年的哑巴喊出了"毛主席万岁"并高唱《东方红》，他就派本院懂针灸的戚宗茂大夫去学习了一段时间，回来后举办了"用毛泽东思想统帅的新针疗法学习班"，找来十几个聋哑人，天天给他们下针。结果，鼓捣了一个多月，也没有一个聋哑人开口说话，杨院长只好悄悄把学习班解散了。几个月前，他把刘四春找去谈话，将一大摞报纸拿给他看，说：老刘你看，新华社早已报道了，中国医务工作者和科学工作者成功创造了独特的针刺麻醉技术，这是毛泽东思想在医疗卫生战线上的伟大胜利，是无产阶级文化大革命的辉煌成果。我听说，今年美国总统尼克松访华，一位随行记者突患急性阑尾炎，中国医生用针麻给他实施了手术，大获成功，所以尼克松总统特地提出要参观一回神奇的针刺麻醉。他参观之后，回到美国一讲，立即轰动了全世界，各国友人来参观的，学习的，开刀治病的，已经络绎不绝。现在，全国许多医院都在学习采用针麻技术，咱们县也不能落后，一定要让毛主席医疗卫生路线的成果在咱们县放射出灿烂光辉。老刘，考虑到你是共产党员，麻醉技术又非常过硬，院党委决定派你去北京学习这项技术，赶快把这项业务开展起来。刘四春听了这些话有些犹豫，说：院长，我搞了十多年药麻，已经比较熟练了，可我就怕学不好针麻。杨院长说：毛主席讲，实践出真知。你不去怎么能知道学不好？你去问问北京的那些专家,他们生下来就会针麻?刘四春没话说了,只好拿着院里出具的介绍信去了北京。

来到北京市卫生局,卫生局把他介绍到了东城区的一家医院。到了那里才发现,全国各地来学习针刺麻醉的人太多太多。上课时,礼堂坐得满满当当,连过道里都坐了人。学员们一个个高竖着耳朵,瞪大了眼睛,仔细地听着,拼命地记着,人人都抱了崇高的目的,仿佛是要接了革命的火种,回到本地点燃。针麻适应范围广;针麻使用安全;用了针麻,患者手术后身体恢复得快;针麻简便易学,容易普及,特别适合农村和山区,符合战备要求……优越性一条一条,让学员们心情激奋,跃跃欲试。经络常识、扎针要领、穴位选取、刺激方法……具体的业务知识多而又多,学员们拼命地记录,累酸了手腕。光是什么病选什么穴这一项,刘四春就密密麻麻记了半本子。然而,真正的实践却是少之又少,学员们连给患者扎一针的机会都没有,只好在自己身上反复试验。自己扎,相互扎,学员身上的常用穴位都被扎遍。观摩手术也有过几次,但因为人多,离得远,看得并不真切。

快要结业的时候,刘四春有了一个万分难得的机会:又有一批外国人来参观针刺麻醉,刘四春和另外九位学员作为代表也到现场观摩。那天是一台胃大部切除手术。医院针麻攻关组秦组长通过翻译向外国人讲,最初做这项手术要扎四十个穴位,他们用毛主席的光辉哲学著作《实践论》和《矛盾论》为指导,抓主要矛盾,不断摸索实践,将扎针穴位越减越少,从四十个减到三十二个,再从三十二个减到十六个,十二个,七个。现在呢,只用一个穴位可以了。讲到这里,外国人和学员们都极其惊讶。中国学员们光惊讶不说话,外国人却七嘴八舌地提出疑问,说你们扎一针就开腹切胃,那是手术?魔术?还是巫术?听到外国人这样讲,刘四春紧张得不行,浑身都在发抖。秦组长却微微一笑,说:尊敬的朋友们,你要看到的不是魔术,更不是巫术,是以毛泽东思想为指导的、以科学为依据的真正的手术!说罢,他将手一挥,手术就开始了。果然,针麻医生只在患者左手的合谷穴上扎了一根针。等到患者说已经得气,主刀医生就利利索索地操刀开腹。在手术过程中,参观者都屏住呼吸，连眼睛都不敢随便眨，仔细地看着医生护士们的动作和患者的反应。刘四春看得清清楚楚，那是个三十岁左右的男病人，在整个手术过程中神志清醒，表情平静，连眉头都没皱一下。麻醉医生有几次问他：疼不疼？有什么感觉？他声音清晰地回答：不疼！没有感觉！等到手术结束，一撤掉手术单，患者脸上出现了动人的微笑，连喊了三声"毛主席万岁"。在场者喜笑颜开，就连外国人也和医生们热烈握手，表示祝贺。接着，患者被送回病房，其他人去会议室开座谈会，庆祝毛主席革命路线的又一次伟大胜利，欢呼"文化大革命"的又一丰硕成果。院领导讲话祝贺，秦组长介绍怎样在毛泽东思想指引下攻克难关。然而到了最后，一个日本人站起来，当众伸出胳膊，展示他手腕上的几道红印和几个又深又青的指甲印。他说：你们知道吗？手术中我走近手术台，无意中碰到病人的手，他就一下子攥住了我，长时间不肯松手。隔着布帘，患者不知道我是谁，但我的手腕却成了他转移疼痛感的一个物件。你们看，这些指甲印就是他掐出来的！所以说，我钦佩中国同行在针灸术上的发展，更钦佩这位患者的坚强意志！这时，医院领导和医生们都很尴尬，但他们不做反驳，只是一遍遍振臂高呼：毛主席万岁！毛主席的医疗卫生路线万岁！……这件事对刘四春触动非常大，他回到宿舍不吃不喝，通宵失眠，耳朵一直响着那个日本人的话。他想，要说针刺麻醉一点儿不起作用，那绝对不是事实，不然，今天的手术根本不可能完成。然而，只扎一针就开刀，这种做法的确叫人担心和生疑。他无论如何也想不通：本来要下四十多针的一项针麻手术，为什么非要减到一针。多扎几针，让病人少一点儿痛苦不是挺好吗？想来想去，他明白了一点：目前在全国兴起的针麻热潮，真正的目的不在于治病救人，而是为了政治。拿今天这台手术来说，医生只扎一针就开刀，患者忍受着剧痛配合手术，其实是在共演一台戏——一台给外国人看的政治戏。明白了这一点，刘四春十分痛苦，学习的积极性大大降低，再上课的时候，他都是心不在焉，听若罔闻。

有一天，他破例没有听课，独自去了医院的外科，与一个搞麻醉的同行谈起了针刺麻醉。那位同行看看旁边没人，压低声音说：坦率地讲，针刺麻醉目前还在实验阶段。虽然针麻攻关组早已公布了结论，说针刺穴位可以促进人脑和脊髓释放5—羟色胺、内源性阿片肽等化学物质，从而产生镇痛作用，但从临床情况来看，不是所有的手术都可以使用针麻，也不是所有的患者都适宜于针麻，而且，针麻效果还远远不够理想，尤其是有三个难关还没有完全突破：第一，镇痛不全；第二，肌肉紧张；第三，内脏牵拉反应。这三点，就连攻关组的秦组长在私下里也是承认的。刘四春说，既然还在实验，那为什么要大张旗鼓地宣传，并且在全国推广？那位麻醉医生笑道：政治需要嘛。刘四春摇摇头，心里非常沉重。

那天，刘四春还向那位麻醉医生求证了一件事情：尼克松访华时，是不是有一位随行记者在北京采用针麻切除阑尾。那医生说，这件事他很清楚。那个美国记者叫罗斯顿，在尼克松访华之前被《纽约时报》派往中国采访。他在采访中得了急性阑尾炎，在反帝医院，也就是原来的协和医院接受了阑尾切除手术治疗，但用的是药麻，不是针麻。手术后的第二天晚上，他腹部难受，该院针灸科的医生在征得他的同意后，给他下了针，为他消除了病痛，而且以后再没有复发。这位记者回去后写了一篇文章，专门讲这件事情。可是在中国，这件事就被传得神乎其神，说那记者动手术用了针麻，让尼克松都佩服得五体投地。说到这里，那位麻醉医生笑了一笑：其实，编造这种神话，是为了麻醉中国人自己。这句话，更给了刘四春强烈震撼。

刘四春虽然学的是西医麻醉，但他对中医中药是信服的。他五年前害起了胃疼，吃了许多西药都不见效，最后转吃中药才得以痊愈。他的妻子，生下第三个孩子之后气血不调，面黄肌瘦，也是让本院一个老中医给治好的。以前，刘四春对中医针灸术曾经有过怀疑，觉得经络学说没有多少科学依据，尤其是在解剖学上无法证实。但有两件事彻底改变了他的态度：第一件，他母亲长年害偏头疼，吃药打针都不管用，最后是扎针扎好的；第二件，外科病房经常有这种事：用全麻做手术的患者，术后多因骶部神经还被麻醉着，长时间排不出尿来，最后只好插管导尿。刘四春在一本医学杂志上看到，遇到这种情况，可针刺关元、中极、曲骨等穴。他试了试，果然有效。看着患者喷射而出的尿液，他心花怒放。在北京学习的后期，刘四春却想，针灸的的确确能够治病，不过，像我看到的这样，针刺麻醉技术还不成熟，全国上上下下却都在夸大甚至神化它的作用，这到底是给中医争光呢，还是抹黑？是给毛主席争光呢，还是……刘四春不敢往下想了。

从北京回来，刘四春实事求是地向杨院长汇报了自己的所见所闻，并且特别强调针麻技术还存在问题，没有完全过关。杨院长却说：你说针麻还存在问题，那么药麻就没有问题啦？药麻搞不好也会死人哩。刘四春你要明白，你是从毛主席身边回来的，你是我们县掌握针麻技术的第一人，必须尽快组织实施，让针刺麻醉的凯歌在我们县奏响！

提插、捻动、捻动、提插……刘四春和小徐在继续操作。杨院长在一边看看表，说：差不多了吧？刘四春扭过脸，隔着布帘子问：周翻身，得气了没有？周翻身说：得了。刘四春又问：是肚子上得了，还是腿上得了？周翻身说：都得了。杨院长有些生气：那你怎么不早说？周翻身说：俺，俺有点儿害怕。杨院长说：别怕，我跟你讲过多少遍了，这样开刀真的不疼。就是疼，你也要坚强一些，坚决给毛主席争光！周翻身说：中，俺争光，俺争光，快动刀子吧！杨院长听了这话，立即走到更衣室窗子那儿，敲敲玻璃，向正在里面抽烟的孙保国做了个手势。

像许多外科医生一样，孙保国为了减轻工作疲劳，也有抽烟的习惯。他每次做手术，不抽足烟是不进手术室的。现在，他看一眼杨院长，拿掉嘴上那根一分钱一支的"丰收"牌香烟，在洗手池边摁灭，将剩下的半截烟装进墙上挂着的中山服口袋里，然后就去洗手，咳嗽，清理嗓子。等他戴好专用手套走进手术室，助手小魏立即推过器械车，站在那里等候指令。

这时，刘四春的心脏突然急跳起来。他嗅着孙保国带进来的那股烟味儿，心想，老孙呀老孙，你可别忘了我给你讲的！孙保国是一位优秀的外科大夫，他胆大心细，下刀特准，手术做得十分漂亮。但他有一条毛病：手术中对内脏的牵拉过猛，往往让患者不适。刘四春以前与他配合时，针对他的这个毛病，都要对内脏系膜等部位多作一些局部麻醉，每次都保证了手术的顺利进行。在决定给周翻身做手术时，刘四春向孙保国郑重交代，下手一定要轻。孙保国说：知道了，没问题。今天在进手术室之前，刘四春又向孙保国讲了一遍，孙保国将眼一瞪：老刘，你怎么这么不放心？这点小手术，我一手别在裤腰里也干得了！

当然，今天孙保国并没有真把一只手别在裤腰里。他习惯性地搓一下双手，去器械车上拿起一个止血钳，去周翻身那涂过消毒液因而黄乎乎的肚皮上夹一下，周翻身立即叫唤起来：哎哟！孙保国问：什么感觉？周翻身说：跟猫咬了一下似的！孙保国看一眼刘四春，将头摇了一下。刘四春向负责周翻身腿上两个穴位的小徐说：加大力度。小徐就将两手上的银针急速地提插，急速地捻动。与此同时，刘四春也让自己手中的那一根在周翻身的维道穴上跳起舞来。过了一会儿，他用闲着的左手拿过止血钳，夹了一下周翻身的肚皮，问道：现在是什么感觉？周翻身说：跟鸡啄了一下似的。刘四春示意小徐继续操作，自己的手上也功夫依旧。过了片刻，他又用止血钳夹了周翻身一下，问：这一下呢？周翻身说：疼得轻了，跟蚂蚁叮了似的。刘四春向孙保国递个眼神，点了点头。此时，器械护士将手术刀递到了他的手上。

手术室里的气氛陡然紧张起来。就连杨院长也站在那儿屏住了呼吸。周翻身感觉到了这气氛，开口问道：要开刀了是吧？要开刀了是吧？刘四春说：还没有，你别紧张。他咽下一口唾沫，接着说：周翻身，你有媳妇了没有呵？周翻身忸怩一下说：没有。刘四春说：等你的病治好了，我给你介绍一个好不好？周翻身兴奋地说：好哇！哎刘大夫，你给俺介绍个什么样的？刘四春说：俊的呗，跟小王这么俊，中不中？周翻身歪一下脑袋，看一眼站在旁边的小王，羞羞地说：中，中。小王将嘴一撇，向刘四春瞪眼道：刘大麻，你胡嗳个啥呀？刘四春笑着说：开个玩笑嘛，放松放松嘛。杨院长不满地看一眼刘四春，小声说：别低级趣味！接着，他扭过头去大声问道：小周，你在村里经常搞忆苦思甜吧？周翻身说：是。杨院长说：那你讲一讲你们家在旧社会受的苦，好不好？周翻身说：俺爹这会儿在门外边，让他进来讲吧，他讲得可好了，俺村一搞忆苦思甜就叫他讲。杨院长说：不行，他不能进来，我们想听你讲。周翻身想了想说：中，俺讲。旧社会，俺一家可苦啦，祖祖辈辈都泡在黄连水里……

就在这时，孙保国持刀弯腰，飞快地划开了周翻身的肚皮。周翻身身体抽搐了一下，停止了刚刚开始的忆苦思甜，叫道：哎哟！刘四春听他这样喊，一边紧张地操作，一边说：周翻身，坚持住，我跟你说过，不会太疼的！周翻身哼哼道：疼啊，就是疼啊。小王护士上前扶住周翻身的脑袋说：小周，坚持住！坚持住！周翻身睁眼看看悬在他上方的那张俊脸，咬紧牙关不再吭声。那边，孙保国的手一刻也没有停止，用刀子继续切割着周翻身的皮下组织，助手动作麻利地帮着结扎、止血。切口完成，周翻身的一堆肠子显现，孙保国放下手术刀，用手拨拉着肠子寻找着腹腔和阴囊之间那个不该有的破洞。此时，刚刚安静了片刻的周翻身又呻吟起来。刘四春知道，这是出现了牵拉反应，是他和小徐手下的银针管不了的，就小声提醒孙保国：轻一点儿。孙保国皱眉道：我够轻的了。继续在那里拨弄肠子。听见周翻身仍在哼哼，杨院长走过去，说：周翻身同志，咱们一起背诵《毛主席语录》，来——下、定、决心！不、怕、牺牲！排、除、万难！去争、取、胜利！杨院长一边念，一边还将拳头攥起，在周翻身脸上有节奏地用力抢着。念过一遍，他说：周翻身，跟我念呀！小王你也念！小王就跟着杨院长一起念，两手还在周翻身的额头上有节奏地一按一按。周翻身小声跟着念了两句，但疼得龇牙咧嘴，念不下去了。杨院长和小王见状，不敢停歇，一遍遍继续念着。

念过十来遍语录，周翻身终于平静了一些，五官的位置稍稍回归。杨院长一边念语录，一边去看孙保国，发现他正俯身于切口，紧张地操作。杨院长转回脸来，对周翻身说：再坚持几分钟，快胜利啦，快胜利啦。周翻身睁开眼睛说：是吗？俺就盼着快一点儿胜……一个"利"字还没出口，他突然"啊"的一声大叫，四肢同时抬起，向肚脐上方猛地一扬，仿佛那儿有一根无形的绳索突然向上拽了一下。接着，周翻身就翻了个身，滚下手术台，站到了地上。他两手撑在手术台上大声哭喊：疼死俺了！疼死俺了！这时的他全身赤裸，大腿那儿挂着两串东西，一串是肠子，一串是阳物。随着他的哭喊，阳物一下下缩短，肠子一下下延长。刘四春赶紧伸手托住肠子，喊道：快躺回去！快躺回去！周翻身哭道：俺不做了！俺要回家！爹！爹！他向门口喊了起来。杨院长吼道：周翻身你真是胡闹！咱们不是早就讲好，坚持到底不当逃兵吗？周翻身还是哭：俺要回家，俺要回家。刘四春抖抖手中的肠子说：你看看，这样能走吗？周翻身低头看了看，说：再做也行，可你得给俺打麻药！刘四春立即说：好，打麻药！打麻药！你快上去！周翻身这才掉转屁股，去手术台上坐下，在医生护士们的帮助下重新躺倒。

接着，孙保国伸手整理周翻身的肠子，刘四春则去器械车边，动作飞快地拿起了一个粗大的针管。那里面，已经装满普鲁卡因药液，是他为防止针麻失败在手术之前悄悄准备的。杨院长发现了，立即向刘四春瞪眼：刘四春，你要干什么？刘四春说：院长，只能这样了！说罢，他转过身去，将针管插入周翻身的腹腔，前后左右挪动着，将药液全部注射进去。看着刘四春的动作，杨院长将脚一跺，恨恨地说：唉，前功尽弃！说罢，气冲冲坐到了墙边的椅子上。

孙保国、刘四春和两个护士站在手术台旁边，表情沉重，像在默哀。刘四春想，刚才周翻身这么疼痛，肯定是孙保国扯动了他的精索。精索是男人身上最敏感的东西之一，即使用药物局部麻醉了还是一扯即疼，所以做疝修补手术时要千万小心。可是，孙保国这家伙还是犯了老毛病，让周翻身疼得跳下了手术台。要知道，患者疼成这样，是麻醉医生的奇耻大辱啊！所以，他顾不得多想，不理睬杨院长的阻拦，果断地中止针麻，改用药麻。

仿佛在惊涛骇浪中划着一条自己从没操作过也无力掌控的独木舟，正剧烈颠簸地地前行着，又突然换乘一条自己使唤了多年的机器船，转瞬间就平稳、平静了下来。刘四春知道，此刻那些药液正在周翻身的刀口上、肠系膜上、精索上暗暗发挥效力，过上四五分钟，手术就可以继续进行，周翻身不会再有多少痛感。他取下周翻身身上扎着的三根银针，站在那里，作为麻醉医生的感觉又完完全全找了回来。

行内人都知道，麻醉医生在医院里的地位并不高，一项手术做完后，患者和家属只知道感谢主刀医生，对麻醉医生却漠然视之。参加工作后的十几年里，刘四春几乎是天天经历着这种漠视。虽然这样，刘四春却对自己的职业深深热爱，甚至于痴迷。他经常想，麻醉药物的发明真是太伟大了，这给人类减少了多少痛苦，增加了多少生存机会呵！麻醉医生使用着这些药物，让一个个患者"睡"过去，或者局部"麻"起来，感受不到手术之痛，这是多么神奇、多有意思的事情呵。在病人"睡"过去之后，眼看着患者远离了喜怒哀乐，远离了爱恨情仇，远离了荣辱贵贱，他的生命只表现为监护仪上的一些数据，那种责任感会让刘四春觉得全世界只有他的工作最为重要。有人说，外科医生是救命的，麻醉医生是保命的，这话一点儿不错。患者进入麻醉状态之后，他身体的各个方面都会发生变化，哪一个方面偏离了正常，他的生命就会出现危机。危机出现的原因得不到正确的判断和解决，生命就可能无声无息在手术台上飘走。而这时牵住生命不让其飘走的人，就是麻醉医生。除了这一份责任感，刘四春热爱本职工作的原因还在于他对各种麻醉药物的探究。他发现，麻醉药物多种多样，每一种都有它的优点，也都有它的不足，将它们搭配使用，可以扬长避短，产生良好的合力。这种种的搭配以及用量，还必须根据患者的情况而定，对症下药。要麻醉一个人的什么部位，要让那个部位麻醉多久，基本上由他根据经验下药，同时根据患者生命迹象的变化做出各种调整，从来就没有一个固定的标准或者方程式。所以刘四春认为，药物麻醉不只是科学，更是一门艺术。他早就下定决心，要倾尽全力、毕其一生当好这个艺术家的。

现在，艺术家又显出了他的本事。他估计药物已经起了作用，就向孙保国使个眼色。孙保国立即会意，又动起手来。这一回，周翻身安安静静，一动不动。很快，疝洞修补完毕，刀口也缝合了起来。等孙保国退到一边，小王用专用布单把周翻身的身体盖好，准备推走的时候，刘四春如释重负，长舒了一口气。

让他万万想不到的是，杨院长这时候猛地从凳子上站起来，热烈而响亮地拍着双手说：好！好！热烈庆祝我们医院首例针麻手术成功！说完这一句，他还高举右臂喊起口号：毛主席万岁！毛主席的医疗卫生革命路线万岁!

刘四春、孙保国和两个护士都被杨院长的举动惊呆了。刘四春说:院长,我后来是……是改用了药麻的。杨院长立即说:不对,那只是必要的辅助用药,咱们这台手术还是针麻!刘四春说:不能算针麻,刚才我用的是普鲁卡因。杨院长说:普鲁卡因就是辅助用药!说罢,他用手指着孙保国和两个护士说:你们听好了,咱们这台手术就是针麻!大家要统一口径,谁胡说八道我就找谁算账!孙保国和两个护士相互看看,默默点头。刘四春满脸着急,叫道:院长!杨院长走到刘四春跟前,一只手重重地拍在他的肩膀上,眼睛盯着他,语重心长地说:四春同志,我把你派到北京学习,现在到了你向全县人民汇报学习成果的时候了!刘四春听了这话,心里更加烦乱,一时不知说什么才好。

周翻身在那里叫了起来:院长,院长。杨院长转身看着他说:周翻身,有事?周翻身说:你说,俺这手术还算针麻?杨院长立即说:不是算不算的问题,咱们完完全全、不折不扣搞了针麻!周翻身说:那,俺的手术费还可以免了?杨院长迟疑一下,但还是点头说:没问题,给你免!周翻身脸上一下子出现了笑容,用虚弱地声音喊了起来:毛主席万岁!毛主席万岁!毛主席万万岁!等他喊罢,杨院长说:周翻身,你先回病房休息,今天晚上院里举行庆祝大会,你要到会上讲一讲。周翻身说:院长,俺不会讲。杨院长说:放心,开会前我去教你!说罢,杨院长站直身体发号施令:小王,你把周翻身同志送回病房,老刘老孙,还有小徐,你们跟我一起到县委报喜!刘四春吃惊地说:院长,这喜能报吗?杨院长说:当然能报!快跟我走!说着就去拉刘四春,刘四春只好随他而去。孙保国这时往更衣室走去,杨院长见了喊:老孙,快走!孙保国抬手一指血迹斑斑的手术衣说:我得换了衣服吧?杨院长说:别换,这样好!就要叫领导看看你刚下手术台的样子!

把门打开,杨院长一边向外走,一边呼喊口号。院子里等候多时的报喜队伍一见他这样子,也立即喊起口号,敲响锣鼓,并且把早已写好的大红喜报抬起,把用红布做的报喜横幅举起。横幅上是一行黄字:热烈庆祝我县首例针刺麻醉手术获得成功!听见了动静,正在院子里闲坐的病人家属纷纷过来观看，各科室正在工作的医士护士们也纷纷从窗子里探出头来。报喜队伍在院子里喊了一阵口号，接着就走出医院，走上了街头。这一来，观众就更多了。

刘四春也随着众人前行，随着众人呼喊口号，可他表情木然，动作僵硬，声音微弱。走在最前面的杨院长，则一边领呼口号一边走，胸脯挺得老高，步履极其矫健。刘四春看着杨院长的样子想：我真是当不了演员。

报喜队伍走过一条长街，走进了县委大门。此时锣鼓和口号更加响亮，简直是声遏行云了。领导们听见之后，从各个办公室里走出来，看明白横幅上写的话，立即向他们拍起巴掌。县革委孟主任还走上前来，与杨院长热烈握手，说出一些祝贺性的话语。孟主任问，具体实施手术的医生来了没有，杨院长就把刘四春和孙保国二人向领导隆重推出。孟主任左右开弓，分别握住两人的手，向他们讲：你们是卫生战线的大功臣，人民的好医生，我代表全县革命干部群众向你们致敬！说罢，军人出身的孟主任向二人行了军礼。这个军礼感动了在场所有的人，大家无法表达心中的激动，只好连声呼喊口号，历时半小时之久。

从县委大院回来，杨院长让办公室的人立即通知各个科室，晚七点在医院会议室举行庆祝大会，让全体干部职工参加。布置好了，杨院长在孙保国、刘四春陪同下去了病房，他要亲自教会周翻身怎样发言。

到了那里，周翻身正表情痛苦地躺在床上，他爹周老三则站在床前，将一只手插进被子底下，放在儿子的裆部。孙保国说：干什么呢？撒尿呢？周老三说：是啊，翻身叫尿憋得不行，可就是撒不出来。说罢还从被窝里抽出手，举着空空的尿壶晃动着，以证明所言不妄。孙保国说：叫刘大麻给他扎一针，扎一针就好了。周翻身立即面带惧色叫起来：俺不扎！俺不扎！孙保国说：不是给你开刀，是叫你撒尿！刘四春不说话，立即从身上掏出一个针盒，拿出一根针，掀开被子，用酒精棉球擦一擦周翻身肚脐下的一个穴位，将扎针了进去。提插、捻动片刻，周翻身就大叫起来：爹，快拿尿壶！周老三摸出床下的尿壶，还没来得及把儿子的那根东西塞进壶口，一股热腾腾、臊乎乎的尿就喷到了他的手上。

　　尿排出来，周家父子心情舒畅。杨院长费时半小时，教会了周翻身如何发言，更是皆大欢喜。看看时间快到了，杨院长连饭都顾不上吃，就让人将周翻身抬到担架车上，推着去了会场。

　　到了那里，杨院长忽然发现刘四春不在。今晚的庆祝会，刘四春是必须发言的，缺了他怎么能行？杨院长想起来，在他教周翻身发言的时候，刘四春走出病房，不知去向。他对孙保国说：你抓紧去把刘四春找来，越快越好！

　　孙保国转身跑出会议室，奔向后面的宿舍区。还没到刘四春的家门，正遇见刘四春的对象吴红翠走来了。吴红翠是个小学老师，在离县医院不远的第一小学任教。孙保国停住脚步问：吴老师，老刘在家吗？吴红翠说：没有，他到现在还没回家吃饭，我正要到办公室找他呢。孙保国急了，皱起眉头说：咱们一起找他！

　　二人来到麻醉科办公室，那门却锁着。吴红翠说：他会去哪里？孙保国想了想说：你跟我来。接着，直奔手术室而去。

　　到了手术室，孙保国推一推门，门果然开了。屋里没有开灯，但隐约可见手术台上躺着一个人。他拉开电灯看看，那人果然是刘四春。他闭着眼睛一动不动，呼吸缓慢而又深沉。吴红翠走上前去晃着他说：老刘，你怎么在这里睡着了？孙保国思忖片刻，便去扒刘四春的眼皮，看那瞳孔。看了片刻，他缩回手来，拍打着刘四春的胸脯流泪道：刘大麻呀刘大麻，你怎么把自己麻倒了呢？

　　孙保国跑回会议室，向杨院长报告了这件事情。杨院长瞪眼道：这家伙，真是死狗拖不到南墙上！缺了他咱们照样开会！

　　果然，庆祝会照样开得像煞有介事。尤其是那个周翻身，一遍遍地讲，开刀不疼，真的不疼，针麻手术就是好，就是好，并且和他爹一遍遍呼喊毛主席万岁。全体与会人员跟着这爷儿俩一起呼喊，气氛异常热烈。

　　刘四春一直在手术室里睡着。杨院长散会后过来看看，咬牙切齿地扔下两个字：叛徒！随后摔门而去。

孙保国和吴红翠一直在这里守着。守到九点整，刘四春睁开了眼睛。吴红翠惊喜地说：老刘你醒啦？孙保国微笑道：老刘，你看时间对不对头？刘四春扭头看看墙上的表，说：对，我要的就是九点醒。怎么样，会散了吧？孙保国说：散了。刘四春说：散了就好，回家。说罢，他在妻子和孙保国的搀扶下坐起来，下了手术台。

　　第二天，刘四春照常上班，给一台台手术实施着麻醉。每一台，他都是用了药麻，并没见杨院长前来阻止。以后的日子里，这所医院再没搞过针刺麻醉。

转　运

特大喜讯

琼顶山简寥观将在三月三隆重举办本命年转运大法会！

　　本命年，犯太岁。太岁当头坐，无喜必有祸。倘若不注意后天调节命局，此年必定多灾多难，事业多困厄，身体多病变，财运方面更是不顺。因此，化解太岁煞、扶持本命就是当务之急。鉴于此，简寥观将于阴历三月三日真武大帝圣诞节隆重举办本命年转运大法会，届时延请著名高道、易理大师数人，运用各种神奇法术，为属虎之人转运，保你虎年大顺，吉祥安康！

　　欢迎光顾！

　　整整一个下午，应嗣清一直在印州商场门口发着印有这个内容的广告。她头戴混元巾，身穿青布道袍，打着两条雪白的裹腿，是标准的全真道士打扮——"一青二白"。

　　一个十七八岁的漂亮道姑出现在这里，自然吸引了众多的眼球。许多人主动上前讨要，还问这问那。应嗣清带着含羞的笑靥，简单地作着应答。问她多大年龄了,她说:玄门有规矩,道不言寿,请您不要问这个问题好吗?问她家是哪里,她说:当然是琼顶山简寥观啦。问她父母是干什么的,她说:是种地的。问她道姑可不可以结婚,她说:我是全真道士,不可以的。听了这话,有一位和男朋友搂抱在一起的姑娘说:那你一辈子孤孤单单,不觉得可怜吗?应嗣清听了这话很不高兴,心想,道不同不相为谋,就不理他们,继续向行人发放广告。

然而,等到那对男女离开这儿,应嗣清感到自己的心脏好像被人捅上了一根尖刺,一阵阵疼得厉害。她想,这根刺,就叫做"可怜"。那姑娘说得对,我就是个可怜的人。我刚生下来没几天,就让父母在一个雪夜里扔到了简寥观的门口,要不是被师父发现,早就冻死了;我刚长到十七岁,像亲娘一样拉扯我长大的师父又突然羽化,让我再度成为孤儿,我不可怜还有谁可怜?想到这里,应嗣清的鼻子发酸,眼窝发湿,只好假装整理广告纸,蹲到地上将疼痛的心脏捂了一小会儿。

广告还没发完,她还得站起来继续干。其实,卢道长让她到城里发广告,她很不情愿。她的师父应高虚多次和她讲,修行之人,就是要远离红尘,超凡脱俗。这些年来,师父很少让她进城,说城市是个花花世界,扰人心境,还是不去为好。想不到,今天简寥观新任住持卢道长竟然让她进城发广告。应嗣清起初不愿意,卢道长说:嗣清你是知道的,过去你师父整天闭门清修,穷得连买米的钱都没有,可她不以为耻反以为荣。现在已经是什么时代了,咱们可不能再像她那样,口称"贫道",安贫乐道,咱们应该彻底扭转简寥观的经济状况。我引进的邴道长建议举办本命年转运法会,这个创意很好,肯定能创收,你身为简寥观的常住,去搞搞宣传不是应当的吗?听她这么说,应嗣清只好点头答应,因为自己毕竟每天还要去斋堂吃三顿饭的。午后,她就让卢道长开车送进印州城,站在了这家商场门口。

就在一千张广告快发完了的时候,一个留平头的小伙子走了过来。他向应嗣清要一张广告,看了看说:"怪不得这一段我不顺,原来是本命年的原因。美女,你快给我转转运!"应嗣清说:"对不起,我不会,你到三月三那天上山,让邴道长给你转,好吧?"小平头说:

"我等不及呀，你现在就带我去吧，我有车。"应嗣清想，看这人挺迫切的，带他先见见邝道长也好，就说："等我把广告发完，我带你上山。"小平头见她答应了，兴奋地说："好，我帮你。"就从应嗣清手里拿过一摞广告纸，速度极快地向人们分发。

应嗣清也将手中剩余的那些往人们手中递去。发着发着，卢道长突然出现在面前。看见卢道长的大白脸上像挂了一层霜，应嗣清急忙叫道："师父。"卢道长说："谁让你叫别人帮忙的？"应嗣清说："他想现在就转运，要帮我发完，跟我上山。"卢道长就转过身，目光犀利地去看小平头。小平头已经发现了卢道长的出现，脸上现出一丝惊慌。卢道长向他说："小伙子，你不用上山，我现在就可以给你转。"小平头咧咧嘴说："不转了，不转了，我就认这狗屁运了！"说罢，扔下没有发完的广告就走。卢道长指着他的后背对应嗣清说："这是个什么货色，你明白了吧？"应嗣清红着脸说："我还以为他真要转运呢。"卢道长说："他是要转你的运！你上了他的车，还不知让他带到哪里去呢。"应嗣清说："多亏师父及时过来。"卢道长说："刚才我到别处办完事，就在那边的车里看着你，怕你吃亏。"应嗣清听了这话，感动地向师父打躬道："师父慈悲！"

这时，卢道长也拿过一些广告纸向人们分发。发完了，他就带应嗣清去了百米之外的停车场。上车走了一会儿，进了一个居民小区。应嗣清问："师父，咱们怎么不回山呀？"卢道长说："吃了饭再说。"应嗣清只好随他下车。

应嗣清知道，卢道长当年在琼顶山简寥观出家，拜翁道爷为师，和她的师父应高虚是师兄弟，但他没过几年就进城当了火居道士，结婚成家，所以在城里有房子。听说，他老婆前年得病死了，女儿正在合肥上大学。今年正月应道长羽化，卢道长去简寥观接班当家，又回到了全真门下。应嗣清听道友们议论，说卢道长这么做很不对头，是个"道串子"，他之所以当上简寥观住持，全因为他巴结上了有关领导。卢道长上山后，原来几位常住道士先后走掉，应嗣清也想到别处去住，可她从小就在琼顶山长大，和这里的一草一木都有感情，另外，她还得经常去应师父的墓塔那里烧纸磕头，以尽孝心，所以就没有走成。

走上二楼，卢道长打开一扇防盗门，脱掉自己圆口布鞋，换上了一双塑料拖鞋。应嗣清看看屋里干干净净的瓷砖地板，低头看看自己穿的缀有白布条的十方鞋，问道："我换不换鞋呀？"卢道长顺手从门边拿过一双红绒布做的女用拖鞋，放到她的脚前，说："换上吧。"于是，应嗣清的装束就不伦不类了："一青二白"加大红拖鞋。

卢道长急匆匆去了卫生间，接着那里就传出了呼呼撒尿的声音。应嗣清听了这声音羞窘不堪，坐到沙发上面红耳赤。好在卢道长时间不长就走出来，接着去了卧室。几分钟后，他只穿毛衫毛裤出来说："嗣清，帮我做饭吧？"应嗣清点头道："好的。"卢道长说："你也换换衣服。"应嗣清说："不用换了，就这样吧。"卢道长把眼一瞪："把道袍弄脏了，明天怎么穿出去？"说着就去另一间屋，拿出一件衣服说："这是萌萌的，你换上吧。"应嗣清犹豫了一下，但还是接过来，走进那个房间，回身把门关上。原来这是卢道长女儿的闺房，里面净是一些女孩子的摆设，墙上还歪歪扭扭地贴了些男女明星的图片。应嗣清将道袍脱掉，换上了那件绿色罩衫。出来后，看见卢道长正系着围裙在厨房里忙活，就过去说："师父，我干什么？"卢道长从墙上取下另一件围裙说："这是你的。"说罢，就将围裙的系绳挂到应嗣清脖子上，又转到她的身后为她系腰间的两根布条，一边系一边说："嗬，嗣清的腰好细！"应嗣清从没听过别人赞美她的腰，心里既受用又紧张，僵立在那里不知所措。好在卢道长没用多长时间就给她系好，接着拿过一块老姜让她刮皮。

卢道长转身干起活来。只见他在冰箱、水池、菜板、锅灶之间来回走动，既忙忙碌碌又有条不紊。后来他切起菜来，那刀法出神入化，让应嗣清都看呆了。她赞叹道："师父你真厉害！"卢道长一边刷锅一边得意地道："是挺厉害哈？你师母活着的时候，对我的厨艺特别满意，说她好有口福。萌萌也是喜欢吃我烧的菜，进了大学打电话给我说，一吃食堂的菜，就眼泪汪汪地怀念他老爸。"

一会儿，四样素菜做好，电饭煲里的米饭也熟了。应嗣清把它们端

转 运

上外面的餐桌。

　　吃饭的过程中，卢道长频频为应嗣清夹菜。应嗣清说，师父，你别这样，我自己来。卢道长说，我和女儿一起吃饭的时候就是这样，我女儿喜欢我给她夹菜。应嗣清想，那我就当一回卢师父的女儿吧。于是不再阻止，任由卢师父的筷子一次次飞临她的碗中。

　　吃完饭，应嗣清主动地收拾桌子，刷锅洗碗。卢道长则坐到沙发上，一边剔牙一边看起了电视。应嗣清拾掇好了，擦干手出来，说："师父，该回山了吧？"卢道长说："不着急，我让你在转运法会上当高功，今晚再教你一会儿。"应嗣清点头道："好，那你教吧。"卢道长就关掉电视，去书橱里摸出一个破旧的本子，翻开一页，指着上面抄写的科仪文辞说："今天教你这一段'回向鹤'。"说罢，就示范性唱了起来。他的歌唱，虽然细得接近女声，却圆润美妙，让应嗣清再次心动。

　　应嗣清第一次被卢道长的歌唱打动，是在去年四月。那时有一个温州老板到简寥观找到应师父，说琼顶山是道教圣地，他慕名而来，想在这里请道长们为亡母做一场法事，师父就答应下来。按照教内的习惯做法，本庙的人不够，要请其他道观的人来帮忙"搭班子"。师父打电话给印州城隍庙住持江道长，让他派些人来，其中要有一名高功法师。高功是法事的主持者，能踏罡步斗，沟通人神，一般道士干不了的。第二天一早，从城里果然来了七八个道士，其中担任高功法师的姓卢，脸白白的，眉清目秀。她一来就喊师父为"大师兄"，师父却不答应，只淡淡地说："卢道长，拜托了。"卢道长说："师兄放心，保证给你办好。"说罢，就带领道士们换上法衣，去太清殿做起了法事。应嗣清和简寥观的另几位道士，也随他们当起了经师，随着他们又念又唱。法事一开始，应嗣清就被卢道长的高功技艺深深震撼：只见她手持朝板，挥动广袖，现仙人下凡之态。无论是唱是念，一开口就如凤吟鸾鸣，摇人心旌。应嗣清看呆了，听迷了，以至于常常忘记了自己的职责。她想，我要是能有卢道长这样的本事该有多好啊！休息的时候，她向印州来的道士们打听，那卢道长收不收学高功的徒弟。一个黑脸道士笑着说：收的收的，卢美人就喜欢收女徒弟。应嗣清问：你怎么叫他卢美人呢？黑脸道士说：这是他的绰号，因为他长了一张女人脸。应嗣清大吃一惊：怎么，她不是坤道呀？再细看卢道长，脖子上果然有喉结，看来是个男的。可他嘴边几乎没有胡须，加上那张大白脸，看上去还真像个女的。

让应嗣清想不到的是，她所崇拜的这位高功法师，今年竟然当了简寥观的住持。卢道长来后问应嗣清：你相貌好，嗓子好，愿不愿跟我学高功？应嗣清说：愿意呀，我太想学了！卢道长说：好，我一定把你培养成一流的高功！应嗣清就行了拜师礼，开始向卢师父学高功，很快学到了诸多技艺，背下了好多科仪文辞。卢师父前天说：嗣清，三月三的转运法会，我要给你露脸的机会，和你共同担任高功。这让应嗣清十分激动，学习积极性更加高涨。

教会了这一段唱，卢道长又教应嗣清在唱这一段时如何走步。应嗣清随他亦步亦趋，认真模仿。应嗣清听卢道长讲过，这种步伐是大禹传下的。大禹当年治水至南海之滨，见一神鸟步伐奇特，便模仿之，运用于治水之方术。后世道士将这步法搬上了醮坛，步罡踏斗，法天地造化之象，合日月运行之度。

见应嗣清学会了，卢道长往沙发上一坐，把电视打开，说："今晚就教这些，歇歇吧。"应嗣清看看墙上的表，已经九点多了，说："师父，咱们走吧？"卢道长说："今晚不走了，就住在家里。"应嗣清听了这话心中惊慌，说："师父，不回山不好吧？"卢道长说："怎么不好？明天你到别的商场发广告，我也还有事情要办，住下方便。"应嗣清央求道："师父，咱们回山住，明天上午再进城不好吗？"卢道长说："应嗣清你不知道，回山一趟要跑二十公里，费好多油钱呢。简寥观百废待兴，能省就省点儿。"听他这样说，应嗣清就不知再怎么劝说，只好呆呆地站在那里。卢道长看看她，又拍着沙发说："嗣清你坐下嘛。这电视剧不错，看一会儿。"应嗣清就小心翼翼坐到了长沙发的另一端。

卢道长不再说话，似乎很专心地看着电视剧。应嗣清见电视上一对俊男靓女在吵架，想知道他们为何而吵，就看了起来。看了一会儿，她

转 运 211

搞明白了，原来那对男女谈了两年恋爱，因为性格不合，俊男要和靓女分手。靓女很受打击，向自己的闺中密友哭诉一番，然后说，她再不找男人了，要过一辈子独身生活。闺蜜说，这就对了，看我，早就是个坚定的独身主义者了，不是过得很好？看到这里，卢道长摇头道："喊，这两个傻丫头！"应嗣清听师父这样评论，不明其意，就扭头看了一眼师父。哪知师父也扭过头来看她，并且问道："嗣清，你说她们傻不傻？"应嗣清嗫嚅片刻，说："我……我不知道。"卢道长说："我来告诉你吧，这两个女孩就是傻，她们不明大道。祖师们讲，一阴一阳谓之道，阴无阳不长，阳无阴不生。如果这个世界都是阴阳分割，那不就完啦？"应嗣清说："我师父说，如果坚持修炼内丹，独身也能做到阴阳调和。"卢道长伸过手，一边去摸应嗣清的脑瓜一边微笑："你这小脑瓜，让你师父洗得不轻。"应嗣清急忙闪身歪头，躲过卢道长的手。不料，卢道长却将她的一只小手抓住，笑眯眯地说："嗣清，师父好喜欢你。"说罢就将她往怀里拉。应嗣清一边试图挣脱一边说："师父，咱们不能这样。"然而师父不放手，还是把她往怀里拉，应嗣清只好从沙发上滑下身子，跪向卢道长道："徒儿不孝，请师父海涵！"接着连连磕头。卢师父见她这样，愣了片刻，接着起身去了卧室。

应嗣清扭头看着那边，见师父很快出来，身上换了道袍，头上也戴了道巾。师父皱着眉头说："还不换衣服，跪在那里干什么呀？"应嗣清问："你的意思是，咱们回山？"师父说："当然是回山啦，我不能跟你在城里过夜，却空担了虚名！"应嗣清听了这话如释重负，急忙去换上衣服，跟着师父下楼。

上车，出城，半天无话。到了琼顶山的半腰，卢道长一边开车一边说："嗣清，今天晚上的事，你不要告诉任何人。"应嗣清默默地点了点头。卢道长又说："你放心，我不会生你的气，以后咱们师是师，徒是徒，我还会对你好。"应嗣清又默默地点了点头。

回到简寥观，应嗣清下车后走进院子，看见自己住的寮房亮着灯，便知道景师傅还在等她。卢道长上山后，说道众自己做饭太麻烦，就从山下溪口村找了一个姓景的中年妇女，让她白天做饭，夜晚和应嗣清同住一屋。应嗣清推门进去，正坐在床上绣香袋的景师傅说："回来啦？你吃饭了没有？没吃的话我去给你做。"应嗣清说："吃了。谢谢。"说罢，她解袜脱鞋，懒洋洋地躺到了床上。

躺了半天，应嗣清睡不着觉，眼前老是晃动着卢师父的大白脸。她想，今天晚上卢道长为师不尊，差一点儿犯下大戒，真让人一万个想不通。不过，幸亏他没强迫我，在路上还说以后师是师、徒是徒。希望他说到做到，让我在简寥观住得安心。

三月三一天天临近，简寥观里一片忙乱。卢道长从城里找来工人，拉来钢管和木板，在邴道长的指挥下，叮叮当当地在院子里搭建法坛。应嗣清则一天到晚在大殿里端着朝板，演练法会科仪。

简寥观只有一个人对庙里的忙乱没有反应。这人是老睡仙，一位九十多岁的乾道。他许多年前就在简寥观常住，一天到晚睡觉，只在午时起身，去一趟茅房，去一趟斋堂。据说，他是学了宋代高道陈抟老祖，把睡觉作为修行方式。翁老道长羽化前曾留下遗嘱，今后不管谁在简寥观当家，都不许赶老睡仙走。说这话时卢道长还在他门下为徒，亲耳听过的，所以他上山后也没撵老睡仙。

这天简寥观的道士们一起吃饭，应嗣清问老睡仙，院里搭建法坛动静这么大，妨不妨碍睡眠，老睡仙答："当然妨碍啦。这法会，还是不办为好。"卢道长听了这话，立即瞪眼道："想睡到山顶上睡去，那里没人妨碍你！"老睡仙说："我是说，假称转运，谋人钱财，这事行不得。"邴道长将马脸一拉，将筷子摔出一声响，然后指着老睡仙的脸说："老杂毛！你敢怀疑我侮辱我？这些年我给多少人成功转运，让他们逢凶化吉遇难呈祥。不信，我现在就可以给你转一转！"老睡仙笑道："谢谢，不用劳你大驾，我运气已经够好的了。"说罢，他抬手抹干净胡子上粘的米粒，起身回房。

邴道长兀自坐在那里气喘咻咻，骂骂咧咧。应嗣清知道，老睡仙的话严重伤害了邴道长的自尊。邴道长来简寥观的第一天就讲，如果不是母亲分娩时体弱无力，让他晚生了一个时辰，他绝对是个帝王命。不过，虽然没能当上国家主席，他也不是凡俗之辈，出家二十年来已经走遍全国名山大川，会过无数高人奇士，读烂了许多丹书玉笈，精通了各种阴阳术数，在当今玄门内也算是个人物了。他对卢道长说，他略施小技，就能迅速地让简寥观香火变旺，财源广进。喜得卢道长手舞足蹈，奉他为财神，对他言听计从。

卢道长对应嗣清说："你别听老头打横炮，这法会一定要搞，你只管抓紧练习。"

应嗣清答应一声，吃完饭，漱口洗手，又去大殿操练起来。

两天之中，应嗣清把几种科仪都操练了一遍，把所有的唱念与动作都记住了。然而，有些内容要与经师配合，有呼有应，有唱有和，她一个光杆高功无法演练。应嗣清和卢道长说了这事，问他联系好搭班子的人没有，卢道长说，还没有。应嗣清急了，说："这还了得，今天是二月二十八，时间不多了呀，你去城隍庙请来几个不就行了？"卢道长说："我不会从城隍庙请人的。"应嗣清问："为什么？"卢道长说："我来这里当家，江老爷子是不乐意的，他能派人帮我？我今天到印州艺专找经师去。"应嗣清大惑不解，问："印州艺专是个什么庙？我怎么没听说过？"卢道长说："那当然不是庙，可那里有会唱的。去招几个声乐专业的女大学生突击培训几天，把法会应付下来再说。"应嗣清听了这话，把眼睛瞪得溜圆："你是说，让女大学生冒充坤道？"卢道长说："怎么叫冒充呢？咱们给她们提供一次实习机会，说不定，以后她们就留下不走，成了货真价实的坤道了。"应嗣清还是觉得不妥，想再劝劝卢道长，然而卢道长已经开车走了。

到了午后，应嗣清正在大殿里练习，忽听庙前有汽车的声音，接着传来女孩的尖叫："噢！""耶！""哇噻！"应嗣清探头一看，原来从两辆轿车上下来了六个女孩，另外还有一个老师模样的中年男人。那些女孩，都比应嗣清大几岁，但一个个都活泼得很，打量着眼前的景物又跳又叫。

转眼间，有两个女孩跑进了大殿。其中一个穿牛仔装的抬头看看，说："哎，这三个老头是什么神呀？"另一个穿运动服的说："可能是如来佛。"应嗣清听她们说得离谱，就纠正道："这不是如来佛，是三清神。"

卢道长带着那位老师和其他几个女孩走了进来。卢道长热情洋溢地讲："齐老师，各位同学，我热烈欢迎你们今天光临琼顶山简寥观。吃饭的时候，我把该讲的都向你们讲了。现在我再重复一句话：希望咱们合作成功！"

齐老师和女学生们鼓起掌来。齐老师说："非常感谢卢道长能给几位即将毕业的同学提供实习的机会。希望同学们好好向道长们学习，保证法会的成功举办！"

卢道长指着应嗣清说："这是应嗣清道长，和我一起担任你们的实习老师。"

几位女大学生就冲着应嗣清喊"应道长"。应嗣清急忙摆手道："我怎么教得了你们呀，你们都是大学生。"齐老师说："韩愈不是说过，'闻道有先后，术业有专攻'嘛。她们虽然是学声乐的大学生，可是对道教音乐从没接触过，应道长你就辛苦辛苦吧。"听他这么说，应嗣清有了些底气，就不再推辞。

卢道长带齐老师和学生们走出大殿后门，指着院中已经搭建好的法坛讲，转运法会就在这里举行，然后带她们去西面的寮房梳头更衣。应嗣清跟在后面，发现这六个女孩全都留着长发，看来是卢道长特意挑选的。

卢道长让景师傅送来一把筷子，说："同学们，在这里实习期间，你们的发式必须和我们出家人一样，现在让应道长教你们怎么梳。不过，我明天才能进城买来簪子，今后先用这筷子代替吧。"说罢，将手中筷子给每个女孩发了一根。

应嗣清将自己头上的混元巾摘下，把贯通发髻的木簪拔下，说："你们看着我。"她坐到椅子上，弯腰低头，让一头黑发像瀑布一样全都垂下，接着拿梳子从颈后、耳后向前梳理。把头发全都梳理通了，她把梳子放下，右手握住头发根部，左手则将头发拧成发束。然后坐正身子，将簪子横在头发根部，将拧得紧而又紧的发束用力盘在簪子上，盘了一圈又一圈，最后把发尾塞进盘起的发髻里面，说：

"好了，就这样子。"

齐老师和几个女孩一起鼓掌。海蓝蓝说："好酷哦！我学会了，以后不管在哪里也梳这种道姑头。"女孩们各自摸出梳子，学应嗣清的样子梳了起来。一个女孩放簪子时说："头上顶一根筷子像什么话，用眉笔还好一些。"另一个说："对，用眉笔。"于是，六个女孩梳完头时，每人顶了一支眉笔。

这时，卢道长又抱来黄色法衣，让大家换上；拿来响器，给每人发了一件。他把学生们领到法坛前面，让她们分站在东西两边的经案后面，将复印好的科仪本子放到每个人的面前。

东边寮房那儿"吱呀"一声，老睡仙推门出来了。女孩们看着那位首如飞蓬、道袍脏破的老人，都瞪大了眼睛。海蓝蓝说："哇，这不是'华山论剑'上的老道士吗？他怎么在这里？"应嗣清说："这是老睡仙，在这里住了一辈子了。"老睡仙抹了抹眼屎，大声说："卢美人，你又当美人头子啦？"卢道长生气地向他瞪眼："去！睡你的觉，管什么闲事？"老睡仙说："好，你叫睡，咱就睡。"接着，他伸一伸懒腰，念出一首诗来："我生性拙唯喜睡，呼吸之外无一累。宇宙茫茫总是空，人生大抵皆如醉，劳劳碌碌为谁忙，不若高堂一夕寐。争名争利满长安，到头劳攘有何味？"应嗣清知道，老睡仙念的是陈抟老祖的《喜睡歌》，她以前听老人念过多次。现在，老睡仙念罢这诗，又回屋把门关上。

海蓝蓝问卢道长："哎，老道士怎么叫你卢美人呢？"没等他回答，齐老师说："我早听说，那是卢道长的外号，因为他年轻时长得漂亮，像个美女。"女孩们拍着手又笑又叫："哈哈，卢美人！美人头子！"卢美人却将手一挥："什么美人头子，今天我是仙女头子！看看你们六个，加上应嗣清，不正好是七仙女？"女孩们欢呼起来："哈哈，仙女！我们都是仙女！"

卢道长给仙女们上起课来。他讲，经师的主要任务，一是唱，二是念，三是击打法器，还分别讲了这三项任务的具体内容和要求。然后，他当高功，让应嗣清当经师，演示了一段"天地科仪"。他俩的精湛表演，让齐老师和他的学生连连点头，表示钦敬。

卢道长说，因为时间太紧，你们先学几个主要的韵腔，凡是需要唱的地方都用它们去套。他让女孩们打开科仪本子，让大家找到一段"步虚"，说先学这个韵腔，让应嗣清教给她们。这些女孩是科班出身，声如裂帛，清脆响亮；他们乐感也棒，唱起来从不走样。

学习持续到傍晚，一直等到景秀芝走出斋堂，敲响了挂在檐下的云板。应嗣清说，吃饭了，今天先学到这里。七位仙女就脱下法衣，变成俗人，叽叽喳喳去了斋堂。

此后的几天，七仙女每天都要排练。练到三月初二上午，卢道长说要彩排，穿一身高功专用的斑斓法衣，拿着朝板来到法坛前面。海蓝蓝打量一下他，说："卢道长，你穿得这样花不楞登，更像个美人啦！"另外几个女学生哈哈大笑。卢道长指点着她们说："你们这些小丫头，真是没大没小！别笑了，开始彩排！"应嗣清急忙敲响手里的引磬，起腔开唱。卢道长在女孩们的歌唱声中迈动禹步，翩然上场。

把"开坛科仪"排练一遍，卢道长指出了女学生们的一些不足，接着又来了一遍。然后，应嗣清作为高功上场，练了几遍其他的科仪。

按照法会的程序，接下来应该是邝道长登坛，为信众转运祈福。卢道长连喊好几声，邝道长才从自己的寮房里走出来。他穿着法衣，端着朝板，无比庄严地走上了法坛的最高一层。那里早已设了神案，放了牌位，另外还在左前方安了一张桌子，摆放几件法器和文房四宝。邝道长在神案前三拜九叩，起身后踏罡步斗，掐指叩齿，去桌边拿起毛笔，在空中狂写片刻，然后拿起桌子上的令牌"啪"的一击，大声道："太岁当头坐，无喜必有祸。请得众神灵，驱煞化灾厄！"然后坐到了桌子后面。

这时，卢道长让一个叫王艾的女孩充当信众，上去求邝道长转运。王艾忍着笑走上去说："道长，请你给我转转运吧！"邝道长面无表情，向神案一指："请施主做一点儿功德。最低五十，多者不限。"王艾看看那边的功德箱，吐了吐舌头说："什么？要我掏钱？我哪有钱呀？"说罢就"咚咚咚"往下跑。邝道长满脸怒容，把令牌"啪"的一摔,就要下坛。卢道长拦住王艾说:"谁让你真放啦?你做个动作不就行了?"王艾转嗔为喜,转身回去,假装掏出钱来往功德箱里一塞,说:"这回行了吧?"卢道长说:"你得叩一个头。"王艾撇一下嘴,又跪下磕头。邴道长便拿起笔蘸了朱砂,在早就裁好的黄表纸上画了符咒,叠好,向王艾面前一推。王艾抓起符子,道一声谢就跑了下来。

彩排结束,卢道长说,明天按照这个样子做就行了。现在万事俱备,只欠东风。东风是谁?是信众。前几天已经在城里发了一些广告,今天你们七仙女再去发一些,吸引更多的信众上山。

下午,卢道长让七个女孩都穿上法衣,把她们拉进城里,分放在七个商场门口,每人发了五百张广告纸。

第二天一早,卢、邴两位道长在大殿檐下挂出了"本命年转运祈福大法会"的条幅,在法坛上插上许多彩旗,让简寥观面貌一新。

日上三竿,香客和游人一拨一拨地进庙。看穿着,有的来自山村,有的来自城里;看年龄,果然是群虎聚集:十二岁的,二十四岁的,三十六岁的,四十八岁的……当然,也有一些人不是属虎而是属牛马羊狗之类,这是虎的陪同者或是来看热闹的。卢道长让七仙女换好法衣,去法坛前高声歌唱,以聚拢人气。果然,人们一进庙,就被这些女孩好看的容貌与好听的歌声深深吸引,围在那里兴致勃勃观看。

十点来钟,庙里已经来了几百人,差不多站满了院子。换好法衣的卢道长和邴道长从客堂里出来,分开众人,到了法坛前面。应嗣清发现,卢道长这时睡眼惺忪,和早饭前精神抖擞的样子判若两人。邴道长见卢道长手拿朝板木呆呆地站着,并且连打呵欠,就小声催促他:"赶快开坛。"卢道长这才猛晃一下脑袋,高声喊道:"各位施主上午好!本命年转运祈福大法会,现在开始!"

众目睽睽之下,卢道长执笏当胸,一步步登上法坛。他到最高一层的神案前跪倒,拈香行礼,起身道白一通,接着迈动禹步在法坛上走了一圈,开口唱"步虚韵":"宝座临金殿,霞光照玉轩……"此时,一个猝不及防的哈欠阻断了他的歌唱。他把眼睛用力地挤一挤,似在驱赶脑子里的瞌睡虫。挤了几下,刚要开口再唱,却又打了一个更大的哈欠。

应嗣清在一边看一边担心。她想，我看过师父的无数次登台，从来没见他是这个模样，难道他昨天夜里严重失眠？他能把开坛科仪完成吗？

台上的卢道长又唱了起来："万真朝帝所……"这一句还没唱完，他又打起了哈欠。

香客们看出了蹊跷，纷纷议论，说这个道长怎么回事？

邴道长走到应嗣清身边小声说："老卢中邪了，你赶快上去救场！"

应嗣清只好拿起朝板，硬着头皮走了上去。来到神案前，她接着卢道长刚才的间断处唱了起来："飞鸟蹑云端……"

卢道长见应嗣清上来，索性退到一边，站在那里专门打起了哈欠。

此时，天上有一块阴云遮住了太阳。不知为何，应嗣清觉得那块阴云悄悄飞进了她的脑壳，让她整个大脑立马晦暗起来。她甩一下脑袋，接着唱："瑶坛设像玉京山，对越金容咫尺间……"她想再往下唱，却无论如何也记不起词来。她惊恐地想：毁了，我也中邪了！

听见下面人群中爆发出一阵哄笑，她恨不得从脚下找个缝隙钻进去。然而法坛上没有缝隙，她只好狼狈不堪地跑下台去，对邴道长说："你快上！"

邴道长的那张马脸已经变得蜡黄。他说："还真他妈的邪门啦？"说罢，他快步登坛，拿起桌上放着的桃木剑，大叫一声："看剑！"而后冲着虚空舞剑乱砍，且蹦且跳。下面一些人以为他在表演剑术，都鼓掌叫好。

应嗣清发现，六位女学生扮成的经师此刻都呆若木鸡，频频打着呵欠。齐老师揉搓着眼睛走到应嗣清身边说："应道长，咱们今天吃的早饭肯定有问题。"应嗣清不解："能有什么问题？"齐老师说："走，问问景师傅去！"应嗣清就和他挤出人群，去了厨房。

厨房里的门是锁着的。应嗣清向人群中看看，也没见有景师傅的影子，就跑向了寮房。推门一看，景师傅正躺在床上呼呼大睡。齐老师说："看，她也不行了，肯定是有人在饭菜里下了药！"应嗣清对景师

转运 219

傅又推又喊，景师傅却一直不醒。应嗣清说："让她睡吧，我得回去看看邴道长。"

回到法坛下，应嗣清恍恍惚惚看见，坛上的卢道长已经倚着栏杆垂头睡去，邴道长则收了桃木剑，坐在了桌子后面。

邴道长看着台下大声说："各位施主，本道长现在为你们转运祈福！谁先上来？"

人们站在那里不动，且乱哄哄地说话。邴道长将刚才的话重复一遍，终于有一个染了红毛的小伙子举手道："道长给我转转运，让我赶快找个老婆！"说罢就往台上跑。他的身后，笑声响亮。

小伙子到了台上，邴道长向功德箱一指。小伙子明白了，就掏出一张钞票，去塞进功德箱。邴道长拿起笔准备写符咒，却把大嘴一张，也打起了哈欠。下面有人喊道："坏了，这一个也要睡！"人们爆笑不止。

邴道长用笔蘸了朱砂，刚去黄表纸上画了两下，却坐在那里挤眉弄眼。小伙子指着他说："道长，我可是交了钱的，你要睡，也得先给我转完运！"

邴道长咬牙瞪眼，顽强运笔，终于把那符子写完，让小伙子拿走。

又一个中年人上来了。可是，邴道长将头猛一耷拉，趴到了桌子上。

观众们连声惊叫，乱成一片。

"哈哈！"

一声大笑从院子东边响起。人们扭头去看，只见一个浑身脏兮兮的老道士站在寮房门前的台阶上，捋着胡子大声说道：

"求什么符？转什么运？大道自然，何须强为？"

老睡仙讲完，大步走向简寥观的后门。出门后，他沿着一条小路，向白云缭绕的琼顶山最高峰走去了。

草木森森，山花妩媚，很快遮蔽了他的身影。

路遥何日还乡

　　第一次听说这话，是在十八年前。

　　那是我爷爷去世的第三个年头。过年时，我父亲兄弟五个聚到一起商量，要为他树碑。

　　我们赵家树碑很方便，因为我的一个堂叔就会刻碑。堂叔叫赵洪运，和我父亲拥有同一个爷爷，我爷爷是老大，他的父亲是老三。那天，洪运叔当然也到了议事现场，他用他那双特别粗糙的大手点烟、端酒，还做一些简单的手势参与议论。

　　我是爷爷的长孙，父辈们让我参与议事，并起草碑文。我把碑文写出之后，念了一遍，父辈们未置可否，都让我给洪运叔看。洪运叔把碑文拿到手，一字一字指点着念道："道、远、几、时、通、达，路、遥、何、日、还、乡……"

　　我觉得奇怪：我写的碑文不是这样的呵，他为何念出了诗一般的句子？

　　正这么想着，他忽然停住，又从头指点着念："生、老、病、死、苦……生、老、病、死、苦……"

　　我更感诧异，心想，碑文怎么又成了"五字文"啦？

　　洪运叔念完对我说："德发，这碑文字数不合适，再加一个吧。"

我问为什么要加，洪运叔说："大黄道、小黄道都不合。"

经他一番解释我才知道，原来写碑文还有字数方面的讲究，要合黄道。大黄道是用"道远几时通达，路遥何日还乡"这十二个字去套，轮回循环，最后一字落在带"走之底"的字上才妥；小黄道用"生老病死苦"这五个字，同样轮回循环，最后一字落到"生"上才中。我写的碑文，如果再加一个字，那么大黄道、小黄道都合。于是，我就加上了一个。

都怪我早年辍学，读书太少，当年并不明白其中深意。直到我年过半百，为创作长篇小说《乾道坤道》读了一些道教文化的资料，才知道"道远几时通达，路遥何日还乡"这十二个字在中国传统文化中是多么重要。古人认为，子、丑、寅、卯、辰、巳、午、未、申、酉、戌、亥这十二地支是分黄道黑道的，一青龙黄，二明堂黄，三天刑黑，四朱雀黑，五金匮黄，六天德黄，七白虎黑，八玉堂黄，九天牢黑，十玄武黑，十一司命黄，十二勾陈黑。为了便于记忆和查对，古人想出了一个办法，用"道远几时通达，路遥何日还乡"这十二个字对应地支，凡与带"走之底"的字对应的就是黄道。这"十二字黄道法"应用广泛，查日子，撰碑帖，道士们写表文，都会用到。我们知道，道士或者算命先生经常"掐指一算"，他们掐指的时候，心中多是念叨着这十二个字的。

不过，我在念叨这些字的时候，心中却别有况味。"道远几时通达，路遥何日还乡？"我想，这不仅仅是安排几个"走之底"的文字游戏，其实是传达了祖先们的怅惘与哀愁——他们在苦苦寻找吉祥前途的时候，却是黄黑参半，凶吉难卜，一不小心就会误入歧途，栽跟头跌跤，甚至是落入地狱万劫不复。道远路遥，乡关何处？谁来到这世上没有体会？

那天议完事吃饭，洪运叔喝高了。他红着脸向我们保证，一定要把碑刻好，一定误不了清明这天用。后来一遍遍地说，如果刻不好，怎么能对得起俺大爷。说着说着，他弓腰抱头哭了起来。

洪运叔的爱哭是出了名的。他五岁的时候，我三爷爷得了急病去世，撇下他和母亲，日子过得艰难，从此养成了爱哭的习惯。洪运叔大我十岁，我能记事的时候他已经是小伙子了，可我常常见到他哭。他的哭，不分人前人后，有时候在大庭广众之下，受了点小刺激，就抽抽搭搭哭得像个娘们儿。他那时年轻，有一张小白脸儿，满脸泪水的样子颇像古典小说上形容的"梨花带雨"。

不过，洪运叔的脑子非常好使。因为家境困难，他只上过一年夜校，但他后来能读书会看报，还写得一手好字。过年的时候，有好多人家竟然请他写春联。因为他的聪明，本村姓郑的一位姑娘爱上了他，声称赵洪运就是穷得去要饭，她也跟着刷瓢，她父母只好点头答应。他们结婚是1968年，搞的是革命化婚礼，不准拜天地拜高堂。我在现场看见，洪运叔和新婚妻子在司仪的指挥下向毛主席像三鞠躬之后，他转身看着我三奶奶叫了一声娘，眼泪哗哗地淌了满脸。大伙都明白，赵洪运哭的是，他们孤儿寡母终于熬出来了。于是，在场观众大多红了眼圈，我三奶奶老泪纵横痛哭失声。

洪运叔的脑子在结婚十八年后更是大放灵光。那时已经搞了"大包干"，庄户人在分到手的土地上干得正欢，洪运叔却做出了关乎他下半生的重大决定。他发现，庄户人有了钱，孝心空前高涨，有越来越多的人给老祖立碑，每年的清明节前，村后大路上都有许多到沭河西岸拉碑的驴车。于是，他在一个夏日里骑上自行车，去了河西马家庄的碑厂。

据说洪运叔学手艺的过程一波三折。他到了那里，向马石匠讲了拜师愿望，可是人家照旧叮叮当当地錾字，连眼皮也不抬。洪运叔在他身边尴尬地站了一会儿，发现马石匠光着的脊背上满是汗珠子，就摘下自己的苇笠，两手架着为他扇风。扇了半天，马石匠还是不理他，洪运叔就悄悄地哭了。等到苇笠把他的泪珠子扇到马石匠的身上，马石匠回头看看他，问道："你爹死了？"洪运叔点点头："嗯。"马石匠问："给没给他树碑？"洪运叔说："没有。"马石匠抬手一指："屋里有纸有笔，给你爹写个碑文去。"洪运叔就看了几眼成品碑上的文字，到屋里找到纸笔，写了"显考赵公讳清堂老大人之墓"一行字。他拿出来给马石匠看，马石匠劈头盖脸骂了他一通："什么熊字，瘦瘦巴巴跟蚂

路遥何日还乡 223

蚁爪子似的。丢尽了你爹的脸，还'显考'，显个屁呀？"洪运叔让他骂得泪下如雨，骑上车子就跑了。回到家，他哭了半夜，第二天去县城买来字帖，认认真真练了起来。除了秋收大忙，他去地里干过一些农活，其他时间全在家中练字。练到腊月，他带上自己写的一些碑文，带上烟酒，又去了河西。马石匠看看他的字，点头道：过完年来吧。此言一出，洪运叔马上又掉了眼泪。

　　这个过程，洪运叔并没向人透露过，是他家我婶子向人家讲的。婶子一直崇拜丈夫，连他的爱哭也持欣赏态度。她曾经对我说："你叔一个大男人，眼泪说来就来，那也是本事！德发你哭给我看看？"我承认，我遇上再麻烦的事也很难哭得出来，只好向大婶表达对洪运叔的敬佩，说古时候有好多拜师的著名故事，像'慧可断臂'、'程门立雪'等等，洪运叔的'泪洒师背'，也可以与那些故事相比了。大婶说："那可不。德发你会写文章，你一定要把你叔的故事写出来！"

　　洪运叔学艺过程中的又一次流泪，是我亲眼见到的。那一天是周末，我从县城回家，在父母那儿坐了一会儿又去看望爷爷。刚刚坐下，洪运叔就来了。他的两片嘴唇像被人扯紧了的橡皮，紧紧绷着，微微颤抖。我爷爷指着他说："你看你看，又要喊（喊，在此读xian，鲁南方言里是哭的意思）。都四十的人了，眼泪还这么现成！"爷爷这么一说，洪运叔的眼泪来得更快，哗的一下就下来了。他一边抹泪一边道："大爷，我闯了祸了……"

　　原来，洪运叔被马石匠收做徒弟之后，学了整整一个春天。他按照师傅的教诲，"视石如纸，视刀如笔"，每天都在石头上练习刻字，有时候还练到深夜。师傅见他的刻字功夫差不多了，前天南乡来了一个人定做墓碑，师父就让他接活儿。洪运叔听到师傅的吩咐很高兴，因为别人学刻碑都要半年时间，他只学了三个月就被安排正式接活儿。他向订墓者问清楚亡者与后代的姓名，遵循大黄道写好碑文，征得人家同意，人家一走他就干了起来。干到昨天下午，眼看全部碑文快要刻完，他不小心失了手，把孝子的名字刻坏了。那人叫刘贵田，他一錾下去，把里面的"十"字崩掉，让那名字成了"刘贵口"。他不敢对师傅讲，只说家里有急事，骑上车就跑回来了。

说完这些，洪运叔哭道："这可怎么办呢？我真该死，真该死……"

我劝洪运叔别哭，问他，如果马石匠出现这种失误，他会怎么处理。洪运叔说，要找拖拉机把碑拉到费县，请卖碑料的用机器磨平，拉回来重刻。这样，要花上几百块钱，他一是出不起这钱；二是丢不起这人。说到这里，他还是眼泪汪汪。

我爷爷"吧嗒、吧嗒"抽了几口烟，看着洪运叔道："咱自己把碑磨平行不行？"

洪运叔惊讶地看着我爷爷说："自己磨？过去没有机器的时候，就是用人工磨的，可是那样太费劲呀。"

我爷爷说："费劲怕什么？咱们有的是力气。德发，你叫你爹你几个叔快来！"

我三个爷爷，生养的儿子加起来整整十个，除了两个在外工作的，其他八个全在村里。我跑遍半个村庄，向他们一一传达爷爷的命令，他们堂兄弟八个很快到齐。我爷爷说了洪运叔的事情，讲了自己的筹划，八兄弟无一人提出异议。

那天的行动我没参加，因为爷爷让我回县城，保证第二天准时上班。我那时在县委机关当着小干部，在爷爷看来那份工作非常神圣，他常用"忠孝不能两全"这话教育我，让我一门心思干好公家的事情，家里的事可以少管或者不管。

过了几天，弟弟到县城办事，向我讲述了磨碑的经过。

那天下午，爷爷带子侄辈和孙辈共十三人，或骑自行车或坐驴车往二十里外的沭河进发。到了河西岸，大伙停下，只让我四叔和洪运叔赶着一辆驴车去了马家庄。洪运叔向马石匠坦白了自己的失误，马石匠说，我早就看见了，我猜你不可能一走了之。洪运叔流着泪说，我要是那样，还是个人吗？他接着讲，想把石碑拉走磨平。马石匠说，自己磨平也行，为什么要拉走，就在厂里磨不好吗？洪运叔说，不好，在这里磨太丢人了。马石匠笑了笑，就帮他们将坏碑和另一块尚未镌刻的碑一起装上了驴车。

两块碑拉到沭河边的时候已是晚上，我爷爷提着一盏保险灯，指挥后辈将那块被洪运叔刻坏的碑放在地上，将另一块无字碑绑上木头，拴上绳子，扯着它在坏碑上来回拉动。为了增加摩擦力，他还不时从河里打水泼到两碑之间。赵家两代汉子分成两组，轮流上阵，不停地磨，磨……磨到天亮，那块坏碑上所有的字都被磨掉，变得像镜面一样光滑。这时，洪运叔一边哭，一边和我四叔赶着驴车把两块碑石运走。其他人则往河滩上一躺，呼呼大睡……

听完弟弟的讲述，一个想象出来的画面在我眼前挥之不去：沭水泱泱，春风悠悠，爷爷他们披星戴月磨碑霍霍。我很激动，也很遗憾。激动的是，爷爷带领后辈一夜间完成那样的壮举，救了我洪运叔；遗憾的是我没参加这次行动，没能让自己的微薄之力融入赵氏家族的集体能量之中。

所以，洪运叔那天说，刻不好碑，就对不起我爷爷，这话应该是发自他的内心。

洪运叔哭个不止，我的几个叔也让他的哭声勾起了对我爷爷的思念，个个神情悲戚。我爹说，洪运弟，树碑的事就这么定了，你别哭了，回去吧。说罢，我爹示意我去送他，我便把洪运叔扶起来，走出了屋子。

路上，洪运叔又向我讲起当年我爷爷帮他的那些事情，讲了一件又一件，脸上的泪始终不干，惹得街上闲人纷纷注目。

洪运叔的刻碑作坊在村后大路边，两间屋子，墙上有四个楷体大字"洪运碑厂"。门口约半亩左右的空地上，横七竖八放了一些碑石，还停着一辆七八成新的摩托车。洪运叔走近门口叫道："德配！"德配是他的独生儿子，那年刚满二十。洪运叔叫过好几声，德配弟才从屋里走出来。那时候城里男孩子流行"郭富城"头，中分的那一种，德配也赶了这个时髦。他抬手捋弄着头发，冲我们笑了笑，小白脸上的表情很不自然。洪运叔走到一块碑前看看，皱眉道："你一上午才刻了五个字，光玩？"德配说："刻多了，手脖子发酸。"洪运叔瞪眼道："我一天刻一块碑,手脖子也没发酸!你还不接着干?"德配说:"明天吧,我今天得去一趟县城。"说罢,他走向摩托车,潇洒地抬腿迈上去,扭头冲屋里说:"郑玲,走吧!"他的话音刚落,只见红光一闪,一个穿大红羽绒服的女孩从屋里跑出来向他奔去。还没等我看清楚,德配就发动车子,带着女孩蹿到了大路上。洪运叔跺着脚指着他们喊:"又去作死!又去作死!"不过,他的叫骂反而给摩托车加了速,眨眼间,两个年轻人就绝尘而去。

洪运叔往碑石上一坐,又哭了起来:"老天爷呀,我上辈子做了什么孽,养了这么一个不要脸的东西!"

我问他,那女孩是谁家的闺女,他说,是郑全义家的。我听了十分惊讶,因为郑全义与洪运叔的岳父是没出五服的堂兄弟,郑玲应该叫我婶子姐姐,德配应该叫郑玲小姨的。我说:"他俩如果在谈恋爱,真是不合适。"洪运叔说:"谁不说呢!你想,他俩要是成了亲,我跟我儿不就成了连襟了吗?咳,丢死人了,丢死人了!"

我问,德配和郑玲是什么时候好上的,洪运叔说,已经有半年多了。德配去年整天嚷嚷着要买摩托,而且要那种进口的"雅马哈"。他起先不答应,怕不安全,但经不住德配整天缠磨,就答应了。哪知道,德配有了这辆全村最好的交通工具,却没有多少需要外出办理的业务,就经常骑上它在村里串,遇见漂亮女孩就要带人家进城。那个郑玲,坐着摩托车进了一次县城就跟德配黏糊起来,一有空就找他玩,让爹娘打骂过多次也不改。

我知道,近年来的农村可谓"礼崩乐坏",原来被严格禁止的一些事情,如未婚同居、同姓男女结亲之类的事情越来越多,大家已经见怪不怪。但像德配和郑玲这种关系,有点乱伦的意思了,让人真是不好接受。

洪运叔长叹一声说:"唉,德配成了臭狗屎,我在庄里怎么有脸见人?你婶子更惨,她连娘家都不敢回了……"

我见他难过,就转移话题,问他给我爷爷刻碑用什么样的石料。他说,早就留好了。说罢,他把我带到门边,揭开一块草苫子,指着下面的碑石让我看。我一看便知,那是上等的"费县青",磨好的碑面上闪耀着淡淡的青色,显得典雅而肃穆。我连声说好,问这样一块碑石值多少钱,洪运叔摆着手说,甭说钱的事,甭说钱的事。

他走进屋里,拿着一卷黄黄的纸钱走出来说:"德发,趁你在这里,咱们拜拜碑吧。"我知道,他们石匠每刻一块新碑,动手之前都要烧纸磕头,一方面祈求神灵保佑;一方面也是向墓碑主人表达敬意。所以,等到洪运叔把纸钱点着,向着碑石虔诚礼拜时,我也在他身后跪下磕了头。

办完这事,洪运叔让我进屋坐坐。他这地方我来过多次,这次进去发现,屋里基本上还是老样子,迎门一张八仙桌,上面放了文房四宝;靠北墙放了半截碑石,上面放了茶具;南墙的窗下,则支着一张床。唯一的变化,是正面墙上贴了一整张宣纸,上面用正楷写了四个大字:"德配天地"。

我知道,洪运叔读过一些书,给儿子起名为"德配",意思是让他时刻记得,人生在世,应该像庄子说的那样,德配天地。他现在把这四个字写在这里,大概是为了警示儿子吧。

洪运叔见我看那字幅,摇头道:"咳,本想让他德配天地,现在是德配狗屎了!德发,你有空劝劝你兄弟,我是没有办法了。"我点头道:"好吧。"

这天晚上,我正和父亲喝茶说话,只听院门一响,接着是一声故意显示自己存在的咳嗽声。我起身到门口看看,来人也正好走到了屋檐下面——是德配。我说:"德配弟来啦?"德配话音里带着不悦:"来了。我爹说你找我,我知道你找我干啥。"我笑着说:"哦,你知道?"德配将两眼一瞪:"不就是劝我别跟郑玲好吗?大哥我跟你说,甭看你在县里当官,你的话在我这里屁用不中!我就是要跟郑玲好,谁也劝不了我!"说罢,他扬长而去,还把院门摔出一声重响。

我回头对父亲说:"你看这孩子,他怎么这样!"

我父亲摇头道:"真没想到,咱家出了这么一块货!你爷爷活着的时候说过,咱赵家没有这号种,都是叫电视电的!"

我知道，自从电视机出现在农村，它带来的现代理念，它展示的城里人的生活方式，在很大程度上改造了农民尤其是青年农民，正面效果有，负面效果也有。这也是中国几千年未有之大变局之一。

清明节是为我爷爷立碑的时间。父亲在电话里和我说，他们先去拉碑，让我和二叔回村后直接去林地等着。我和在县供销社工作的二叔一起早早坐车，七点钟就到了位于村东的赵家林地。然而等了半个多小时，却一直不见我爹他们过来。正要回村看看，两辆扎着红彩带的拖拉机载着我爹他们来了。拖拉机停下，众人把盖了大红布的墓碑以及碑座抬到我爷爷坟前。

这当空，我发现洪运叔的脸上有几条红道道，眼角带着泪水。我想，泪水在他脸上不是稀罕物，但那红道道是怎么回事？问过我五叔，才知道去拉碑的时候出了乱子：我爹兄弟五个本来凑了一千块钱，准备给洪运叔的，可是洪运叔说，大爷待我恩高义重，给他刻碑就当做报恩，钱是决不能收的。可是德配不干，往他大爷爷的碑上一坐说，不给钱，谁也别想把碑拉走。洪运叔气坏了，上去就打儿子，可是儿子却把他一拳捅出老远，让他碰到别的碑石上把脸划伤。我的几个叔都气坏了，一起上去痛打德配，打得他嗷嗷叫唤。打完了，我爹把一千块钱摔给他，然后把碑装车运走。

我二叔听说了这事，恨恨地说："应该把那块货拉到这里，当着祖宗的面再把他狠揍一顿！"

大家开始树碑。先把碑座安好，再和好水泥浇在碑座的石窝里，七八个人合力把碑抬起，小心翼翼栽上去。

我退后几步，打量一下这碑，发现洪运叔真是下了工夫：最上面"祖德流芳"四个大字是阳文、颜楷，雄浑凝重；碑文则用阴文、汉隶，庄严肃穆。碑的两边分别刻有"梅、兰、竹、菊"四种花草，碑的下面则是荷叶莲花。可以说，这块碑，体现了洪运叔刻碑技艺的登峰造极。

洪运叔拿出锤子錾子，在碑前用作香炉的石头上凿窝。这是一项风俗，叫做"攒（錾）富"，都由石匠在现场完成，完成之后要得赏钱的。洪运叔做这件事的时候，一直泪流不断。我猜，他肯定是想起了我爷爷在沭河滩上率众磨碑的那一幕。

等他凿完，我爹说："洪运弟，知道你不会要赏钱，就不给你了。"

洪运叔抽抽搭搭地说："大哥，你要再提钱的事，俺就在俺大爷的碑上一头撞死！"

我爹不再多说，指挥大家燃放鞭炮，而后给我爷爷上香，上供，烧纸，磕头。

此后一段时间，我因为单位的事多没有回村。想不到，有一天下午我正上班，洪运叔突然闯进办公室眼泪汪汪道："德发，你有钱快借给我一点，你兄弟住院了！"我问怎么回事，洪运叔说，德配带着郑玲去赶集，路上摔倒了，两人都受了伤，让救护车拉到了县医院，他得到消息后刚从家里赶来。我急忙去银行取了两千块钱，和洪运叔去了医院。

到急诊室向医生打听一下，一个小时前他们果然收治了两个摔伤的年轻人，男的磕破了脑袋，已经包好；女的嘴唇撕裂，正在做缝合手术。我们跑去外科手术室，发现德配的额头上蒙了一块雪白的纱布，呆呆地坐在那里。问他郑玲在哪里，他抬手向手术室的一扇门指了指。洪运叔含泪责问德配，怎么会把人家摔伤了，德配不讲，只让他爹到住院处交钱。洪运叔下楼后，我问德配到底是怎么回事，他坏笑了一下："叫感情逼得呗。"他告诉我，以前每次带郑玲出去玩，两人在车上都会忍不住亲嘴。这一回他俩在路上又亲，他把头扭回去，刚刚够到郑玲的嘴唇，没料到车子撞上了一块石头。我拍拍他的肩膀说："兄弟，感情再怎么逼，那些高难动作还是不做为好。"德配吧嗒一下嘴说："可我忍不住呵！"

洪运叔交上钱回来，我们等了半个小时，郑玲被护士从手术室里推了出来。她嘴上蒙了纱布，看到我们，泪水立刻流到了耳边。

郑玲在医院住了七天，花掉三千块钱。这期间，她的家人谁也没过来看望，只有德配一个人在那里陪护。出院那天，我正准备过去看看，德配却到了我的办公室，说郑玲已经走了。我问，郑玲去了哪里，德配说，她自己说，可能去南方打工，也可能去九华山当尼姑，反正是不想回家了。

后来我听说，郑玲从此失踪，一直没和家里联系过。几年下去，村里有个在外打工的人回来说，他去九华山进香的时候看见一个尼姑像郑玲，嘴唇上有一道伤疤。我想，如果那真是郑玲，不知她起了个什么样的法名，在佛前做过多少次忏悔？

德配却没有多少悔意。他照常骑着"雅马哈"四处游逛，能坐下来刻碑的时间极少。这年冬天，他用摩托车驮回一个姓崔的女孩，对父母说，他又有老婆了。那个小崔也开放得很，当天晚上就睡到了德配屋里。洪运叔和我婶子气得通宵未眠，天明时共商一计：为了赶小崔走，吃饭的时候不给她摆碗筷。想不到，这个计策第一次实行，就被两个年轻人彻底粉碎：人家并肩一坐，共用一副碗筷，你喝一口，我喝一口；我夹菜给你吃，你夹菜给我吃，脸不红心不跳，其乐融融。我婶子出来对邻居说：没见过小崔这样的，拿脸当腚使！

见小崔住下不走，洪运叔拐弯抹角问出了小崔的地址，就坐车去了二百里之外她的家中。一讲这边的情况，小崔父母万分惊讶，说光知道闺女在外头打工，好几个月不回家，没想到她办出这事儿！洪运叔让他们快去把闺女领走，老两口急急遑遑跟着他过来。可是小崔却对父母说，她找到真正的爱情了，不可能离开这里的。父母见闺女这般顽固，扑上去痛打，德配却抄起刻碑用的锤錾要和他们拼命，吓得他们狼狈逃窜。

小崔和德配同居半年，眼看肚子变大，洪运叔只好让他们去乡里登记，给他们举行了婚礼。那顿喜酒我没能去吃，因为我已调到日照，离家较远，那天也恰巧有事抽不出身来。

听说，小崔几个月后生下一个女孩。洪运叔老两口也接受了这个起名为雯雯的孙女，高高兴兴地当起了爷爷奶奶。几年后我有一次回村，亲眼见到洪运叔把孙女举到面前，用胡子把她扎出一串串笑声。我还发现，碑厂的门口有一块石板，上面凿出了一双小手。我问这是谁的手，洪运叔说，是雯雯的。他让孙女把手放上去，他拿笔画出轮廓，然后一锤一錾凿了出来。他说，孙女的一双小手在这里，他休息的时候一边抽烟一边看，心里要多甜有多甜。

德配有了老婆孩子，似乎也有点浪子回头的意思。他偶尔骑着摩托外出游逛一回，多数时间都是坐在那里刻碑。听洪运叔讲，德配干活到底是不扎实，干上一小会儿就说手脖子发酸，必须到屋里喝茶抽烟。

后来，德配又一次骑车外出，带回来一个铁皮小箱子，里面装了一件和吹风机模样相似的东西。他对父亲说，以后刻碑，再不用一锤一錾出力流汗了。原来那是花三百块钱买的电磨，可以用它刻字。洪运叔不信，德配就表演给他看。只听电磨吱吱响过，石尘飞起处，文字的笔画被刀片迅速地切割出来。洪运叔看了感叹不已，说自古以来刻碑离不开锤錾，没想到今天换了这种家伙。德配将电磨操作熟练后，用它正式刻碑，效率果然提高了许多。但他懒惰，干一会儿歇一会儿，洪运叔就把电磨拿过去自己学着用。他脑袋灵活，很快掌握了操作要领。他原来一天只能刻一块碑，现在能刻两三块，喜得他经常抚摸着电磨说：真是个好东西，真是个好东西。

过了几年，德配又买回了更好的东西：电脑刻绘机和喷砂枪。这样一来，碑文就不用洪运叔写了，德配把它输入电脑，确定了字体与规格，会直接在一种专用贴片上刻出文字轮廓。把贴片敷到碑面上，抠掉笔画用喷砂枪打，随高压气流喷出的金刚砂转眼间就在石头上打出阴文的凹沟。打遍所有的字，把保护膜揭掉，一块墓碑就刻成了。

洪运叔虽然脑瓜灵活，却没能学会电脑，因为他一看屏幕就发晕。这样，电脑刻绘都是由德配操作，洪运叔只负责碑文撰稿和喷砂。写碑文他大多放在晚上，白天都是戴一个灰不溜秋的大口罩，手拿喷砂枪，趴在机器上埋头干活。我有一次回家时去看望他，问他用机器刻碑的感觉如何，他说，快是快，可是电脑里只有几种字体，刻出来的碑文就那几种模样，太单调了，哪像过去我用毛笔写，可以像书法家那样，来点个人风格，来点变化。我说，这就是高科技对于传统工艺的伤害啊。

不管怎样，洪运碑厂的效率大大提高，挣钱比以前多得多了。很快，洪运叔买了一辆农用三轮车，让德配开着去费县拉料石，不再让人家来送。原来刻好了碑，都是订碑的人家找车来拉，现在则让德配开车去送。这样一来，收入进一步增加。

德配头脑灵活，还推出了墓碑的新制式。前些年洪运叔做的碑，模样差不多，都是一个长方形石块，只按高低宽窄分成几种规格。有人想给老祖要一块更好的碑，在洪运叔那里一般通不过。譬如说要个戴帽的，那么洪运叔就要仔细询问一番，死者或者他的子孙是不是有功名。这个功名，放在今天解释，应该是县级处以上干部，或者有高级职称，如果达不到这些级别，他决不会给人家做。还有人想在碑上镌龙刻凤，洪运叔更是严词拒绝，说那是皇上皇后才能享受的待遇，平民百姓万万用不得。然而德配不听他爹那一套，说那些老规矩该进历史的垃圾堆了，现在是商业社会，谁刻得起就给谁刻。他从费县直接拉来一些碑帽和刻有龙凤图案的碑石，以及碑框、抱鼓石之类，在自家碑厂树起一个华贵标本，标价五千，谁来了就向谁热情推荐。有人见那碑确实好看，做孝子贤孙的念头空前强烈，就欣然同意签了订单。洪运叔知道自己无力阻止这些事情，只好躲到屋里，一门心思用喷砂枪刻碑去了。

三年前的清明节，我按惯例回家上坟。刚走到村后，就见洪运碑厂那儿聚集了许多人闹闹嚷嚷。我停车下去看看，原来德配正和一群人在吵。他脸红脖子粗，老是重复一句话："没改！就是没改！"与他对吵的几个人指着旁边的一块碑说："你就是改了，你就是改了！"我发现，其中一人是我的初中同学韩永先，就把他扯到一边问怎么回事。韩永先也认出了我，恨恨地说："你这个兄弟呵，真是够戗！"他嘴喷白沫，愤怒地讲了德配骗他的事情：他上个月到这里定做了一块碑，打算清明节给父亲树，今天一早德配开车把碑送去，拿到钱就走了。可是他发现，这碑有些蹊跷，上面除了刻好的碑文，还能影影绰绰看出另外一些字。原来那是一块坏碑，用胶和了石面子糊平，重新刻的，他就立马把碑拉来，要讨个说法。

我听了韩永先的诉说，去看那碑，发现上面果然是字后有字。我遏制不住满腔怒火，对德配说："你办这种事也太损了！还不快赔人家钱，向人家道歉！"

德配却梗着脖子说："我没改，凭什么赔他钱？这块碑，他们想要就拉走，不想要就放在这里！"

韩家人被他的态度彻底激怒了，一个个咬牙瞪眼跺脚痛骂。

这时，洪运叔从屋里走了出来。他手拿一卷钱，泪流满面，走到韩永先面前把钱往他手里一塞说："对不起，实在对不起……"说罢，他往那块坏碑前"扑通"一跪，高喊一声："奇耻大辱啊！"接着就将头往碑上重重地磕，每一下都磕出好大的声响："咚、咚、咚、咚……"我急忙上前拉他，他往我身上一歪，眼睛紧闭手脚抽搐。我喊他几声，见他没有任何反应，急忙叫过德配，把他抬到我的车上，向县城飞奔而去。路上，我眼看着洪运叔脑门那儿迅速鼓起一个紫黑色的大包。

到了医院，洪运叔还是没有苏醒。医生看了看，开了单子让他做多项检查。做CT的时候，我和德配在走廊里等待，问他那块碑到底是怎么回事，他低头搓手，向我说了实话。原来，两个月前莲花官庄有兄弟俩来订碑，他极力推荐那种豪华型的，兄弟俩当时都答应了，并且交了五百块钱订金。碑刻好以后，兄弟俩却过来说，这碑他们不要了，因为两个人的媳妇坚决不同意订豪华碑，说她们的公公是个窝囊庄户人，一辈子连个小队长都没当过，凭啥花那么多钱树那种戴帽的碑。妯娌俩火气很大，不但不准树豪华型的，连经济型的也不准了，兄弟俩无奈，只好过来退碑。德配觉得这碑废了太可惜，就去买来云石胶，和上石粉，把那些字抹平了重刻，没想到，叫老韩家人认了出来。

我问德配："在这碑上做手脚，你爹知道吗？"

他说："怎么能让他知道？那几天他正好下地种花生，不在碑厂，我自己搞的。"

洪运叔的诊断结果出来了，是严重脑震荡，需要住院治疗。我对德配说："常言道，害人如害己，你这回信了吧？"

德配吧嗒两下嘴说："也怪我爹——把钱退掉就行了，他撞碑干啥呢？"

我说："我理解他。在他眼里，诚信与名声是比生命还重要的东西，他怎么能容忍你对客户的欺诈和对死者的侮辱？"

德配不吭声了。

我回日照之后，多次打电话向我弟弟问洪运叔的情况，得知他在县医院住下后，一直昏迷不醒。伺候他的是我婶子，德配只是偶尔过去看望一趟。那个小崔，只带着孩子去过一次。半个月过后，洪运叔还是不醒，德配说，成植物人了，再住下去白撂钱了，就把他拉了回去。好在我三婶能用心服侍，通过插在洪运叔鼻腔的一根管子，天天往他胃里灌营养汤，另外天天给他接屎接尿，擦洗身体。

此后一段时间里，德配办了一件大事：把碑厂和家搬到了县城。他在城西公路边租了一块地，建起几间房子，挂出了"德配石刻厂"的牌子。他还在城里买了一套房子，把爹娘和老婆孩子都拉到那里居住。他向人说，到县城住，事业发展空间大，另外，给他爹看病方便，孩子上学方便。有人说，德配是坏了名声，没脸在村里住了。也有人对他的做法给予积极评价，说他是良心发现，懂得尽孝了——他爹一辈子没住过楼房，现在就是躺在那里做植物人也是幸福的。

洪运叔做了幸福的植物人之后，我到县城看过他。德配买的房子在一个新建的小区里，三室一厅，一百四十平方米，我去时只有婶子在家。我到洪运叔床前叫过一声，发现他眼角有泪，然而我再喊他，他却没有任何反应。婶子告诉我，洪运叔虽然成了植物人，可他还是爱哭，一天到晚泪水不断。

我默默地看着洪运叔，不知不觉也湿了眼窝。

洪运叔在县城躺了半年，终于有一天停止了流泪，也停止了呼吸。德配将他在县城殡仪馆火化成灰，送回村里，埋进了赵家老林。我去送殡时，发现德配连一个泪珠子也没掉。几个堂兄弟在一起议论这事，有一位说，他经过认真回忆，就没记得德配哭过。另一位说，那是因为洪运叔太爱哭，把两辈人的泪水都用完了。

再后来，我听说德配在县城发达了。他购置了大型数控刻碑机，不光做死人的生意，也做活人的生意。县城里的一些单位，这几年贪大求洋，竞相在门口放一块巨石，刻上单位名称或者豪言壮语，有的还要弄来大块的泰山石以辟邪，这些工程他都能承办。他还上了石雕项目，雇来许多工匠，雕刻出众多的人物和饰物。我回老家时都要经过"德配石

路遥何日还乡　235

刻厂"，见那个大院里不光陈列着墓碑、牌坊、狮子、石塔之类，还有好多个毛泽东、好多个孔子、好多个维纳斯女神、好多个观音菩萨，林林总总站成一片。

去年夏天，我陪一帮外地朋友在日照海边游览，遇见一群泳装美女正在沙滩上摆出各种很性感的造型照相。照着照着，一位只穿泳裤、严重发福的中年男人跑上去与她们合影，并且十分夸张地打出"V"形手势。

摄影师摁快门时大声喊："口袋里有什么？"

美女和中年男人齐声应道："钱！"

我发现，有些人拍照时说"钱"而不说"茄子"，脸上的笑容会更加灿烂。

不过，我觉得那个中年男人面熟。仔细一看，哎哟，这不是我的德配弟吗？

我喊他两声，他发现了我，急忙拽着大肚子底下的小裤头跑了过来。我问他，怎么和这群美女搞到了一起。他嘿嘿笑着说，县里成立了模特协会，他提供赞助，当上了顾问，今天和模特们来海边拍写真照。

说话间，一位身材匀称、肌肉发达的老男人走了过来。我一看，原来是县文化馆的老符。德配介绍说，他是县模特协会的会长。符会长不自然地笑着和我握手，说，退休了，再找点事儿干干。我知道这人以前搞舞蹈，绯闻一直不断。现在退休了，又找这事儿干，可谓宝刀不老。

得知我和德配的关系，老符一个劲儿地向我夸奖德配，说赵总是个非常有文化有品位的企业家、是个有造诣有成就的石雕艺术家，有了赵总的鼎力相助，咱们家乡的模特事业才开始起步，并走向辉煌。我冷笑道：你们俩是珠联璧合了。

刚说完这话，那边一个高个子小美女不知有什么事，连声喊叫："会长，赵总，你们来呀！"我让他俩快忙，转身领着朋友走了。

那年冬天，家乡几个族老到日照找到我，商量续修《赵氏族谱》的事情。族之有谱，犹国之有史也。赵家那位老祖宗明朝初年从江苏东海县过来，在沭河东岸停下脚步，筑屋垦荒，娶妻生子，五百年后他的子孙遍布鲁南几十个村庄，把这个繁衍过程完整地记载下来很有意义。我与他们仔细商量了撰稿、筹资、印刷、发谱等具体事宜。我们商定，这一次修谱实行重大改革：不再沿用千百年来家谱上只有男性的传统，让女性也上。不只记录赵家男子配偶的姓名，也记录每一位女性后代。已婚者还要注明嫁往何处，丈夫是谁。关于族谱印刷及出谱庆典的费用，我们决定让赵氏家族每人出两元钱，多者不限，尤其是欢迎有财力者踊跃捐献。这笔钱的收集，每村安排两个人负责。

我弟弟和一个堂弟负责收集我们村赵姓人的钱。我回家过年时，问起收钱的情况，弟弟说，遇到麻烦了，德配就是不交。我问怎么回事，弟弟说，本来觉得德配有钱，捐个一千两千的不成问题，没想到把这意思跟他一说，他嗤之以鼻，说已经到了21世纪了，还搞这些封建时代的老把戏干屁？他不但不捐献，连每人应交的两块钱也不交。他说，他的名字，上谱不上谱无所谓，因为他现在已经上了《中国企业家大辞典》、《中国艺术家大辞典》、《世界杰出华人大辞典》，还有希望上新修的县志，一部小小的《赵氏族谱》算什么？

我听了弟弟的转述，苦笑加长叹，唯此而已。

今年，是洪运叔去世三周年。清明回家上坟，我见他的坟前光秃秃的，就对弟弟说：德配是刻碑的，就不能为他爹树一块？弟弟说：听说德配已经刻好了，嫌清明节太忙，打算上三年坟的时候树。

五月十六是洪运叔的忌日，我那天请假回了老家。到林地里看看，见赵家人到得很少，尤其是青壮年，只有五六个而已。我知道，多数青壮年都外出打工去了。我忧虑地道：等一会儿树碑，这几个人抬不动啊。弟弟说：没问题，德配厂里有人，还不带来几个？

果然，德配坐着奥迪轿车过来时，带来了一辆汽车、一台吊车和好几位精壮汉子。

老少三个女性从轿车上下来，直奔洪运叔的坟前，那是洪运婶子、她的儿媳妇小崔和孙女雯雯。婶子和小崔到了坟前放声大哭，正上初中的雯雯也跪在那里擦眼抹泪。

赵家的女人们自然围上去劝慰。让人不解的是，我婶子和雯雯很快止住哭泣站了起来，小崔却哭倒在坟前，谁也拉不起来。我想，身为儿媳，这样痛哭，心里肯定有事儿。

我四婶到我跟前小声说："大侄，小崔这么能喊，你知道为什么不？"

我摇摇头，说不知道。

四婶说："听说，德配整天玩摩托，把她气得够呛。"

我说："德配有小汽车了，还玩摩托干啥？"

四婶说："我也不明白。这个小崔也真是，男人玩个摩托，就值得你这样喊？"

我突然明白，摩托，乃模特也。

那边，德配正一手抶腰，一手指挥，让工人们用吊车把墓碑的组件一一卸下，在坟前快速组装。不到半个小时，一座在我家乡十分罕见的豪华墓碑就树了起来。它用上等的费县青石做成，又高又大。它上有石帽，下有莲花座，两边的框上刻着两条龙，都是脚踩祥云张牙舞爪。

我再去看碑文，却发现了一个问题：它不合黄道。

我的心"咯噔"一跳。因为我记得，洪运叔当年讲过，如果碑文不合黄道，墓主的阴魂会流落野外，找不到回家的路。

"道远几时通达，路遥何日还乡？"

我想，洪运叔的魂灵如果看到儿子为他立的碑，一定会反复念叨着这两句话，在荒野中大泪滂沱、奔走号哭的。